La boulangère de Rome

roman

Jean-Claude Chary

La boulangère de Rome

Aimée des dieux, elle triomphera des hommes

jch-autoedition

Texte intégral

© 2014 - 2019, jch-autoedition,

13800 Istres

ISBN : 979-10-93069-01-2

Æmilia

Amori finem tempus, non animus facit[1]

ad IV nonas Julius DCCCXXXI[2]

Æmilia

Il est des vies inénarrables, je vais donc me concentrer sur les premières années de la mienne, ces années parfois belles, parfois dures, toujours chargées d'émotions et qui m'ont façonnée telle que je suis aujourd'hui. En ce début d'après-midi, profitant du sommeil de mon deuxième fils, je saisis mon calame, le trempe dans l'encre et commence à tracer ces merveilleux signes sur mon rouleau de papyrus…

---

1   Le temps met fin à l'amour, non la volonté.
2   Le quatre juillet soixante-quatorze de notre ère, an huit cent trente et un de Rome.

Tout commence ce jour déjà bien lointain, où je n'avais que peu d'années vécues.

*

Dès ce moment, je sais que comme chaque jour je peux bénéficier d'un peu de répit pour vaquer à mes occupations, je veux dire, à mes occupations personnelles. Mes maîtres sont à leur repas de midi et la boutique est tenue ouverte par un esclave habitué à servir au comptoir, afin d'accueillir les clients retardataires. J'ignore pourquoi, mais il y a toujours des gens qui arrivent en retard, peut être se sont-ils levés avec ce même retard qui les poursuit jusqu'au soir. Moi je n'ai pas ce genre de problème pour me lever, un bon coup de pied aux fesses est très efficace et assure d'être à l'heure au travail. Pourtant je ne dois pas me dissiper, car une tâche des plus sérieuses m'attend, ce genre de tâche pour laquelle il est nul besoin de me frapper ou de me pousser en avant, non là, j'y vais de bon cœur.

Je trempe ma cruche dans l'eau toujours fraîche du petit bac en pierre, enterré sous la maison dans une sorte de cave trop sombre à mon goût, et en retire le précieux liquide transparent. Cette eau fournie par la ville coule de manière permanente dans le bac, ce qui garantit sa fraîcheur, le trop-plein quant à lui se vide dans une citerne également enfouie plus profondément encore, mais son accès est réservé aux hommes, car bien trop dangereux pour moi. Si je devais basculer dans cette profonde réserve d'eau je ne pourrais jamais en ressortir vivante, son usage est réservé pour la fabrication de la terre et pour mélanger la farine. J'essuie ensuite ma cruche avec un tissu bien propre et me dirige vers la sortie de la pièce. Chaque jour je fais ce travail rituel comme une prêtresse qui officie pour son dieu, jamais je ne change mes gestes et jamais ils ne me lassent.

Arrivée près de la sortie je m'arrête tout net, mes yeux éblouis par la puissante lumière de midi se ferment presque, obligeant mes paupières à fortement se plisser. Un instant je n'y vois plus rien, puis ma vue s'adapte et me laisse découvrir l'objet de toutes mes religieuses attentions. Assis sur un simple petit banc en bois, vêtu d'une tunique usée par le labeur et salie par la terre rouge, il façonne une fois encore un de ces merveilleux vases qui, selon lui, sont les plus beaux de la ville. Étant le fils du Maître il dispose de son atelier personnel, pas bien grand, mais juste pour son usage. Devant lui il a ce qu'il appelle son tour, une sorte de grand plateau rond et lourd qu'il fait tourner avec ses pieds, ce qui lui permet de façonner des pièces bien rondes. Pour le reste, il y a sur des étagères un certain nombre de ses réalisations parfaitement bien rangées, au sol, hormis des grosses jarres et un tas d'amphores, c'est un bric-à-brac dont il a seul le secret pour toujours tout retrouver sans chercher. À côté, dans une autre pièce bien plus grande, les très nombreux produits façonnés ici sont au séchage durant de nombreux jours, car ils doivent perdre toute leur eau avant de passer à la cuisson, sinon la terre éclate et tout est à refaire.

Dans Rome, il y a des centaines de poteries où les artisans façonnent tout ce dont nous avons besoin chaque jour, rien que dans notre rue, elles sont plusieurs dizaines de boutiques, mais étrangement, aucune ne m'intéresse comme celle-ci. Il est admis par tous les gens qui le connaissent bien, qu'il possède un tour de main très efficace et une créativité semblant sans limites, très prisée des femmes qui viennent ici pour trouver quelques rares nouveautés.

Il doit chaque jour fabriquer un nombre important de ces mêmes objets et ustensiles à usage quotidien, re-produits à l'identique, ou presque, et que l'on trouve dans chaque maison. Quand son travail est terminé, il est auto-risé à chercher des formes ou des usages nouveaux afin d'attirer la clientèle, sous condition toutefois de ne pas gaspiller la terre très coûteuse mise à sa disposition. Les trois autres potiers, un affranchi et deux esclaves ont déjà cessé leur travail pour une courte pause, le temps de manger et boire un peu. Lui aime prolonger son travail, en fait, je crois qu'il m'attend pour s'arrêter, pour lui aus-si c'est devenu un rituel.

Notre habitation est située dans une petite rue plutôt tranquille au pied du Quirinal, non loin derrière le Capi-tole. Bien sûr, quand je dis notre habitation, je parle de celle de mes maîtres, moi je ne suis qu'une pauvre fille sans valeur tout juste tolérée pour mon travail, partageant une petite surface pour dormir avec mes puces et autres petites bestioles qui, sans méchanceté, se nourrissent de moi. À la fois proche du centre de l'Urbs et loin du brou-haha permanent qui règne en maître sur le forum de César, l'endroit est plutôt agréable à vivre. Reconstruites après le grand incendie de huit cent dix-sept[3] et les ter-ribles jour et nuit qui ont suivi, les maisons sont presque toutes neuves, à l'exception de quelques insulae[4] ayant de peu échappé aux flammes. Suite à cet incendie, l'em-pereur Néron avait ordonné la reconstruction rapide de la

3 Du 18 au 24 juillet 64 ap. J.-C., sous le règne de l'empereur Néron.
4 Maisons à caractère locatif et bâties sur plusieurs étages.

ville. Les endroits qu'il réservait pour sa Domus Aurea faisant exception, chaque propriétaire avait déblayé son terrain, puis reconstruit en vitesse de peur de se voir privé de ses biens. Sans aucune réelle urbanisation et sans tenir compte des autres, excepté quelques règles de construction afin de prévenir les incendies, ou pour le moins faciliter l'accès des immeubles aux vigiles urbani, rien n'a été prévu par l'état, ce qui donne aujourd'hui cet étrange arrangement des rues et des maisons qui les bordent. Certains se plaignent de ce désordre, mais pour ma part, je trouve cela plus spontané, bien plus humain que ces rues tirées à angle droit et alignées au cordeau comme un camp de légionnaires. Certes les égouts ne suivent plus les rues comme autrefois, ils passent où ils peuvent, sous les constructions, traversant même leurs fondations. Et puis, ces grandes insulae de sept ou huit étages qui s'appuient sur une plus petite de seulement quatre ou cinq, comme un homme de grande taille qui appuie son bras sur l'épaule de son ami plus petit que lui, moi j'aime bien.

La boutique du potier, de mon potier devrais-je dire, donne directement sur le trottoir couvert par un maenianum[5], soutenu par des arches faites de briques. Plusieurs de ces boutiques construites à l'identique offrent aux passants un endroit abrité tant du soleil que de la pluie, favorisant leur curiosité sur les étalages des marchandises. Cette boutique est composée d'une pièce plutôt longue que large, contenant de nombreuses étagères toutes couvertes par des objets à vendre. Les plus légers sont directement accrochés aux murs, les plus lourds restent au sol.

5 Balcon construit pour le premier étage et couvrant le trottoir des maisons. Il pouvait-être réalisé en maçonnerie ou en bois, soutenu par des arches en briques, des colonnes en pierre ou des piliers en bois.

Tout ce qui peut se faire en terre cuite s'y trouve réuni dans une sorte de désordre lui aussi bien organisé, comme les rues et les maisons. Par manque de place, nombre d'entre eux sont entassés avec art pour ne pas se rompre à cause d'une mauvaise chute, quoique cela arrive parfois. Sur le trottoir, deux tables d'exposition servant à attirer l'attention des passants étalent à leur vue les plus belles réussites.

Derrière, il y a une pièce assez grande servant d'entrepôt pour les marchandises en attente, soit d'être exposées à leur tour, ou bien d'être livrées directement chez les clients. L'appartement des maîtres est situé au premier étage qui, grâce au maenianum privatif, donne une vue directe sur la rue et toute son activité.

En sortant de cette pièce, dite l'entrepôt, un petit couloir mène tout droit sur une cour au fond de laquelle se trouve l'atelier du maître potier, et c'est bien là à mes yeux, le lieu principal de cette maison, le vrai centre de mon petit monde. C'est ici qu'il fabrique ses plus beaux objets, et c'est ici que je peux le retrouver en cachette. Enfin, en cachette est une façon de dire, car tout le monde est au courant, mais cela me plaît de croire que mon bonheur n'est partagé par personne d'autre, et je fais toujours attention de ne pas être repérée quand je viens à l'atelier.

Jouxtant la boulangerie, cette cour est commune aux deux habitations, les uns et les autres y passent sans contrainte comme s'ils étaient tous chez eux ; d'ailleurs, hormis le passage par les boutiques, seule une porte commune offre aux habitants un accès direct à l'extérieur, donc à la bruyante fourmilière humaine qui semble ne jamais se fatiguer. Si je dis fourmilière ce n'est pas par hasard. Les ayant bien observées je n'ai jamais vu des fourmis marcher tranquillement, toujours elles semblent devoir courir on ne sait pourquoi. Eh bien, dehors c'est la même chose, les gens qui montent la rue pressent le pas et bousculent les autres moins pressés, ceux qui redescendent courent en bousculant également les plus lents. Allez comprendre pourquoi certains tentent de joindre le centre de la ville au plus vite et d'autres de le fuir avec la même précipitation ?

À cette heure-ci, il devrait pourtant avoir terminé sa journée, du moins pour laisser passer les plus chaudes heures, mais comme chaque jour il tient à terminer son travail commencé. Il ne lui reste sûrement qu'à lisser le tour d'un vase, courber son encolure ou coller deux petites anses sur chaque côté du ventre enflé pour enfin prétendre au repos. Je suis tellement habituée à vivre les mêmes choses que j'ai le sentiment de refaire le monde chaque jour, monde pourtant sans surprise puisque sans changement, le temps mis à part.

À côté des ateliers, dans la cour partagée par les deux artisans, il y a trois meules en lave, conçues pour réduire les grains de blé en une belle farine pour le pain, chacune mues par un âne, mais en ce moment réduites au silence pendant que les animaux se reposent un peu à l'ombre, et que les esclaves après leur service avalent un léger repas suivi d'une courte pause. Oh ! Je sais bien que les esclaves ne devraient pas se reposer après avoir pris un léger repas, mais les meules sont bruyantes et mes maîtres aiment faire leur sieste, alors somme toute, ils ne font que respecter le repos des maîtres. À côté des meules, il y a un silo en pierre pour conserver le blé et une citerne pour l'eau de la boulangerie, celle-là même dont je ne dois pas m'approcher. Une autre citerne est réservée pour l'eau de la poterie alors que dans une pièce toujours tenue fermée par une porte en bois, un tas de terre glaise fraîche est à l'ombre, recouvert par une toile grossière sur laquelle on jette régulièrement de l'eau afin de la garder humide. Cette pauvre porte a dû en voir passer de la terre, mais je n'étais pas encore née qu'elle était déjà vieille, quelle vie que celle de cette porte face à un tas de terre.

Le silence étant de règle pendant l'heure de midi, mes petits pas bien connus de lui se font entendre sur les dalles de pierre du couloir, puis sur les graviers de la cour qui crissent sous mes semelles de bois ; il est vraiment temps qu'il termine son travail. Comme chaque jour je viens lui porter un peu d'eau fraîche et du même coup, interrompre sa journée. Chaque fois il reste penché sur son ouvrage, comme ignorant ma venue, mais à ma simple vue ou au bruit de mes semelles, son sourire fendu jusqu'aux oreilles est une invitation à la joie.

— Regarde Flavius, dis-je d'une voix douce, je t'apporte de l'eau bien fraîche, tu dois boire quand il fait si chaud. Tu travailles trop et ne bois jamais, ce n'est pas bien.

— Encore deux minutes pour poser cette dernière anse et j'arrête, tu peux verser l'eau dans mon gobelet.

— Tes mains sont si sales, je vais t'aider.

Æmilia verse le précieux liquide dans la timbale en terre cuite qu'elle rince une fois, puis la remplit de nouveau et la porte aux lèvres de Flavius. Passant sa main dans les épais cheveux tirés en arrière, elle le regarde boire et ses yeux brillants pétillent de plaisir tant elle aime servir celui qu'elle considère déjà comme son futur maître et époux.

Elle penche son visage d'enfant sur celui qui est déjà un homme et qu'elle aime vraiment, rassurée par sa taille et sa force, il est pour elle un protecteur. Debout près de Flavius, Æmilia n'est guère plus grande que lui qui est assis. C'est une enfant menue, presque chétive alors qu'il est déjà un géant pour son âge ; les origines gauloises de ses deux parents sont sans doute responsables de sa grande taille. À dix-sept ans, il dépasse d'une bonne tête tous ses amis et voisins et, avec le temps et le climat méditerranéen, sa peau est en permanence mate et colorée, ses cheveux sont éclaircis par le soleil et ses yeux bleus plus inquisiteurs encore, lorsqu'ils sont soumis au regard d'Apollon.

— Tu m'aimes Flavius ?

— Oui, bien sûr, tu en doutes ?

— Parfois je me demande pourquoi une esclave comme moi peut t'intéresser, c'est peut-être juste mon eau fraîche que tu aimes.

— Non, c'est seulement toi, et toute ma vie ce sera toujours toi.

— Tu me jures de toujours m'aimer Flavius ?

— Oui !

— Alors moi aussi, dis-je d'un ton assuré, je n'aimerai jamais un autre homme que toi, je te le jure devant tous les dieux.

— Moi je te le jure devant Vénus, elle nous protégera, tant que nous resterons fidèles à notre parole.

— Oui, tu as raison Flavius, Vénus va bien nous protéger, même si je ne suis qu'une esclave, mon amour vaut bien celui d'une femme libre.

— Un jour, toi aussi tu seras une femme libre.

— Hum… Je me demande bien si tu dis vrai.

— Crois-moi Æmilia, un jour j'achèterai ton affranchissement et tu seras libre.

— Là aussi il faut que je prie les dieux, ta promesse est généreuse, mais difficile à tenir pour des gens trop pauvres.

— Eh bien ! puisque demain est un jour de fête, je vais t'emmener sur le forum de César, devant le temple de Vénus Genitrix je te donnerai ma parole de ne jamais t'oublier afin que tu sois toujours présente dans mes pensées.

— Tu es gentil mon Flavius, mais demain, je serai toujours l'esclave de Sextus Terentius, comment t'accompagner jusqu'au temple ?

— Je vais en parler à Sextus, il peut bien se passer de toi quelques heures.

— Peut-être Flavius, peut-être si Vénus le veut.

— En attendant, je vais aller manger, veux-tu venir avec moi ?

— Non, j'ai du travail à faire, mais quand je serai une femme libre, alors je prendrai tous mes repas avec toi, c'est juré, les dieux m'en sont témoins.

— À ce soir Æmilia, viens avant la fin du jour, je te ferai encore de belles promesses.

À l'appel de mon nom par mon maître, je me sauve en riant, heureuse comme chaque fois de ces quelques minutes avec Flavius. Cela dure depuis plusieurs années, amoureux l'un de l'autre, nous sommes comme frère et sœur, inexpérimentés et faisant toujours de beaux projets sur notre avenir.

Pour demain j'ai bien des doutes, jamais mon maître Sextus ne consentira à me laisser partir hors d'ici pour aller prier une déesse. Je verrai bien assez tôt quelle sera sa réponse, en attendant, je peux toujours rêver.

*

* *

Dans le tablinum de Scapula, Urbicus discute avec son lanista comme s'il était un homme libre, mais il est vrai que depuis toutes ces années les deux hommes se connaissent bien et en apparence au moins, s'apprécient mutuellement. Urbicus, âgé d'une trentaine d'années fait figure de vétéran, rares sont les gladiateurs de son âge qui combattent encore, soit ils sont morts, soit ils ont terminé leur carrière. Il possède un corps d'athlète vraiment sculpté par un dieu de l'Olympe, tandis que Scapula est plutôt légèrement obèse. Naturellement, chacun ressemble à ses activités. Autant Urbicus regarde franchement et sans détour, ne passant pas par quatre chemins pour dire ce qu'il a envie de dire, autant Scapula est plus mielleux dans ses propos, avec un regard un peu en dessous et cherchant toujours à dénicher la bonne affaire.

— Comme ça Urbicus, tu es enfin décidé à mettre un terme à ta vie de combattant ?

— Oui, je viens de remporter mon quatre-vingt-quinzième combat, les années commencent à peser sur mes épaules et il faut bien faire place aux plus jeunes.

— Tu as raison, mais tu pourrais simplement mourir pour faire de la place, ainsi se terminerait en beauté cette belle carrière que beaucoup de gladiateurs t'envient déjà.

— Je veux bien terminer ma vie de combattant, mais je tiens aussi à profiter de mes dernières années.

— J'ai entendu parler de ton projet, mais j'ai peine à t'imaginer tenant une pioche pour creuser un sillon et faire pousser des légumes.

— C'est vrai, pour le moment je sais mieux me servir d'un glaive que d'une pioche, mais il est toujours temps pour apprendre.

— Ainsi tu vas m'abandonner à mon triste sort, tu n'as vraiment pas de cœur pour ton vieil ami. Que vais-je devenir sans toi ?

— Sans moi ? Mais il te reste plusieurs centaines de gladiateurs, tu seras bien entouré. Et puis, que veux-tu de plus, tu as déjà gagné tellement d'argent grâce à mes combats que tu peux m'oublier, après m'avoir payé mon dû, bien sûr. C'est peut-être bien cela qui te gêne le plus, car si je meurs dans l'arène tu auras toutes mes économies pour toi.

— Ce que tu dis n'est pas faux, du moins pas entièrement, car s'il est vrai que tu m'as fait gagner beaucoup d'argent, il est vrai aussi que je te considère comme un ami, un vrai bien sûr, pas un ami de circonstance. D'ailleurs, donne-moi un nom, celui que tu veux, et si tu meurs avant d'avoir quitté cette maison je donnerai ton argent à cette personne.

— Marcus Blaesus !

— Quoi ? Le sénateur Blaesus ? Tu es prêt à léguer ta fortune au sénateur Marcus Blaesus ?

— Oui, il est pour moi un ami depuis longtemps, il m'a souvent aidé et rendu bien des services, tu peux retenir son nom.

— Ta réponse est très nette. Mais moi aussi je suis ton ami, tu pourrais me choisir comme étant ton héritier.

Enfin, j'espère que tu seras un jardinier heureux, mais tu ne vas pas partir maintenant, ton contrat n'est pas encore terminé.

— Rassure-toi, je tiendrai jusqu'à l'été prochain, encore cinq combats et tout sera fini.

— Bon, je vois que ta décision est prise, dans un sens je te comprends bien, j'ai vraiment gagné beaucoup grâce à toi et je ne tiens pas à te voir partir les pieds devant. De toute façon, tu ne vas plus combattre durant plusieurs mois, que comptes-tu faire pendant ce temps libre, tu vas apprendre à jardiner ?

— Pourquoi pas, c'est une excellente idée.

— Dans ta maison non loin d'ici ? Alors, attends encore un instant. Toi ! Va chercher la Grecque, dit Scapula à une esclave de passage.

Urbicus montre un air interrogatif, qui est donc cette Grecque ? Jusqu'au moment où apparaît une jeune femme vêtue d'une tunique plutôt propre, qui vient se placer près de Scapula sans dire un mot.

— Regarde-la, Urbicus, elle est à toi, il ne sera pas dit que Scapula ne respecte pas son champion.

— Hum… Ai-je besoin d'une fille dans mes jambes ? Elle ne peut que ralentir ma marche.

— Ta marche ? Mais tu ne comptes tout de même pas aller bien loin, non, elle sera une excellente compagne pour tromper ton ennui. Lève ta tunique ! ordonne Scapula à la jeune esclave. Regarde ses cuisses, de vraies merveilles, et ses seins ? Crois-moi Urbicus, cette fille est une perle, emmène-la et profites-en bien. Il ne sera pas dit que Scapula s'est moqué de toi en t'offrant un laideron.

— Puisque ce sont là tes bons conseils, je la prends avec moi.

— Alors salut, Urbicus, et repose-toi bien.

— Ave Domine Scapula ! Que les dieux te protègent.

— Attends un peu ! Avant que tu ne partes, je dois te dire que durant ton absence un sculpteur venu spécialement de Rome fera une statue de marbre te représentant, elle servira d'exemple pour les novices en quête de gloire.

— C'est bien, je suis très honoré Domine.

— C'est tout ? Je suis honoré, voilà bien tout ce que cela te fait. Ah ! Quel monstre tu es, prends cette fille et va-t'en.

— Ave Scapula !

Urbicus quitte le ludus de Scapula pour bénéficier de plusieurs mois de repos, rare privilège que peu de gladiateurs obtiennent. Il n'y a que les vétérans, fort peu nombreux, ou bien les grands champions qui ont le droit de sortir pour aller s'installer en ville. Certains ont même femmes et enfants qu'ils entretiennent dans un petit logement.

À peine Urbicus est-il sorti que Scapula s'adresse à un esclave.

— Va me chercher le Spartiate !

— Oui Maître.

Une minute plus tard, un homme de grande taille entre dans le tablinum de Scapula. Sa peau est mate et ses cheveux bruns sont coupés très court. Vêtu d'une simple culotte courte, son énorme poitrine lui donne l'impression d'un homme déterminé et sûr de lui.

— Ave Domine ! Tu m'as fait demander ?

— Ave spartiate ! Oui, je t'ai fait venir ici pour t'entretenir d'un bon projet pour toi, si tu es d'accord, bien sûr.

— Ordonne Domine, je suis là pour te servir.

— Bien, très bien. Je viens d'envoyer Urbicus prendre quelques semaines de vacances, tu sais que tu es son remplaçant ?

— Je viens de le voir sortir avec une esclave, pourquoi ne m'as-tu pas permis de le tuer maintenant, tu aurais fait des économies.

— Laisse-moi gérer mes économies et contente-toi de m'obéir.

— Oui, Domine, pardonne-moi. Que veux-tu que je fasse ?

— Pour l'instant tu n'as rien à faire, mais lors des prochains jeux tu seras son adversaire, et là tu pourras le tuer devant un public nombreux, témoin de ta gloire et qui t'adorera pour ton exploit.

— Pourquoi attendre les prochains jeux, ici tu peux organiser un combat.

— Urbicus est très fort et je ne suis pas sûr que tu puisses le vaincre, mais après un bon repos, sans entraînement et sûrement épuisé par la belle esclave que j'ai mise dans ses bras, il sera à ta portée. De toute façon, il jouit d'une trop grande notoriété pour être simplement assassiné, les paris sur son compte vont me rapporter une forte somme que tu pourras heureusement partager avec moi.

— Ah ! Domine, tu penses à tout, cette fois Urbicus est fait comme un rat.

— Tu sais maintenant pourquoi je suis ton maître ?

— Oui, Domine.

— Alors disparais de ma vue, et prépare-toi à devenir le prochain champion de Capoue.

— Ave Domine !

— Ave !

Urbicus n'a personne à voir en dehors du ludus, avec son esclave offerte par Scapula ils se rendent dans un quartier non loin de la ville, où il possède un petit pied à terre fourni par son protecteur le sénateur Marcus Blaesus, là, il deviendra peut-être un jardinier. Ce solide combattant n'a qu'un pauvre baluchon sur l'épaule, toute sa fortune est chez son maître, le lanista Scapula. Comme cela est la règle chez les légionnaires, les gladiateurs professionnels qui n'ont pas de famille ne touchent qu'une partie de leurs gains, le reste étant mis de côté pour leur départ, à la fin de leur contrat, ou à la fin de leur vie.

Urbicus respire à pleins poumons l'air frais du matin, il marche d'un pas rapide et son esclave peine à le suivre. Sa vie rude et précaire ne l'a semble-t-il pas enclin à fonder une famille, et personne ne sait vraiment d'où il vient ni qui il est en vérité. À ce moment il ne sait pas lui non plus vers quel destin il court si vite. La seule question pour lui est de savoir ce qu'il va faire de l'esclave qui le talonne de près, peut-être heureuse d'échapper aux corvées du ludus, mais tout aussi inquiète pour son avenir avec le vieux gladiateur.

— Qui es-tu ?

— Petronia, Maître !

— Hum… Et d'où viens-tu ?

— Du ludus de Scapula.

— Ne te moque pas, ça, je le sais déjà. Je te demande où tu vivais avec ta famille, tu avais bien une famille non ?

— Je ne m'en souviens pas, juste de vagues images dans ma tête.

— Qui t'a donné ton nom de Petronia ?

— C'est maître Scapula, il ne veut pas que l'on m'appelle autrement.

— Hum… Cela me paraît étrange, Scapula n'est pas du genre à donner le moindre sesterce s'il n'a pas un intérêt à le faire, alors pourquoi es-tu ici ? Que veut-il que je fasse de toi ?

— Je suis une femme, Maître.

— Oui, je l'avais remarqué, mais je ne parle pas de cela. Si j'ai besoin d'une femme pour un soir, les prostituées ne manquent pas.

— Je ne suis pas une prostituée !

— Ah non ? Et si je désire te prendre maintenant, vas-tu me refuser ?

— Je n'ai pas le droit de te refuser Maître, mais si tu violes mon corps, cela ne fait pas de moi une prostituée.

— C'est vrai, tu as raison. Mais en attendant, je ne sais toujours pas pourquoi tu dois me suivre.

— Pour te servir Maître, je suis ton esclave tant que tu le voudras.

— Tiens, nous arrivons chez moi, tu vas pouvoir me montrer en quoi tu peux m'être utile.

— Oui Maître.

Urbicus ouvre la porte et baisse la tête pour entrer dans ce qu'il appelle son « chez-moi », puis ouvre un volet pour donner un peu de clarté dans la pièce. La jeune Petronia le suit et découvre un endroit assez poussiéreux, très sobre en mobilier, mais finalement pas un endroit austère.

— C'est ici que nous allons vivre Maître ?

— Oui ! Cela ne te plaît pas ?

— C'est bien, il faut juste un peu de ménage pour que cet endroit soit acceptable.

— Alors tu sais pourquoi tu es ici, moi la poussière me va très bien. Pour le moment tu vas m'accompagner au marché, il nous faut de la nourriture et tu découvriras l'endroit pour y retourner une prochaine fois.

— Oui Maître.

Suivi par Petronia, Urbicus se dirige vers le forum afin d'y faire ses achats alimentaires : du pain frais, du fromage, du vin du Latium, et ce qu'il affectionne tout particulièrement, du poisson frais. Bien que nous soyons bientôt à la sixième heure, de nombreux clients sont encore à faire leurs emplettes de dernière minute, mais la circulation devient plus vivable. De-ci de-là, des marchands crient encore à la bonne affaire pour attirer un dernier passant, soutenu par les piaillements des volailles lorsque l'une d'elles quitte la cage qui les enferme, les prix se discutent de part et d'autre, les gens parlent fort et agitent leurs mains pour peser sur les mots, donnant ainsi toute sa vie au forum. Ensemble comme un couple ordinaire, Urbicus et Petronia parcourent le marché et font leurs premières emplettes, il leur faut pas mal de choses pour cette première journée, leurs deux paniers se remplissent vite et les bras déjà chargés, le couple s'arrête devant un étal partiellement couvert de poissons de mer et de crustacés. Urbicus s'adresse au marchand.

— Combien pour ce poisson ?

— Cent vingt sesterces, un vrai prix d'ami !

— Ton poisson n'est pas frais et beaucoup trop cher ! lui tance Petronia.

— Si cette fille est ton épouse, elle est bien trop bavarde et n'y connaît rien, mais si elle est ton esclave, frappe-la fortement pour lui apprendre à se taire.

— Elle n'est ni mon épouse ni mon esclave, simplement ma conseillère pour mes achats afin de ne pas être empoisonné par le premier venu.

— Oh ! Mais je ne tiens pas à t'empoisonner noble seigneur, qu'elle me dise pourquoi mon poisson n'est pas frais et je suis prêt à baisser mon prix.

— Eh bien, Petronia, explique-toi.

— Je suis la fille d'un pêcheur, le poisson est toute ma vie et je vois bien que le tien commence à souffrir de la chaleur, il ne passera pas la journée.

— Oui, bon, admettons que tu as de la chance, cent

vingt sesterces pour deux poissons, c'est mon dernier mot.

— Non mon ami, divise ton prix, soixante sesterces, pas un de plus, et pour les deux bien entendu.

— Ce n'est pas à toi de répondre, laisse donc parler celui qui tient la bourse.

— Je suis d'accord avec elle, son prix est le mien également.

— Tu veux ma ruine ?

— Soixante pour les deux, sinon nous mangerons du bœuf.

— Ha ! Quelle misère, mais je suis dans un bon jour, soixante pour les deux et n'en parlons plus.

Urbicus paie et prend sa marchandise, puis, toujours suivi de Petronia, se dirige vers une caupona bien familière pour lui.

— Je ne savais pas que tu étais la fille d'un pêcheur.

— Moi non plus.

— Comment ça, moi non plus ? Que veux-tu dire ?

— Je n'ai jamais été une fille de pêcheur, mais je sais bien que le marché va fermer dans peu de temps et que ses poissons vont lui rester sur les bras, il a plutôt intérêt à les vendre rapidement.

— J'ai donc raison, tu es ma conseillère, mais allons boire une bière avant de rentrer, car il fait un peu soif dans ce pays.

— Je suis ton esclave Maître, et je suis une femme, je ne peux te suivre dans cet endroit.

— Allons, viens et ne dis rien. Dans cet endroit personne ne demandera à Urbicus qui est la fille qui l'accompagne, tu peux me suivre sans crainte.

— Ils ont peur de toi ?

— La plupart d'entre eux oui, pour les autres, ceux qui ne me connaissent pas, je n'en sais rien.

— Mais pourquoi ? Tu n'es pas un homme méchant.

— Ces hommes sont juste bons à frapper une femme comme toi, de surcroît une esclave qui ne se plaindra pas, tandis que moi je suis prêt à égorger le premier qui me regarde de travers, simplement parce que je suis un gladiateur et que la vie n'a pas la même valeur pour moi et pour eux.

— Moi aussi tu pourrais m'égorger sans trembler ?

— Sûrement, mais ce serait bien dommage, car tu es une très jolie fille, et puis je me priverais de tes bons conseils.

*

Ainsi Petronia et Urbicus font connaissance, au fil du temps ils vont se découvrir une amitié réciproque. Urbicus bien que plus âgé qu'elle, ne la considère pas comme son esclave et ne profite pas de sa position pour abuser de sa jeunesse. Pourtant elle est une fille agréable, une belle brune aux longs et épais cheveux noirs, d'une taille plutôt grande pour une femme et possédant un corps bien fait.

Après quelques jours seulement, Urbicus lui a permis d'aller seule au forum et là, grâce à sa forte personnalité elle a vite conquis plusieurs marchands. Il est vrai aussi qu'elle parle bien et trouve rapidement les mots les plus convaincants pour obtenir gain de cause, intelligente et érudite elle met en porte-à-faux les négociants les plus habiles, obtenant chaque fois une ristourne de leur part. Mais malgré tous ses efforts, Petronia n'arrive pas à distraire Urbicus qui reste trop souvent songeur, sans dire un mot.

— Maître, n'es-tu pas heureux d'être ici à te reposer, est-ce moi qui te gêne ?

Urbicus lève son regard sur celle qui vient de lui adresser la parole sans y être invité, puis d'une voix calme.

— Non, tu n'es pour rien dans ce qui me préoccupe, je pense, c'est tout.

— Veux-tu partager tes pensées avec moi ? Je peux te comprendre, et peut-être t'aider.

— Bah ! Je me pose toujours la question de ta présence ici.

— Tu devrais penser à autre chose, Scapula m'a offerte pour ton plaisir, pour que tu sois heureux, veux-tu faire l'amour avec moi et que tu n'oses me le demander ?

— Je te l'ai déjà dit, si je veux une fille il y a les prostitués pour cela, tu me plais, mais je tiens à te respecter, ne me demande pas pourquoi.

— Peut-être as-tu peur de moi.

— Te rends-tu compte de ce que tu dis ? Sais-tu combien d'hommes sont morts de mes mains ? Et tu crois que je peux avoir peur de toi ?

— Oui… bien sûr… pas comme une adversaire dans l'arène, là je ne pense pas pouvoir te faire peur, mais je crois que tu es intimidé par moi.

— Pas par toi, non… pas par toi, mais par ta présence, je n'arrive toujours pas à comprendre ce que tu fais ici et cela me dérange.

— C'est une obsession, mais je ne suis pas médecin.

— Laisse-moi réfléchir.

— Oui Maître.

Les jours passent et la confiance prend place entre Petronia et son maître. Elle se montre très douée en tout, et très savante sur bien des points, sachant expliquer des choses fort compliquées à Urbicus qui visiblement tombe sous son charme. Maintenant il l'accompagne au forum, pour selon lui, rire de ses réflexions et de la manière avec laquelle elle maîtrise les enchères, mais peut-être aussi par peur de la voir s'éloigner.

En tout cas le remède semble efficace puisqu'il est plus heureux, il ne ferme plus son regard pour penser, maintenant il rit, parle, s'amuse et se repose vraiment, ce qui ne peut échapper à la jolie Petronia.

— Maître, tu sembles heureux et cela me réjouit, as-tu enfin compris pourquoi je suis ici ?

— Oui, je crois bien que j'ai tout compris.

— Alors, raconte-moi, dis-moi pourquoi je suis avec toi.

— Tu tiens vraiment à le savoir ?

— Oui !

— Retire ta tunique.

— Quoi ?

— Tu m'as bien compris, retires ta tunique.

— Oui Maître… voilà… mais je ne pensais pas que tu me le demanderais un jour.

— Bien. Maintenant si tu le peux, regarde-toi, ne vois-tu pas le piège de Scapula ?

— Je ne te comprends pas Maître, je ne vois rien d'autre que le corps d'une femme que tu obliges à être nue, que veux-tu de moi ?

— Tu as les cuisses bien remplies, tes hanches sont rondes et ta taille est fine, tes seins ne sont pas trop volumineux, ce qui leur permet de rester fièrement dressés face à mon regard, tu es Grecque, tu es faite comme une statue grecque. C'est cela que Scapula m'a offert, ce merveilleux corps que tu possèdes afin de m'épuiser, soutirant chaque jour la sève qui est en moi pour m'affaiblir toujours un peu plus, me laissant m'enfoncer dans une vie de luxe et de plaisir. Non, il ne m'a pas donné ta compagnie, encore moins ton intelligence, seulement ta beauté pour me tuer à petit feu. Et que dire de ton visage, il n'y a bien que les statues de Vénus pour espérer se comparer à toi.

— Maître, comment peux-tu croire à une pareille chose, jamais je ne pourrai penser à te tuer, même à petit feu.

— Scapula y pense pour toi, ramasse ta tunique et cache à mes yeux ce que tu es.

— Que vas-tu faire de moi Maître, veux-tu me tuer pour me punir d'être trop belle à ton regard ?

— Je vais délaisser le beau cadeau de Scapula et prendre celui qu'il n'a pas vu en toi. Tu vas être ma compagne durant notre séjour, je vais pleinement profiter de ta présence et de ton intelligence. Pour ce qui est de ton corps, aussi désirable soit-il, je te le laisse, donne-moi juste ton esprit.

Petronia enfile sa tunique puis, d'un pas désabusé, vient se blottir aux pieds d'Urbicus qui ne bouge pas de son tabouret. Elle pose sa tête sur ses cuisses et pleure doucement, quelques soubresauts agitent ses épaules et ses larmes mouillent la tunique d'Urbicus. Passant sa main sous son menton, il relève son beau visage aux yeux rougis par la peine.

— Eh bien, Petronia, ne pleure pas comme une enfant. Est-ce parce que je t'ai demandé de te mettre nue devant moi que tu pleures ainsi ?

— Non Maître, cela n'a pas vraiment d'importance,

mais j'ai terriblement honte de savoir que je suis ici seulement pour te nuire.

— En effet, sauf que tu ne me nuis pas puisque nous savons tout, et ta présence reste fort agréable. J'aime te voir marcher, te voir discuter, entendre ta douce voix qui force les plus habiles marchands à te consentir un rabais. Non Petronia, tu n'es pas ici pour me nuire et ensemble, nous allons déjouer le piège de Scapula.

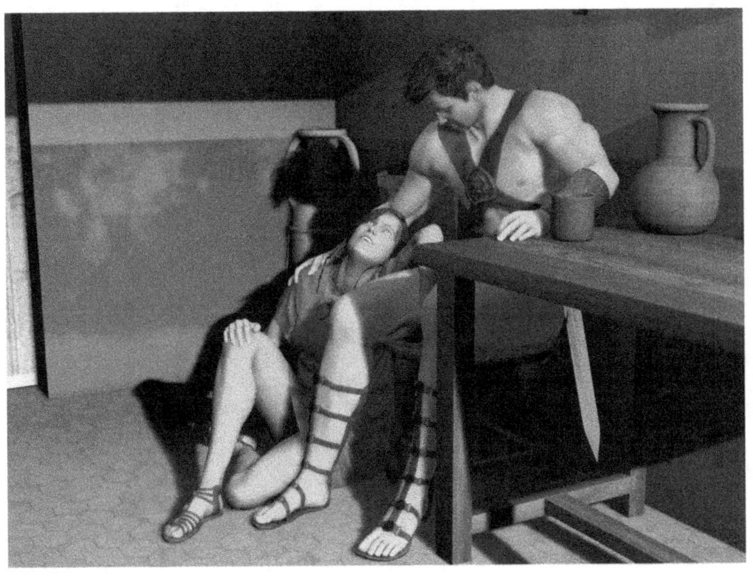

— Comment faire Maître ?

— Nous allons procéder en plusieurs étapes. Tout d'abord, et à partir de maintenant, tu ne dois plus m'appeler maître, pour toi comme pour les autres je suis Urbicus. Ensuite, et à dater de ce jour, nous allons chez des amis et je reprends mon entraînement. Crois-moi Petronia, je vais retourner au ludus avec la même forme que lorsque j'en suis sorti, Scapula n'aura qu'à bien se tenir.

— Et moi Maître, je suis quoi ?

— Je n'ai pas bien compris ta question.

— Moi... Urbicus... je deviens quoi dans tout cela ?

— Tu deviens... tu deviens... disons que tu fais comme si tu étais mon épouse, tu t'occupes de moi et tu veilles à ma bonne santé.

— Et c'est tout ?

— Attends pour voir, ce sera déjà bien.

Petronia pose de nouveau sa tête sur la cuisse d'Urbicus, mais cette fois elle ne pleure plus, elle sent l'homme aimable qui est sous la tunique, elle écoute la vie couler dans les veines de son maître et ses doigts se crispent sur le tissu.

*

* *

Æmilia

C'est pourtant vrai, ce matin et comme promis la veille, mon beau Flavius vient me chercher chez Sextus Terentius, qui à mon grand étonnement ne s'oppose en rien à notre promenade pourvu qu'il me reconduise avant midi, alors que je n'y croyais pas tu tout, enfin, presque pas.

Par simple précaution je me suis tout de même préparée, j'ai bien arrangé mes longs cheveux en faisant une grande tresse roulée sur ma tête. Ainsi coiffée comme une dame, je parais plus grande, j'ai aussi changé de tunique, celle-ci est bien plus neuve, ou moins usée, c'est comme on veut, mais en tout cas elle est propre. Je me suis également maquillée avec des produits de ma fabrication : un peu de poudre de terre cuite mélangée à de la farine pour obtenir un fard pour les joues, et un peu de noir de bois brûlé pour colorer mes paupières, cela donne l'impression que la braise brûle dans mon regard. J'aurais bien voulu peindre mes lèvres en rouge, mais je ne connais pas de recette pour confectionner un tel produit, si cher et réservé aux femmes riches. J'en resterai à me mordiller les lèvres pour y mettre un rouge carmin naturel, couleur sang, couleur qui coule en moi.

Flavius est vêtu de sa toge virile, il ne la met pas souvent et elle est bien blanche, même pas une tache de terre glaise pourtant si salissante. Comme je sais qu'il la réserve pour les grandes occasions, j'en suis ravie, ainsi pour lui, si je ne suis encore qu'une petite femme je suis aussi une grande occasion, cela me fait très plaisir et me rend bien heureuse. Après quelques mots de recommandation échangés entre mon maître Terentius et Flavius, je deviens enfin la propriété de celui que je désire tant servir. Je suis très heureuse oui, mais je ne sais pas tenir ma langue, alors je lui fais part de ma tristesse à n'avoir pas les lèvres colorées. Finalement, être un peu bavarde n'est pas toujours une mauvaise chose, tout dépend avec qui on parle, et c'est la mère de Flavius, Flavia Helcaria en personne, qui colore mes lèvres d'un beau rouge si puissant que l'on dirait le sang d'un dieu.

Je peux vous dire que même encore aujourd'hui, je n'ai pas oublié ce moment où elle tient mon petit menton entre ses doigts délicats. Je la regarde dans les yeux, bien franchement, à cet instant je regrette de ne pas avoir une mère moi aussi. Son regard attentif suit le mouvement du pinceau qui me dessine une jolie bouche et, à cause de sa concentration pour ne pas faire une erreur, elle pince ses lèvres qui dessinent des petites rides tout autour de sa bouche. J'aimerais tellement l'embrasser, j'aimerais tellement qu'elle m'embrasse, mais jamais cela ne m'arrivera, car je ne suis qu'une esclave sans esprit.

Pour la première fois, Flavius et moi nous sortons ensemble de la cour. Je suis derrière lui jusqu'au bout de l'allée, puis me cédant le passage il m'invite à franchir le seuil de la porte, ce que je fais.

Bien que depuis longtemps cela ait beaucoup changé pour moi, j'ai à cet instant une sensation parmi les plus étranges de ma vie, Flavius tient la porte avec sa main gauche et, de sa main droite posée sur ma taille, il me pousse délicatement vers l'extérieur. C'est la première fois que je passe devant une autre personne, jamais je n'ai osé faire une pareille chose, ma condition d'esclave m'obligeant à toujours rester derrière mes maîtres.

Évidemment, Flavius n'est pas encore mon maître, mais il est un homme libre, alors malgré tout mon amour je lui dois le respect comme pour tous les autres. Une fois dehors je ne bouge plus et le regarde simplement fermer la porte derrière nous, puis d'un simple « viens ! », il m'invite à le suivre.

Dans la rue il y a du monde, toujours beaucoup de monde, et plus nous approchons de l'Urbs, plus il y en a. Je me demande bien où peuvent aller tous ces gens pressés, moi évidemment ce n'est pas la même chose puisque je suis avec Flavius et que nous savons où nous allons. Au bout de notre courte rue, nous arrivons sur une importante voie de circulation, la « Via Flaminia », que nous empruntons en tournant à droite. Maintenant, nous n'avons plus qu'à suivre tout droit jusqu'au Capitole, le parcours n'est pas bien long, mais cela me permet de découvrir de nombreux véhicules circulants plus particulièrement depuis l'Urbs vers l'extérieur. À cette heure-ci, la circulation est interdite dans la ville pour tous les engins transportant des marchandises, seuls des riches peuvent se permettre d'arriver sur des petites carrioles tirées par un cheval, ou bien sur une litière. Bon, ceux qui sont encore plus riches peuvent venir sur ce qu'ils veulent, la ville leur appartient et personne n'est d'un rang assez élevé pour leur faire une remarque, mais de toute façon ils sont ceux qui nourrissent les autres, alors ?

Nous passons le long du Capitole, entre la colline sacrée et la prison du Tullianum, Flavius me tient la main afin de ne pas me perdre en route, finalement, la foule a du bon puisqu'elle permet ce contact entre lui et moi. Marchant à côté de mon beau Flavius, il me paraît encore plus grand, bien plus grand que sur son tabouret, et moi je suis très fière qu'il me tienne la main ; ainsi, les autres ne savent pas que je suis une esclave, ils doivent me croire son épouse. Il n'y a que ce collier de métal autour de mon cou, signe de ma condition d'esclave et que je ne peux retirer, qui fait mauvaise impression, mais afin de ne pas contrarier la déesse par ma si basse condition, je l'ai décoré d'un ruban de tissu. Et puis aussi mes sandales avec leurs semelles en bois sont un peu indiscrètes, mais dans tout ce brouhaha, personne ne doit les remarquer.

Dès mes premiers pas dans la rue, j'avais l'impression que tous les regards se posaient sur moi, que tout le monde devait se demander ce que cette esclave faisait ici loin de ses maîtres. Mon fard aux joues et mes lèvres peintes en rouge doivent attirer l'attention, c'est ce que je crois, mais en fait, personne ne me regarde ni même ne me voit tellement je suis insignifiante parmi tous ces gens. Je suis bousculée, cognée ici où là et personne ne s'excuse, c'est normal, mais je suis un peu vexée de n'être rien. Depuis notre départ j'ai croisé des centaines d'esclaves qui se déplacent sans leur maître, chacun sachant ce qu'il doit faire et personne ne leur demande rien. Je comprends à cet instant que je peux bien crever dans la rue sans qu'aucun ne baisse son regard sur moi, tout au plus certains lèveraient-ils les pieds pour m'éviter, et encore, je n'en suis pas sûre.

De toute façon, la déesse sait déjà tout de moi. En fait, c'est plutôt envers les humains que je suis gênée d'être esclave, mais si Vénus ne me foudroie pas directement du regard, peut être qu'elle m'aidera un jour. Je sens les gros doigts de Flavius, rendus rugueux par le travail qui me serrent un peu plus fort quand je me fais coincer par un passant, ce qui évidemment ralentit mon allure. Il ne tient vraiment pas à me perdre dans cette foule d'inconnus qui me font peur. Pour parvenir jusqu'ici, nous avons dû monter sur la colline, longer le Tabularium, puis descendre le grand escalier.

Enfin nous y sommes, devant mes yeux écarquillés de petite fille, le forum de César épanouit toute sa beauté. À gauche, c'est le Comitium[6], avec sa tribune aux harangues et déjà des gens qui sont là pour se plaindre, ou bien pour défendre leurs intérêts, ce qui est souvent la même chose. À côté, c'est la Curie Julia, mais aujourd'hui les sénateurs ne travaillent pas non plus, ces braves gens eux aussi, ont bien besoin de se reposer.

Je suis émerveillée par tout ce qui m'entoure. Flavius commente ce qui passe devant mon regard étonné, car sans lui, moi qui ne suis jamais sortie de la rue où je vis, je ne connaîtrais rien de ce qu'il y a ici. Sur ma droite, c'est le temple de Saturne, très ancien, le plus ancien temple de Rome et contenant la fortune de la ville, de quoi racheté mille fois ma liberté, mais c'est impossible. Juste à côté de nous, il y a le temple de la Concorde, adossé au Tabularium[7]. Contre le temple de la Concorde, c'est le tout nouveau temple dédié à l'empereur Vespasianus[8]. Sur ma gauche et après la Curie, il y a un magnifique bâtiment avec plein d'arches au rez-de-chaussée et aussi à l'étage, avec des boutiques et des banquiers en grand nombre. Je suis encore bien plus fière de

6   Le **Comitium** est un bâtiment circulaire où l'on rendait la justice à Rome et dans les colonies latines.

7   Le **Tabularium** était le bureau officiel des archives de la Rome antique (de *Tabulae*, Tablettes), il fut également le siège de nombreux bureaux pour les fonctionnaires de la ville

8   **Vespasien** (*Imperator Caesar Vespasianus Augustus*) (17 novembre 9 – 23 juin 79) est empereur romain de 69 à 79. Il est le fondateur de la dynastie des Flaviens qui règnent sur l'Empire de 69 à 96. Ses fils Titus, puis Domitien lui succèdent.

moi quand Flavius me dit que cette riche construction porte mon nom, la Basilique Æmilia. J'ignore pourquoi je porte ce nom, mais celui qui un jour l'a décidé ne s'est pas moqué de moi.

Comme on m'a toujours appelé par ce nom-là, je pense que ce sont mes parents qui me l'ont attribué, car ce n'est pas un nom d'esclave, ce qui indiquerait qu'ils n'étaient pas esclaves lors de ma naissance, et donc moi non plus. Quand je ne suis pas trop occupée, je réfléchis à tout cela et je me dis que s'ils m'avaient abandonné à ma naissance je n'aurais pas un si joli nom, juste un nom sans valeur pour me distinguer des autres. Ou bien ils m'ont vendu pour vivre, mais cela ne me plaît pas de l'imaginer, je préfère croire qu'ils sont morts et que celui qui m'a sauvé a fait de moi une esclave à son service en échange de ma vie.

Nous poursuivons notre chemin le long de la Via Sacra et devant nous, fermant l'horizon, c'est le gigantesque amphithéâtre de Vespasianus. Avant lui se trouve le temple de César, je veux dire, le grand César. Un peu plus loin derrière la basilique qui porte si bien mon nom, il y a le temple de Vénus Genitrix, et c'est là que je me rends avec mon beau Flavius qui tient toujours ma petite main bien serrée, au chaud dans la sienne.

Mes yeux ne sont pas assez de deux pour tout voir, il m'en faudrait tout autour de la tête pour y parvenir. Sur ma gauche, la très belle basilique, celle qui porte mon nom, offre à mon regard médusé une grande quantité de boutiques. Ici, sont exposés plein de produits inconnus de moi, des gens discutent leurs prix, d'autres tentent de convaincre leur créancier de leur accorder un délai pour les rembourser. Partout il y a de l'animation. Nous piétinons bien plus que nous avançons, car la foule est compacte. Flavius me fait découvrir des étals extraordinaires ; des poudres de toutes sortes de couleurs s'offrent à mes yeux, allant du jaune le plus vif aux ocres les plus rouges qui soit, pendant que leurs parfums eux aussi totalement inconnus excitent mes narines.

Sur ma droite, c'est pire encore, tout n'est que merveilles. Situées en haut de belles colonnes en marbre, les statues de bronze de nos grands hommes fièrement assis sur leurs chevaux, saluent la foule qui ne les voie plus. Partout de très nombreuses statues sont peintes avec des couleurs très proches de la réalité, tant pour les personnages que pour leurs vêtements. Et puis tous ces thermopolia où l'on prépare le repas de midi, en prévision pour ceux qui viendront manger ici comme chaque jour. La plupart des gens pauvres vivant dans les étages des insulae ne disposent d'aucun moyen pour faire du feu, bien trop dangereux dans ces maisons de bois et de briques. Pas plus pour le chauffage que pour la cuisine ils n'ont de quoi cuire un plat, alors ils viennent par milliers dans les thermopolia, pour acheter de la nourriture prête à être consommée sur place, ou bien emportée chez eux. Pour quelques sesterces ils ont droit à un pain frais fourré avec divers aliments, du fromage pour les moins chers, des saucisses grillées pour les plus coûteux, et le tout accompagné d'une boisson. Les odeurs de pains frais et de grillades mélangées emplissent eux aussi mes narines, je respire cet air de liberté, pour la première fois de ma vie je vais librement où je veux, accrochée à mon beau Flavius qui ne tient pas à me perdre.

De l'autre côté du forum, c'est la basilique Julia. Sa construction a été commencée par un certain Lucius Æmilius Paullus, encore un qui avait le même nom que moi, décidément je ne suis pas une inconnue. Ce grand bâtiment sert pour tout ce qui est du ressort de la justice et du droit, c'est là que Flavius pourra enregistrer mon affranchissement, ainsi que notre mariage. Ce Lucius Æmilius a eu une vraie bonne idée de faire cet édifice, car sans lui, les esclaves ne pourraient pas être affranchis, et les gens ne pourraient pas se marier, c'était vraiment un grand homme.

Longeant la basilique, il y a une rue pleine de monde, comme toutes les autres d'ailleurs, et sur l'autre côté un magnifique temple dont l'escalier est décoré par deux statues montrant des hommes tenant chacun un cheval par la bride.

— Dis-moi Flavius, c'est un temple pour les chevaux ?

— Bien sûr que non Æmilia, c'est le temple des Dioscures.

— C'est quoi ça, des Dioscures ?

— Ce sont deux jeunes hommes divins, l'un est fils de Zeus, ou si tu préfères de Jupiter, c'est Castor, et l'autre le fils de Tyndare roi de Sparte, c'est Pollux.

— Tu connais beaucoup de choses Flavius, je suis très étonnée.

— J'ai été un peu à l'école, et puis ils sont vraiment très connus à Rome. Un jour, alors que nos légions étaient durement engagées dans une affreuse guerre, ils sont venus à Rome pour annoncer la victoire de notre armée, seuls des dieux pouvaient savoir par avance l'issue du conflit.

Même s'ils sont très connus à Rome, moi je ne les connaissais pas et Flavius me paraît encore plus grand. Non seulement il est le plus beau de tous, mais en plus il est aussi le plus intelligent. Quand nous serons mariés, nos enfants iront à l'école pour connaître tous les dieux, moi je serai l'épouse la plus fière de Rome et les autres seront toutes jalouses. Ah ! Comme cela me fait rêver, mais un jour viendra où par la volonté des dieux ce sera une réalité. Mois aussi je posséderai de nombreux esclaves, mais je ne les frapperai sûrement pas.

Nous avons fait le tour du forum et mes pieds commencent à chauffer, alors après un dernier regard sur le temple du grand Jules César nous faisons demi-tour. Suivant le même chemin que pour l'aller, mon étonnement ne faiblit pas, il y a ici de quoi surprendre n'importe quel étranger. Les passants sont si nombreux, que tout le monde joue des coudes pour avancer tant bien que mal, sans être forcé dans une autre direction qu'il n'aurait pas choisie. Je croise des esclaves crasseux, des femmes en guenilles qui laissent paraître leur poitrine sans aucune gêne, mais aussi des hommes bien habillés avec des toges blanches côtoyant des hommes libres portant des vieilles toges râpées et sales. Dans cette foule, quelques femmes d'une très grande élégance se distinguent par la fraîcheur et la vigueur de leurs robes aux mille couleurs, quand elles ne sont pas simplement très blanches et aériennes, à la limite de la transparence. Une jeune et belle Vestale vêtue d'une stola blanche est passée juste devant nous, escortée par un licteur[9] portant son faisceau sur l'épaule, lui ouvrant un passage bien difficile. Son faisceau est composé de verges en bois très souple pour battre ceux qui le méritent, mais à l'intérieur se trouve une hache pour châtier les condamnés à mort. Cela me fait peur quand Flavius me l'explique, mais ici sur le pomerium, le fer est caché, car les armes sont interdites dans la zone sacrée de l'Urbs. Flavius m'a aussi expliqué la grande notoriété de ces femmes toujours vierges, facilement reconnaissables par leurs rubans rouges tressés dans leur chevelure, rappelant le feu sacré de Rome et dont elles ont la charge. Elles possèdent en droit divin la possibilité de gracier un condamné croisant leur chemin. La parole d'une Vestale ne peut être mise en cause par personne, même l'empereur doit se soumettre à leur divine volonté et ne peut les contredire, ce qui parfois fait bien l'affaire de pauvres gens. Pour cela aussi elles sont très recherchées et courtisées à souhait, compter une telle personne parmi ses amies est un atout de valeur et l'assurance d'une protection en cas de besoin. On comprend facilement pourquoi des riches familles font tout pour

---

9 Les **licteurs** constituent l'escorte des magistrats qui possèdent l'imperium, c'est-à-dire le pouvoir de contraindre et de punir. Les Vestales avaient également un licteur. Ils sont munis d'un faisceau de verges entourant une hache.

que leur fille, dès l'âge requis de dix ans, soit élue et admise chez les Vestales.

Nous passons une nouvelle fois devant la basilique Æmilia, puis, derrière la Curie Julia et le Comitium, se trouve enfin l'enceinte du temple. Après avoir fait le tour du forum pour en découvrir ses merveilles, nous sommes arrivés. Timidement nous contournons un des grands côtés du péribole, puis nous montons un petit escalier qui nous conduit sur l'esplanade devant le Temple. Je suis fort surprise par la vie qui règne ici, en ce lieu oh combien sacré. Je m'attendais à un silence opposé au vacarme du forum, mais il n'en est rien, des gens vont de droite et de gauche, s'interpellent et parlent sans gêne.

Ici, deux légionnaires discutent en faisant bien des gestes, certainement pour illustrer leur valeur lors de la dernière bataille à laquelle ils ont participé ; plus loin, un sénateur traversant la place en appelle un autre qui descend les marches du temple. En haut de l'escalier, un troisième fait la cour à une jolie dame bien vêtue. Faisant face au temple, celui-ci nous impose ses huit colonnes en façade supportant un énorme fronton. Je crois vivre le plus beau jour de ma vie quand nous montons enfin les marches qui nous conduisent sur le podium. À ma droite, il y a deux esclaves qui astiquent avec ferveur une statue de la déesse qui, toute couverte d'or, brille au soleil comme un aureus tout neuf. Arrivés à la dernière marche, le fronton nous abrite soudain par son ombre, déposant délicatement sur nos épaules comme un doux manteau de fraîcheur que personne ne peut voir. Je n'ai à cet instant aucun doute, alors que Flavius me regarde droit dans les yeux et que je lève mon visage vers celui qui pose ses mains sur moi, la déesse est là. Je sens sa présence et presque son souffle, sûrement son parfum aussi, qui m'enivre à m'évanouir quand mon beau Flavius me jure son éternel amour.

Puis il m'embrasse, pour la première fois Flavius le potier se penche vers moi et pose sur mes lèvres le plus doux des baisers jamais reçus. Dès cet instant, et pour ma vie entière, je n'oublierai jamais ce merveilleux moment. Ses lèvres sont douces et tièdes, sa bouche est chaude et seuls ses poils mal coupés me piquent un peu la peau, mais qu'importe puisque je suis heureuse. Nous aurions bien aimé entrer à l'intérieur du temple, mais cela est interdit aux gens de notre faible condition, seules les prêtresses y sont autorisées. Plusieurs sont entrées et sorties sans rien nous demander, tout juste un regard discret dans notre direction, notre présence ne semble pas les troubler. Il est vrai qu'elles servent la déesse de l'amour, alors comment pourraient-elles nous chasser de cet endroit ?

Nous repartons tranquillement, en descendant l'escalier je me prends pour une divinité nouvellement mariée avec son dieu, je suis si fière que je manque d'air pour respirer, j'étouffe, j'ai envie de hurler ma joie, mais personne ne saurait m'entendre. Nous devons presser nos pas, car je dois être de retour avant la sixième heure, condition sine qua non si nous voulons un jour avoir de nouveau l'autorisation de venir ici. J'ignore pourquoi mon maître tient à ce que je rentre avant l'heure du midi, mais je suis bien trop heureuse pour tenter une moindre réponse, je serai donc à l'heure.

Sur le retour, la foule est encore plus dense, il devient presque difficile par endroits de ne pas être séparé tellement les gens nous bousculent sans la moindre gêne. Sur le forum, une espèce de voiture montée sur quatre roues porte un homme certainement très riche, entouré par une faune d'esclaves tous à son service. Autour de lui également, il y a des gens bien habillés avec de belles toges, ce ne sont pas des pauvres, mais ils sont quand même clients de l'homme très riche. Il y en a aussi devant la voiture et qui gesticulent pour ouvrir un passage dans la fourmilière, mais leur tâche n'est pas facile. Derrière suit un cortège de plusieurs centaines de personnes, espérant avoir quelques miettes de la bonté de leur patron juché bien haut sur sa voiture décorée de fleurs, protégé des coups malencontreux dont personne n'est à l'abri. Flavius m'explique que c'est un rituel quotidien pour ces très riches personnes d'exposer leur puissance, ils récoltent ainsi toujours plus de clients, et toujours plus de notoriété. Je ne comprends pas l'intérêt d'avoir plus de notoriété, même si Flavius dit que c'est bien pour les élections, moi comme tous les esclaves je ne vote pas, et je ne comprends toujours rien à ces histoires.

*

Enfin nous sommes de retour chez nous et j'en suis contente, bien que cette sortie exceptionnelle au temple de Vénus soit pour moi une expérience jamais vécue jusqu'à ce jour, je ne suis pas fâchée d'être au calme derrière nos murs. Naturellement, comme je ne suis qu'une esclave rien ne m'appartient, même pas les puces qui se nourrissent à bon compte pendant mon sommeil, mais comme je n'ai pas d'autres souvenirs que ceux de cet endroit, alors je me sens tout de même chez moi, derrière mes murs.

Je n'ai rien dit de Caius Helcarius Figulus, le père de Flavius. Il est un homme de grande taille, vigoureux, avec des puissants bras capables de manipuler les plus lourdes amphores. Bien que n'étant pas trop âgé, ses cheveux longs et bouclés sont largement blanchis par le temps. De longue date, Caius s'est entendu avec Sextus Terentius Capito, son voisin et aussi mon maître, pour me marier avec Flavius quand j'aurai atteint l'âge requis. Mon maître est artisan boulanger et, à la différence de Caius qui est d'origine gauloise, lui est un homme du sud, plus petit, avec le teint mat et des cheveux encore bien sombres. Sûrement à cause de son métier, il est plus rond aussi, mangeant fort bien et n'ayant d'autres efforts à faire que celui de commander à ses esclaves et à ses ânes.

À ce jour, je suis dans ma onzième année, à peu près, et il est encore trop tôt pour consacrer mon union avec Flavius, il faut pour cela que je perde mon premier sang, signe divin et mystérieux qui paraît-il, annonce la fertilité de la femme. Il est également convenu que Caius achètera sa future belle fille à son voisin Sextus puis, avant de procéder aux noces, c'est Flavius avec les économies qu'il réalise qui paiera mon affranchissement dans la belle basilique Julia, celle que nous avons vue sur le forum. Si un enfant doit rapidement naître de notre nouveau couple, il devra l'être de parents libres ou affranchis afin de naître lui-même comme un enfant libre. Il serait bien dommage que Flavius, artisan libre, ait un enfant esclave dès sa naissance à cause de sa mère. Si j'ai dit ne pas tenter une moindre réponse pour expliquer ma sortie d'aujourd'hui, c'est surtout une question que je ne poserai pas, mais j'ai quand même ma petite idée. Je pense que Caius Helcarius, le père de Flavius, et Sextus Terentius mon maître, se sont entendus pour nous marier prochainement, alors il faut que je m'habitue à suivre mon futur époux. Je ne vois aucune autre explication.

Caius tient un commerce de tous produits à base de terre cuite : amphores, vases, assiettes, timbales et bien d'autres choses encore, auxquelles il ajoute divers objets en bois d'olivier, déposés chez lui par un artisan de ses amis, qui en retour expose ses plus belles poteries dans sa boutique. Il est un artisan reconnu pour la qualité de ses produits et le sérieux de son service, mais cela ne fait pas de lui un homme riche, il subvient honnêtement aux besoins de sa famille : son épouse Flavia Helcaria, ses deux fils, Fullo et Flavius, et Victoria sa petite fille ; auxquels il convient d'ajouter quatre esclaves travaillant à l'atelier ou au magasin, plus une esclave aidant aux tâches ménagères.

Sextus lui, c'est le boulanger du quartier, père de trois enfants qui travaillent aussi aux meules et au four. À cause de la crise qui sévit depuis trop longtemps, le commerce va mal, surtout le sien qui manque cruellement de matière première. Tout a commencé par là, le manque de blé importé d'Afrique, la disette des céréales qui entraîne toujours le mécontentement des plus pauvres et qui naturellement, est suivie par le ralentissement de toutes les activités.

*

Peu après l'heure de la sieste de Sextus, un client vêtu d'une belle toge entre dans la boulangerie, mais sans acheter de pain, il suit mon maître dans l'arrière-boutique. Là, les deux hommes échangent des propos courtois tandis que je les écoute tout en frottant avec ferveur les dalles du sol, toujours couvertes d'un peu de farine, quoique cet endroit brille comme un sesterce tout neuf depuis que je le frotte sans changer de place. Sans percevoir clairement tout ce qui se dit, les regards discrets du client me font pressentir un sombre avenir où je vais être concernée, de près ou de loin. J'ai beau froncer les sourcils et tendre mes oreilles, je ne parviens pas à percevoir clairement ce que les hommes disent tout bas.

— Æmilia !

— Oui Maître ?

— Viens un peu par ici, montre-nous ton beau sourire.

Je me lève en souplesse et de mon sourire d'enfant aux lèvres innocentes qui découvrent mes belles dents blanches, je me dirige vers les deux hommes. De plus près je vais entendre ce qu'ils se disent, enfin ma curiosité va être récompensée.

— N'est-elle pas mignonne ?

— Oui… mais un peu jeune encore.

— Elle a une dizaine d'années, une esclave de son âge encore vierge est à Rome une affaire rare.

— Bien, tu n'as pas menti sur l'essentiel, elle est une jolie fille. Faisons donc affaire maintenant, car j'ai un bateau qui lève l'ancre, dès cette fin d'après-midi.

— Cinq mille, comme prévu ?

— Une somme élevée pour une esclave, mais soit, ce qui est dit, est dit, voilà ton argent.

L'homme inconnu donne à Sextus une bourse sortie par magie des plis de sa toge. Un instant d'hésitation juste suffisant pour modifier mon avenir et je tente de m'échapper quand je comprends enfin de quoi il retourne, mais trop tard, le client a mis une main sur mon épaule et saisit ma tunique. Ce bougre d'homme est bien trop fort pour moi, mes pieds décollent du sol et me voilà affalée, mon faible poids ne lui a pas résisté.

— Holà ! Ne rebelle pas petite, tu dois me suivre, car je suis ton nouveau maître.

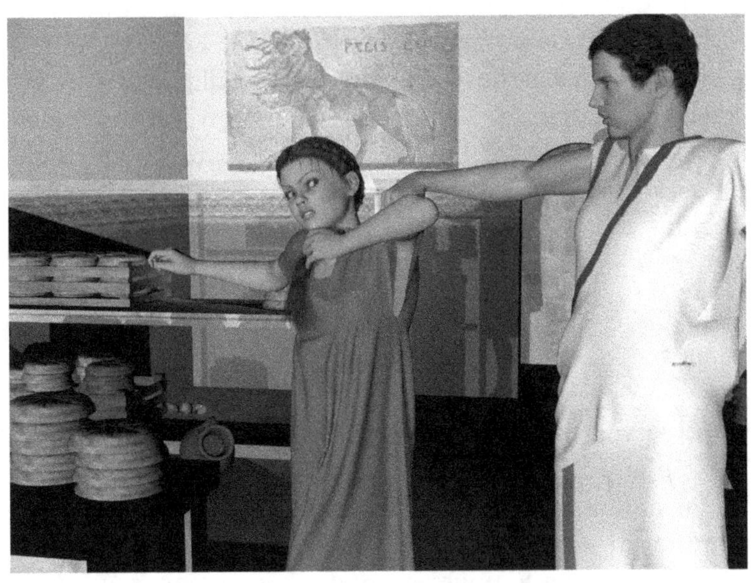

— Je ne veux pas d'un nouveau maître… lâche-moi !

— Ah non ? Eh bien tant pis, tu dois maintenant me suivre sans discuter !

Et paf ! Après une bonne claque sur la joue, je n'ai plus un mot à dire, ma jolie tresse s'est à moitié détachée et pend sur le côté, me donnant l'air d'une idiote affolée. Poussée devant l'homme à la toge blanche, je suis dehors et deux esclaves à son service me prennent en main, puis notre groupe disparaît rapidement de la rue où j'avais vu le jour et toujours vécu, enfin je crois, car je n'ai aucun autre souvenir d'un endroit différent de cette maison. Passant devant la porte en bois qui donne sur la cour, j'ai encore espoir que Flavius va l'ouvrir et paraître ici, qu'il va se jeter sur ces hommes et me libérer. Mais il n'en est rien, la porte reste close et personne ne sort pour me secourir. Le calme règne sur les habitations où le travail va reprendre ses droits après la sieste, la rue est comme toujours animée par des gens nombreux qui vont en tous sens, mais aucun ne se penche sur mon triste sort, je ne suis qu'une esclave que l'on frappe comme une mule pour la faire avancer. Alors comme elle, je courbe l'échine et presse le pas.

*

Que me veulent donc ces gens, je ne les connais pas moi. L'autre avec sa belle toge toute neuve a plutôt bonne allure, mais il vient quand même de m'acheter comme un simple animal. Mon nouveau maître dit-il ? Mais je n'ai que Flavius comme nouveau maître, c'est lui que mon ventre attend pour fonder une famille. Pour l'instant, mon maître c'est Terentius ; je n'en ai jamais connu un autre et je ne veux pas le faire non plus.

Pour les deux esclaves dans la même situation que moi, ils pourraient éviter d'être si brutaux, ont-ils vraiment besoin de me frapper pour me faire avancer ? C'est quand même pas de ma faute si j'ai des petits pieds et de mauvaises sandales. Je n'aime vraiment pas ce qui m'arrive maintenant. Ce matin j'étais si heureuse avec Flavius, alors pourquoi cet homme inconnu qui veut de force me conduire dans un endroit ailleurs qu'ici ? C'est peut-être la déesse Vénus qui n'a pas aimé que nous allions chez elle pour dire que Flavius et moi, nous voulons vivre toujours ensemble, mais je ne vois pas pourquoi. Forcément, je ne suis qu'une esclave et Flavius est un artisan, mais après mon affranchissement tout sera réglé, où est donc le problème ? N'est-elle pas la déesse de l'amour ? Si, bien sûr, alors je crois qu'elle va venir m'aider maintenant que je suis seule devant un destin invisible. Il faut que j'en sois persuadée sinon ma vie n'aura plus aucun sens, et comme dit Flavius, si les légionnaires font toujours des routes bien droites, les dieux nous tracent des chemins tortueux pour parvenir jusqu'à eux. Oui, c'est bien cela qu'il m'arrive, Vénus me prend en charge sous condition de justifier son aide et sa bienveillance, elle veut savoir si j'aime vraiment Flavius pour le mériter. Je vais donc m'efforcer de subir sa volonté et quoi qu'il arrive, tout endurer afin de retrouver mon beau Flavius.

Heureusement il va venir me chercher, je le sais bien. Avec ses gros bras il va me libérer et m'emporter loin de ces affreux personnages que je n'aime pas. Nous irons nous cacher dans un lointain pays que personne ne connaît, je lui donnerai beaucoup d'enfants, pour le remercier d'être venu me secourir. Il ne pourra sans doute pas venir tout de suite, car il a son travail à finir chaque jour pour acheter ma liberté, mais je sais qu'il viendra puisqu'il me l'a promis devant la déesse Vénus, jamais il ne me laissera seule.

Moi maintenant, je commence à en avoir marre de marcher, mais on arrive sûrement au bout de nos peines, un cisium attelé à deux beaux chevaux noirs nous attend. Celui qui se prétend mon nouveau maître doit être un homme fortuné pour posséder un tel attelage, jamais je n'avais encore vu de si beaux chevaux, avec une robe noire lustrée et brillante au soleil. Pour monter sur la voiture, un des esclaves me donne sa main en aide, mais je crois bien qu'il en profite pour me la mettre aux fesses, enfin, je ne vais pas faire la difficile maintenant que je suis assise, il ne manquerait plus que je me retrouve en bas pour faire le reste du chemin à pieds. Mes sandales avec des semelles en bois sont très bien pour traîner dans la maison ou marcher doucement, mais là, à suivre ces hommes, j'ai eu bien des difficultés.

Je ne suis jamais venue dans cette partie de l'Urbs, mais je sais que nous sommes devant le grand cirque de Maximus et que nous allons vers Ostie, c'est ce qu'a dit l'homme à la toge blanche quand il parlait avec Terentius. Flavius connaît Ostie, il m'en avait déjà parlé un jour qu'il y avait apporté des amphores pour un lointain client, et d'autres fois aussi. Tiens, il y a une course en ce moment, j'entends les sabots des nombreux chevaux qui courent sur la longue piste du cirque et je perçois, dans les rayons du soleil, la poussière qui s'élève au-dessus des murs, mais aussi les cris des spectateurs heureux qui font monter des larmes dans mes yeux. J'aimerais bien moi, regarder les chars tirés par les beaux chevaux passer devant nous à grande vitesse, assise près de Flavius qui me tiendrait par la taille, je serais aussi heureuse que tous ces gens. Ils sont heureux, mais moi je suis triste à en mourir.

Malgré ma vue brouillée par les larmes, je distingue tout de même ce petit groupe de personnes qui croisent notre route. Il y a plusieurs femmes adultes et quelques enfants qui les suivent, de mon âge ou à peine plus. Aucune ne porte un vêtement sur elle, car je ne vois que des femmes, mais toutes sont enchaînées ensemble et conduite vers le marché aux esclaves, triste sort aussi que le leur, pire encore que le mien pour la plupart d'entre elles. Les plus jeunes et jolies seront certainement violées par leur nouveau maître, ensuite vendues ou louées à la prostitution. Les autres, les plus âgées, seront employées aux tâches les plus serviles, courbant elles aussi l'échine, mais pas pour avancer, juste pour se taire et souffrir en silence. Cela ne diminue en rien ma peine, mais au prix payé par mon nouveau maître, il n'a sûrement pas l'intention de me prostituer, les filles qui viennent de nous croiser sont certainement bien moins cher, alors que me veut-il ?

Sans se soucier de moi, les chevaux mettent un pied devant l'autre et avancent toujours au même rythme, m'éloignant toujours plus de Flavius. Peu après avoir passé le cirque de Maximus nous sommes arrivés au mur d'enceinte de la ville, je sais qu'il en fait tout le tour pour nous protéger contre des ennemis qui voudraient faire du mal aux Romains, mais heureusement, nos légions sont là pour nous protéger, aucun ne peut venir jusqu'ici. Nous franchissons tranquillement la porta Ostia puis nous empruntons une route fort ennuyeuse, bien que très fréquentée elle est toute droite jusqu'à Ostie, ça, c'est une vraie route de légionnaire. Les hommes parlent peu, il y a juste le maître qui échange quelques mots avec un affranchi, facilement reconnaissable grâce à son pileus qui lui coiffe la tête. À Rome il y a beaucoup d'hommes, mais des femmes également qui portent cette coiffure faite de laine ou, pour les plus aisés d'entre eux, en cuir véritable. C'est le seul moyen qu'ils ont de se distinguer des esclaves parfois mieux vêtus qu'eux, selon la richesse de la famille à laquelle ils appartiennent. J'imagine quand Flavius aura acheté ma liberté que j'aurai le même bonnet en cuir, enfin peut-être pas au début, car ils coûtent cher, mais après c'est sûr. Flavius sera évidemment mon mari, il me l'a promis, mais aussi mon Maître pour la vie et je porterais alors son nom, on dira Æmilia Flavia Helcaria pour parler de moi et je serai très fière.

Pour le moment, je suis Æmilia rien du tout, et je m'ennuie dans cette carriole qui avance trop doucement, bien que je ne sois pas pressée d'arriver puisque je ne sais pas où l'on me conduit, je sais juste que chaque pas des chevaux m'éloigne du centre du monde. Je réfléchis autant que ma petite tête peut le faire, et dans ma cervelle de moineau l'horreur apparaît soudain. Si je monte sur un bateau, je ne sais pas comment Flavius va savoir où me suivre, sur l'eau il n'y a pas de traces, à moins de lui laisser un message qu'il pourra trouver.

À cet instant, je rêvais beaucoup en croyant que Flavius pourrait suivre mon itinéraire, alors qu'il n'avait aucun moyen de le savoir. Mais à onze ans, ce genre de chose n'était qu'un détail que je m'empressais d'éluder bien vite.

Nous sommes maintenant à Ostie, c'est joli ici, il y a plein de boutiques qui vendent toutes sortes de choses, et beaucoup de gens qui travaillent pour alimenter l'énorme ville qu'est Rome avec tous ses habitants. Nous nous sommes arrêtés un moment pour faire provision de nourriture et de boisson en vue de poursuivre notre voyage, au moins mon nouveau maître ne tient-il pas à nous voir mourir de faim, c'est déjà bien. Cette importante ville est entièrement construite en briques, comme Rome, et ses plus beaux murs sont eux aussi parés de marbre. Sur les trottoirs il y a de nombreuses représentations faites en mosaïque, sur les murs des panneaux sont peints pour indiquer aux passants quel est le commerce de la maison à qui ils appartiennent. Devant celle-ci il y a une carafe avec deux timbales et de la bière qui déborde, pour dire qu'ici on peut boire ; à côté c'est un pain ouvert avec une saucisse qui dépasse pour dire que là on peut manger, plus loin c'est un chien pour avertir que l'endroit est bien gardé, et à côté encore, cette peinture que je n'ose à peine regarder que du coin de l'œil, montrant des femmes et des hommes faisant des drôles de choses.

— Alors petite ! Es-tu déjà intéressée par ce qui se passe dans cet endroit ?

— Non mon Maître, j'ignore ce que cela veut dire, j'ai juste un peu faim.

— Alors mange ce pain et ce fromage, et pour ta curiosité, regarde plutôt si tu vois un vol d'oiseaux, et dis-moi s'ils vont vers la gauche ou vers la droite.

Pour la mosaïque représentant des femmes et des hommes, j'ai bien mon idée, je ne suis pas complètement sotte, mais là je n'ai rien compris, que les oiseaux volent à gauche où à droite, qu'est-ce que cela peut bien lui faire ? Déjà que je trouve souvent que les maîtres sont bizarres, pour le coup, ce nouveau maître étranger les dépasse tous. Je ne sais pas dans quelle maison ces gens vont me conduire, mais si pour s'occuper ils regardent dans quel sens volent les oiseaux, je n'ai pas fini de perdre mon temps, heureusement que Flavius va vite venir à mon secours.

Enfin nous sommes arrivés, du moins au port d'Ostie. Comme Flavius me l'a autrefois expliqué, après une longue route toute droite, on arrive dans une belle ville en bordure de mer. Moi, la mer, je ne l'avais encore jamais vue, mais à en croire les descriptions de Flavius, c'est sûrement ici.

« *Tu es au bord du Tibre, mais tu ne peux voir la rive en face* » me dit Flavius, chaque fois qu'il revient de cette ville.

Eh bien, j'y suis. C'est vraiment extraordinaire, rien que de l'eau, aussi loin que porte ma vue, rien que de l'eau. Et cette forte odeur, quel doux parfum encore inconnu de moi. Ici, je ne sens pas les urines et les excréments des hommes et des animaux, sur lesquels tous les passants marchent sans y prêter attention, transportant jusque dans leurs pénates des effluves nauséabonds. Mais non, ici l'air semble si léger que je me demande si je respire toujours.

Quelle jolie ville, comme cela doit être agréable de vivre en cet endroit, sans être esclave, naturellement, car sinon tous les lieux se ressemblent fortement. Pour mon nouveau maître, ici il y a plein d'oiseaux qui tournent en tous sens autour des bateaux en poussant des petits cris. Non loin de nous ils sont tout un groupe, des gros oiseaux avec un plumage blanc et gris, et du noir aussi. Leur bec est jaune et peut-être à cause de leur taille, ils ne nous craignent pas. Comme je ne sais pas quoi faire avec l'affaire des oiseaux, je me borne à choisir un seul endroit pour observer les bestioles, là elles vont plutôt dans la même direction. Si le nouveau maître me questionne à leur sujet je saurai quoi répondre, ainsi je ne serai pas frappée et peut-être même qu'il me considérera mieux. Que l'on me prenne pour une petite idiote, passe encore, mais les claques, moi j'aime pas ça du tout et je fais tout pour les éviter.

Après nous être bien rempli le ventre, surtout le mien puisqu'il est petit, nous avons marché un peu, soi-disant pour faire passer. Faire passer quoi ? J'en sais rien du tout, mais c'est tout de même passé et nous arrivons devant les beaux bateaux. À Rome, sur le Tibre, j'en ai déjà vu des bateaux, mais aussi nombreux et aussi gros, ça jamais, c'est incroyable. Je n'en suis pas très sûre, mais je crois bien que tous les bateaux du monde sont ici.

Nous embarquons sur un de ces grands bateaux, il faut même une large planche pour monter dessus tellement qu'il est haut. Pour sûr, on doit bien se sentir en sécurité sur un tel navire, alors je suis mon nouveau maître sans me poser d'autres questions, sauf que je ne sais pas où nous allons. Comment puis-je dire à Flavius où venir me chercher ? De toute façon je suis bien sotte quand même puisque je ne sais pas écrire, et puis à qui donner un message ?

Alors que toutes mes questions sans réponses se bousculent dans ma tête, je sais soudain ce qu'il faut faire, je vais le dire à l'un des hommes qui travaillent ici, et lui à son tour le dira à Flavius. Ralentissant ma marche sans me faire remarquer, je laisse un peu de distance entre moi et les autres puis j'accoste franchement un inconnu qui courbe l'échine sous un sac de blé, bien trop lourd pour lui.

— Bonjour, je suis Æmilia, de la boulangerie.

— Bonjour Æmilia… heu… de la boulangerie, que veux-tu ?

— Un petit service, quand tu verras Flavius le potier, peux-tu lui dire l'endroit où nous allons ?

Pourquoi me regarde-t-il avec cet air étonné ? Je n'ai rien dit de bien compliqué, tout le monde peut comprendre.

— Oui… heu… quand je verrais ton Flavius le potier, je lui dirais où vous allez.

Eh bien voilà ! ce n'était pas si difficile à comprendre. Parfois je suis surprise de voir ces gens qui n'ont pas plus de cervelle qu'un chien et qui nous regardent avec des yeux ronds, comme si on tombait du ciel.

— Merci, il te récompensera pour m'avoir aidée, j'en suis sûre.

— Certainement, tu as raison.

Voilà qui est fait, maintenant je sais que mon Flavius va suivre ma route pour me reprendre à celui qui à mes yeux porte une toge bien trop blanche. Je le regarde faire avec les autres, il n'a pas l'air bien méchant, mais pourquoi m'emmène-t-il avec lui, je ne vois pas à quoi je pourrai bien lui être utile. Je ne suis encore qu'une petite fille, trop jeune pour faire des enfants et je ne sais pas non plus faire la cuisine. Sauf laver par terre, oui ça, je sais bien le faire, mais il n'a pas payé cinq mille sesterces pour me faire laver ses sols, même s'il a une grande maison.

Maintenant, des hommes restés à quai poussent le bateau avec de grands morceaux de bois, sans effet jusqu'au moment où je sens que ça bouge sous mes pieds. Par prudence je m'accroche à une corde bien tendue qui est près de moi, on ne sait jamais ce qui peut arriver. Je suis bien étonnée de constater que quelques petits hommes arrivent à faire bouger cet énorme bateau, certes pas bien vite, mais quand même, ils sont drôlement forts dans cette ville. À côté d'eux le bateau ressemble à un géant, pourtant ils le poussent, le forçant à s'éloigner même contre sa volonté.

Une fois le bateau écarté du bord en pierres, d'autres hommes sortent des rames et forcent dessus pour le faire avancer vers le large. Cela doit être très dur, car je les entends souffler fort, mais tous bien ensemble. Un peu plus loin, c'est une grande toile qui est déroulée le long d'un grand poteau planté en plein milieu du bateau, puis elle gonfle avec le vent, je sens que le bateau avance plus vite. Les hommes ne soufflent plus, les rames sont remontées et je n'entends plus que le bruit de l'eau sur la coque en bois qui craque de plaisir, ou bien à cause de l'effort qu'elle doit aussi fournir pour tous nous transporter, là, je ne sais pas dire ce qui est vrai.

Je comprends maintenant à quoi peut servir la corde que je serre entre mes doigts, elle est là pour tenir le grand poteau. Quand le vent souffle plus fort, je la sens se tendre dans ma main, se raidissant plus encore. Je me dis que si elle venait à rompre, je serais peut-être expédiée jusqu'au ciel comme la pierre d'une fronde, il est plus prudent de la lâcher pour trouver un autre endroit où me tenir.

— Æmilia ! Viens par ici, ne reste pas seule sur le pont.

Mon nouveau maître me demande de venir vers lui, je ne comprends pas de quel pont il me parle, puisque je suis sur un plancher de bois, mais je vais y aller quand même pour ne pas être frappée. Cet homme étranger pour moi est peut-être sans y paraître, très méchant. Il a peut-être aussi pour habitude de taper ses esclaves, alors je vais me montrer obéissante et juger jusqu'où je pourrai en faire selon moi, sans risquer une correction. Toutefois je note un bon point pour lui, plutôt que d'envoyer un serviteur pour me botter les fesses il m'a appelé par mon nom, c'est assez rare pour être noté dans ma petite tête, si je ne sais pas écrire, je sais très bien me souvenir des choses qui me sont utiles, aujourd'hui ou plus tard.

Il m'a empoigné le bras et m'a obligée à m'asseoir entre lui et un esclave, un homme horrible avec une peau pleine de vieilles cicatrices et brûlée par le soleil, tout couvert de rides profondes sur son visage. Pour ça non plus je ne suis pas sotte, je sais très bien reconnaître que c'est un gladiateur depuis longtemps converti en garde du corps, mais je ne suis pas pour autant rassurée par sa présence. Pourtant, je ne suis pas trop mal installée, sur un banc couvert par un grand coussin bien épais.

Au début, je n'étais pas sûre de ma situation, mais après une heure de voyage sans accroc, l'air est devenu soudainement très frais, le vent a forci et je pourrai bien avoir froid. J'apprécie pourtant le confort, mes petites fesses sont bien au chaud sur un matelas de laine, et entre les deux hommes qui me communiquent une douce chaleur, je sens le sommeil qui m'appelle à faire de beaux rêves. Un des marins du bateau nous a apporté une grosse couverture que nous avons étalée sur nos jambes, puis relevée jusqu'à nos mentons, je suis bien au chaud.

Tout autour du bateau il n'y a que de l'eau, à perte de vue, sans la présence des hommes contre moi je ne serai pas bien rassurée, mais si grâce à eux j'ai confiance, je prends soudain conscience de quitter la terre d'Italie pour la première fois, mais peut-être pour ne jamais y revenir. Les larmes montent à mes yeux, Flavius s'éloigne de moi et je ne peux rien, juste prier Vénus de ne pas me laisser à l'abandon avec ces inconnus, prier est bien la seule chose que je puisse faire, la seule chose que je sache faire quand je sens le péril venir à moi de façon certaine, pourquoi la déesse me fait-elle souffrir de la sorte ?

*

Aujourd'hui, veille des nones de juillet[10], il fait encore plus chaud, l'été s'est durablement installé sur Rome et de nombreuses cigales chantent à longueur de journée, jusque très tard dans la nuit. La saison de leurs amours est de si courte durée qu'elles n'ont pas de temps à perdre pour se reproduire, alors elles chantent sans relâche, invitant leurs compagnes d'un jour à un glorieux accomplissement de la vie. L'air est sec, le ciel bleu foncé, pas un souffle de vent, la nature n'a aucune pitié pour les pauvres obligés au labeur.

Flavius se lève enfin après avoir terminé son travail,

10 Le 6 juillet.

se lave les mains et les essuie avec un chiffon vieilli par la tâche, puis, toujours au même endroit, il le repose sur une étagère. Machinalement, il regarde autour de lui les ombres sur le sol lui indiquant qu'il est déjà midi, Æmilia qui n'est pas venue comme chaque jour crée un vide inhabituel. Déjà hier soir elle n'est pas repassée comme promis, que peut-elle bien faire ? À cette heure-ci, ses maîtres sont tout à leur repas et ignorent volontiers ses faits et gestes, elle devrait être là avec sa cruche d'eau fraîche et son petit gobelet. Pour la première fois, Flavius constate que ce n'est pas l'eau qui lui manque, mais les petites mains et la douce voix d'Æmilia, que peut-elle faire ?

— Bonjour père, as-tu vu Æmilia ? Elle n'est pas venue comme chaque jour.

— Non… je ne l'ai pas vu mon fils… je crois qu'il va te falloir l'oublier maintenant.

— Que veux-tu dire ?

— Æmilia n'est plus parmi nous, tu ne pourras plus la revoir.

— C'est impossible ! Que lui est-il arrivé, elle est morte ?

— Il ne lui est rien arrivé de si grave que tu ne le saches déjà, rassure-toi. Hier, Sextus l'a vendue à un riche propriétaire, elle est en ce moment en route pour la Sicile, mon fils, tu ne la verras donc plus.

— Pourquoi ne pas l'avoir achetée toi-même comme cela était prévu ? Je t'aurais remboursé avec mon travail.

— J'ai tenté de négocier, mais Sextus a besoin d'argent et il en demandait bien trop cher pour moi, je n'ai pas pu l'acquérir à ce prix.

— Qui est l'homme qui l'a acheté ? Je vais lui reprendre Æmilia, quel qu'en soit le prix.

— Quel qu'en soit le prix ? Mais tu n'as pas assez de tes économies pour cela, il faudrait que tu vendes ta propre vie pour espérer payer une pareille somme.

— Sans Æmilia ma vie ne vaut rien, je peux bien en effet la vendre puisque devenue inutile.

— À qui veux-tu la vendre mon pauvre garçon, la vie d'un potier ne vaut pas un sesterce. Chaque fois que tu fabriques une cruche, elle a un prix plus élevé que toi, regarde tes mains, la terre qui les souille a plus de valeur que les doigts qui la portent.

Flavius est rouge de colère, regardant ses mains terreuses qui n'ont su retenir Æmilia, il frappe la pauvre porte au bois branlant sous les coups et sort précipitamment dans la rue. Sur le trottoir, il regarde de chaque côté comme s'il pouvait encore voir Æmilia et lui courir après. La rue lui paraît désespérément déserte, la cohue des passants est transparente à son regard qui ne veut voir qu'une seule personne. Cette fois, fils de Gaulois ou pas, le ciel lui tombe sur la tête, l'air trop chaud lui brûle la gorge et il ne peut respirer, sur sa peau ruisselle une sueur abondante causée par la peur de ce qu'il vient d'apprendre, par la peur de son impuissance.

N'écoutant que ses dix-sept ans, il emprunte d'un pas rapide la via Flaminia pour se diriger droit vers le forum, puis arrive devant la curie Julia. Une foule dense entoure comme chaque jour le Comitium, près de l'estrade aux rostres d'Auguste, écoutant les plaintes et les revendications de tous ceux qui ont quelque chose à dire. Se saoulant du bruit infernal causé par trop de monde, il tente de trouver une improbable solution à son douloureux problème de cœur. Faisant le même trajet que la veille au matin, il espère que par miracle il retrouvera Æmilia venant au-devant de lui avec son sourire et ses dents blanches, mais cela ne peut se produire, elle est déjà bien loin d'ici dans un monde inconnu autant par elle que par lui. Il aimerait lui aussi monter sur la tribune pour clamer son amour perdu, demander qu'on l'aide à retrouver Æmilia, mais qui pourrait se soucier de ses plaintes et de sa malheureuse esclave ? Dans le monde romain de cette époque, l'amour d'un homme pour une femme n'est pas très bien perçu, le crier trop fort est un aveu de faiblesse.

Même si cela est moins grave pour les Romains que pour les Grecs, il est certain que la femme est sujette à suspicion tellement ses pouvoirs sont grands sur les hommes, et peut les conduire à des excès incontrôlés et préjudiciables. Par amour pour une femme, bien des hommes ont conduit leur famille à la ruine, ou leur cité à la guerre. L'amour de Pâris pour Hélène entraînant la destruction du royaume de Priam, après dix années d'une lutte féroce, en est un triste exemple que les Grecs ne sont pas prêts à oublier.

Pourtant, certains penseurs disent que tout est la volonté des dieux et que, dans ce cas, la destruction de la puissante Ilion a favorisé la fuite du prince Enée et donc la création de Rome sur les côtes d'Italie. Zeus ne pouvant pas admettre plus longtemps l'affrontement des dieux auprès des humains, aurait utilisé ce subterfuge pour contourner de destin. La disparition de la très puissante Troie a laissé place à la toute nouvelle Rome, laquelle a su soumettre tous les royaumes de Grèce et ainsi imposer la volonté du père des dieux à ses enfants, d'Apollon à Aphrodite, d'Athéna à Héphaïstos, et de tous ceux qui luttaient au côté des Troyens ou des Achéens. Les dieux ne doivent pas intervenir directement dans les affaires humaines sans y avoir été dûment invité par le dieu des dieux.

Bien loin de ces considérations poétiques et dépité de ne pas entrevoir le moindre espoir, Flavius laisse aller ses pas par la Vicus Tuscus en direction du forum Boarium, là-bas, il s'y passe toujours des choses. La circulation dans l'Urbs est en permanence très difficile et cela quelle que soit l'heure ou le jour : des prostituées en grand nombre accostent les passants pour échanger un peu de métal, contre un peu de leur chair et un court moment de plaisir, des médiums proposent leurs visions inspirées par le divin, d'autres prêchent le bonheur ou le malheur selon le montant de l'obole qui leur est donnée, tous cherchent de quoi se nourrir aujourd'hui, demain il sera encore temps d'y penser s'ils vivent toujours. Mais lui, Flavius, il ne cherche pas à vivre, c'est sa vie qu'il cherche en ce moment.

Accroché au bras par une louve aux cheveux bruns, il s'arrête un instant, mais découvrant ses yeux rougis et lisant dans le cœur de son client, la fille lâche sa prise sans faire la moindre proposition, convaincue que ni sa beauté ni son savoir-faire ne pourront rien pour le jeune homme qu'elle tient entre ses doigts. C'est en passant à proximité du Circus Maximus qu'il aperçoit un attroupement fort bruyant et excité, attirant plus particulièrement son attention.

Il y a là une représentation de jeunes gladiateurs donnant leur première prestation devant un public féru de combats violents. Des enfants, seuls ou accompagnés de leurs parents regardent sans rien perdre du spectacle, ce que la violence offre de plus dégradant, la rivalité éphémère des hommes pour la gloire et la notoriété. Flavius essuie machinalement ses yeux et regarde d'un air distrait ceux qui s'opposent devant lui, certains déjà fiers de leur première performance, d'autres, vaincus dès le premier choc auront probablement une courte carrière.

À la fin d'un combat très brutal, le vainqueur lève les bras en signe de victoire, crie son nom encore inconnu de cette foule qui applaudit son premier exploit, l'encourageant par là même à poursuivre ce chemin qui le mènera très vite à une mort assurée. Ces genres de combats en pleine rue sont de plus en plus rares, mais des lanista en proposent encore parfois, afin de juger la qualité de leurs combattants en dehors des murs de leur ludus et avant ceux de l'amphithéâtre. Ici, les morts sont rarissimes et toujours accidentelles, c'est un bon endroit pour évaluer des futurs gladiateurs en peine de gloire et de fortune.

Ils terminent tous leur première année d'entraînement et se préparent à entrer dans le vif du sujet, des vrais combats qui, dans les règles de l'art et avec des armes de fer ou de bronze, emporteront bon nombre de vies pour satisfaire aux plaisirs des jeux.

*

* *

Dolus an virtus quis in hoste requirat[11]

Flavius

Lui, il va faire une belle carrière s'il réussit à ne pas mourir trop tôt.

VICTORIAE ! VICTORIAE ! Voilà bien ce qu'il me faudra entendre chaque jour si je veux la retrouver. Je pourrai rapidement devenir riche et la racheter, ou bien si, devenu un grand gladiateur, mon lanista la faisait chercher partout dans l'empire et me la ramenait, pour que je reste à son service, à seule fin de lui faire gagner beaucoup d'argent ; mais comment faire ?

Assis sur sa chaise curule, taillée dans le marbre et surélevée d'un épais coussin, cet homme en toge blanche applaudit le vainqueur, c'est sûrement lui qui offre le spectacle, à son côté l'autre bien grassouillet est plus probablement le lanista à qui appartient la troupe des nouveaux combattants. Je vais aller le voir pour qu'il me prenne chez lui, je suis très fort et il faut que je gagne la liberté d'Æmilia. Je ne suis pas certain des étiquettes que je porte sur ces hommes, mais mon instinct me le dit et dans tous les cas, je vais prudemment vérifier pour ne pas me tromper. Dans ma situation déjà pénible, il ne manquerait plus que je confonde un sénateur avec un lanista, pour le moins, cela me vaudrait une bonne bastonnade qui n'arrangerait pas mes affaires. Je dois donc choisir le lanista en premier, quitte à le traiter plus haut que sa

11 Ruse ou courage, qu'importe contre l'ennemi.

condition, ce qui ne peut lui déplaire, mais comment l'identifier à coup sûr ?

Tous ces gens tassés là ne peuvent-ils se pousser pour que j'arrive à avancer vers les deux seuls hommes qui m'intéressent ? Ils veulent tous se pencher pour voir, être au plus près de l'action, mais ne vont-ils pas finir par tomber sur le sol où se déroulent les combats ? Enfin, jouant des coudes pour me frayer un passage, j'y suis, les deux hommes sont devant moi. J'ose à peine leur parler, car ils sont d'une classe bien supérieure à la mienne ; habituellement, des gens de cette qualité sont des clients à la boutique de mon père, mais il faut bien oser les affronter pour Æmilia, sinon, qui le fera pour elle ?

L'homme le plus près de moi, de très forte corpulence, porte sur lui une toge blanche en fin coton, bien adapté pour cette période chaude de l'année, ses cheveux sont courts et parfaitement coiffés, bouclés tout autour de son front. Son maquillage est assez sobre, mais parfaitement visible pour moi qui n'ai jamais eu recours à un tel subterfuge pour laisser croire à une peau encore jeune ; la mienne est jeune par nature. J'aperçois un de ses pieds, chaussé d'une petite bottine en cuir marron clair, il n'est donc pas d'ordre sénatorial, mais doit tout de même être un homme fortuné.

L'autre est un riche qui sans nul doute possible offre ce spectacle aux gens de son quartier pour se faire bien voir, probablement en vue de prochaines élections où il sera candidat. Je le regarde avec insistance, tout en restant le plus discret possible, ce sont ses pieds qui m'intéressent en premier lieu. Après ses gesticulations accompagnant ses mots et pour congratuler son voisin de siège, il se décide enfin à se relever, là, j'entrevois son pied gauche nanti d'une belle bottine rouge, alors malgré sa toge candidat blanchie à la craie et sans sa bande pourpre, je sais qu'il appartient à l'ordre sénatorial, un beau parti, mais pas celui à qui je dois m'adresser.

J'hésite encore un peu, jamais je n'ai osé parler à un inconnu de leur qualité sans y avoir été invité, mais pourquoi m'inviteraient-ils à le faire puisqu'ils ne me connaissent pas ? Allez Flavius, du courage mon garçon, si tu veux sauver Æmilia.

Tiens, Æmilia, je ne pensais plus à elle depuis quelques instants, mais son souvenir me revient en pleine figure. Sa voix pénètre mes oreilles comme une douce musique qui me manque affreusement, mon corps hérisse ses poils rien qu'à penser à ses petites mains glissant sur ma peau terreuse, sa bouche sur mes joues, faisant semblant d'une erreur pour glisser sur mes lèvres qui ne savent opposer la moindre revendication. Je sens des larmes gonfler mes yeux et ma gorge qui se serre en provoquant une douleur forte et paralysante, m'empêchant presque de déglutir. Où est-elle en ce moment, souffre-t-elle de mauvais traitements ou bien est-elle déjà violée par un monstre ? Je ne sens rien, je suis incapable de me faire la moindre réponse, mes oreilles restent sourdes à ses plaintes et je ne sais pas où elle se trouve pour aller la chercher. Ah ! Mais où sont donc les dieux, ne peuvent-ils me parler en ce moment alors que je suis en détresse, que font-ils de ma douleur ? J'ai vraiment besoin que l'on m'aide dans cette épreuve, car j'ignore où je mets les pieds, mais d'abord, il me faut affronter ces deux hommes. Allez ! je me lance dans l'aventure.

— Ave seigneur ! Est-ce là ta troupe de gladiateurs ?

— Ave jeune homme ! Oui, ce sont mes nouvelles

recrues, es-tu intéressé par l'un d'entre eux ? – demande l'homme avec un léger sourie.

— Je veux devenir gladiateur !

— Oh là ! Sais-tu seulement te battre ?

— Veux-tu tenter ta chance contre moi ?

— Non… Ce n'est plus fait pour moi, mais tu peux affronter l'un d'entre eux… choisis qui tu veux.

À cet instant et pour accompagner sa phrase, l'homme d'un large mouvement de la main désigne le groupe de ses combattants.

— Je ne choisis pas, appelle le meilleur et je le détruis devant toi.

— Ah Oui ? Alors prépare tes abatis mon garçon, chez moi les hommes sont entraînés pour combattre, pas pour faire les fanfarons en public.

— Je suis prêt.

— Comme tu veux mon gars.

Bon, j'y suis allé directement et j'avoue que j'aurais mieux négocié le prix d'une cruche que celui de ma propre vie, maintenant il faut que j'assume mes engagements ou bien mourir de suite. Mon problème réside surtout dans le fait que j'ignore totalement comment tenir un bouclier, et que je n'ai jamais appris à me servir d'un glaive. Quant au meilleur de ses hommes, j'espère qu'il n'est pas un géant surdoué, j'ai peut-être poussé un peu loin mon orgueil.

Un des jeunes gladiateurs se présente à l'appel de son nom, il est lui aussi de bonne corpulence, mais pas comme moi. Ouf, ce n'est pas un géant, il y en avait des plus gros que lui qui auraient su me réduire en bouillie. Les présentations sont rapides et l'affrontement est direct. Le lanista, sûrement un homme intelligent, n'a pas autorisé les armes, nous devons nous affronter avec nos moyens naturels. Certes, je n'ai pas l'entraînement de mon adversaire à qui je dois reconnaître une efficacité sans faille, mais j'encaisse les coups sans broncher, comme si je ne sentais rien, jusqu'à ce terrible coup-de-poing où j'allonge net celui qui tentait de me mettre genoux à terre.

Mes poings sont moulés dans la terre cuite et mes gestes ne sont pas encore très élégants, mais terriblement pesants quand ils tombent sur l'adversaire. Le lanista est convaincu que je peux être un redoutable combattant à ne pas laisser fuir. Pour moi, la surprise est totale, un dieu a dû frapper à ma place.

— Eh bien ! jeune homme, comment doit-on t'appeler pour ne pas subir ta colère ?

— On me nomme Flavius !

— Flavius ? Flavius comment ?

— Juste Flavius.

— Bon, comme tu veux. Je te propose cinq mille sesterces pour signer chez moi, vingt mille de plus pour chaque vrai combat que tu sauras remporter sans mourir.

Cinq mille sesterces, juste pour rentrer dans son ludus, le prix d'Æmilia. Pourquoi ne pas m'avoir prévenu avant ? J'aurais pu acheter l'affranchissement de ma bien-aimée avant même mon premier combat, assurant ainsi sa vie de femme libre et par la suite, à moi de vivre ou de mourir, selon la volonté des dieux. J'ignore encore où elle se trouve en ce moment, mais si le hasard favorise notre rencontre, il est préférable de disposer de suffisamment d'argent pour la racheter.

— Je suis d'accord, que dois-je faire ?

— Tu n'as rien à faire, demain, viens me voir au ludus de Félix Maximus, tout sera réglé rapidement.

— Alors à demain, je serai à ton ludus dès le lever du jour.

— Affaire entendue Flavius, viens vers la quatrième heure, ce sera bien assez tôt, à demain donc.

*

Comme tout est si simple, quelques mots avec un inconnu et ma vie change de sens. Je ne suis aujourd'hui qu'un pauvre potier sans le sou, incapable d'acheter une petite esclave, et demain j'aurai assez de fortune pour en acheter deux, peut-être trois. Il ne me reste d'autre solution que de rentrer chez moi et prévenir mes parents de la décision que je viens de prendre, j'imagine leur tête, mais comment agir différemment ? L'air songeur je parcours sans les voir les ruelles de la ville, les passants non plus n'attirent pas mon regard, mon esprit embué ne peut voir qu'Æmilia. Où est-elle donc en ce moment, lui fait-on du mal ?

Cette question me hante quand une main prend mon bras et arrête ma course sans but, la même fille que tout à l'heure tente encore sa chance avec moi. Par quel miracle se trouve-t-elle ici, justement sur mon passage alors que des milliers de personnes circulent en tous sens, ou quelle pouvait être retenue par une autre tâche ?

— Bonjour, mon beau potier, veux-tu m'accorder un peu de ta vie ? demande la fille.

— Comment sais-tu que je suis un potier ? Je ne peux rien pour toi.

— Oh ! Il me suffit de voir ta tenue pour savoir ton métier, je ne suis pas une sorcière. Je vois aussi tes yeux rougis par le chagrin, alors viens avec moi pour que je sèche tes larmes. Fais-moi confiance, je ne suis qu'une femme douce et docile, pas un gladiateur.

— Crois-tu savoir apaiser la douleur qui brise mon cœur ?

— Bien sûr, c'est mon métier.

— Je croyais que tu t'offrais comme une garce pour quelques sesterces, je me trompe ?

— Si tu disais vrai, je serais déjà morte. Même si comme tu le clames je suis obligée de vendre ma chair pour quelques sesterces, mon cœur lui, n'est jamais à vendre. Je ne l'offre qu'à ceux que Vénus m'envoie parfois pour rompre la monotonie de ma pauvre vie.

Sa dernière phrase m'interpelle immédiatement, son cœur n'est pas à vendre, oui, elle a raison, mon cœur non plus n'est pas à vendre. Dès cet instant je la regarde différemment. Elle est une belle fille brune avec la peau mate, ses yeux marron se posent sur moi sans me griffer et je ne me sens pas le courage de lui résister. Son visage ovale, enrobé dans une épaisse chevelure noire, bouclée et abondante est beau, sa voix est très douce, comme ses doigts qui m'entraînent à la suivre. Nous entrons dans ce qui doit être son cubiculum et je me laisse choir sur un matelas usé par le travail, elle s'assoit près de moi et prend ma main dans la sienne.

— Tu es triste, raconte-moi ton malheur.

— Tu prétends ne pas être une sorcière, alors à quoi bon te dire pourquoi je souffre. Toi comme les autres, tu ne peux rien pour moi et je ne devrais pas être ici.

— Hum… es-tu certain de ce que tu avances ?

— Oui, je suis certain de ne rien savoir, ça au moins, je le sais.

— Comment s'appelle-t-elle ?

— Æmilia !

Comment sait-elle que je pleure une fille comme elle ? Je pourrais être triste d'être ruiné, simplement. En prononçant le nom d'Æmilia, j'ai l'impression de la trahir avec cette fille, mais sans m'en rendre compte, je caresse ses épaules découvertes et, collant ma joue contre ses seins que je caresse également avec douceur, je raconte ma vie avec force détails, jusqu'à notre serment au temple de Vénus et sa vente par Terentius. Comme un enfant contre sa mère, rassuré par sa chaleur j'écoute battre son cœur et je lui ouvre le mien. Je ne profite pas de son corps, car je n'en ai aucune envie, et ce n'est pas non plus ce qu'elle me propose, ses doigts caressant mon visage calment la haine qui est en moi, je me sens apaisé, mais je dois partir.

— Combien veux-tu pour toi ?

— Je ne t'ai rien donné, dix sesterces pour ne pas être battue devraient suffire.

— Quel est ton nom ?

— Thylda, mais quelle importance ?

— Tu viens de réchauffer mon cœur, je n'oublierai jamais ton nom.

— Fais comme tu veux, mais toi, qui es-tu ?

— Flavius ! On me nomme Flavius.

— Adieu Flavius, je ne t'oublierai pas moi non plus, je te souhaite de la retrouver.

Après avoir quitté la belle Thylda, placée devant moi par les dieux, je reprends mon chemin avec le cœur plus léger. Arrivé à la maison de mes parents je pousse sans conviction la petite porte de bois et sans dire un mot, je me dirige au fond de la cour, me laissant tomber sur un tabouret en appuyant mon dos au mur. Je l'entends marcher pour me porter mon eau, j'entends sa petite voix et ses rires qu'elle laissait éclater sans retenue. Mais elle n'est plus qu'un souvenir, comment cela est-il possible ? Une fois encore des larmes emplissent mes yeux, troublant ma vue, et ma gorge de se nouer jusqu'à la douleur. Je vois ma petite Æmilia qui tend ses mains vers moi pour que je la retienne quand elle tombe dans un puits sans fond, alors que la belle prostituée de cet après-midi reste près d'elle en me souriant.

— Alors mon garçon, où étais-tu tout ce jour ? Tu n'as pas mis les pieds dans notre atelier, pourtant le travail n'y manque pas.

Je ne peux répondre dans l'instant, je dois absolument avaler un peu de salive pour débloquer mon gosier devenu aussi raide qu'une semelle en bois. Après un rude effort, je réussis enfin, j'avale une seconde fois pour m'assurer de pouvoir prononcer une phrase entière.

— Je le sais père, mais je ne cesse de penser à ma petite Æmilia — mes yeux rougissent et ma gorge me brûle de nouveau — elle n'aurait jamais dû être vendue à cet inconnu, alors je vais la retrouver et la racheter.

Je sens mon menton vibrer et ma voix balbutier comme si j'étais intimidé par mon père, les mots peinent à sortir alors que mes larmes coulent sans retenue, j'ai envie de hurler ma douleur. Mon père passe son bras amical autour de mon cou et me serre tendrement contre lui, geste inhabituel de sa part, puis il parle doucement dans mon oreille, comme pour ne pas se faire entendre alentour.

— Je te l'ai déjà dit, nous sommes trop pauvres et tu n'as que ta peau à vendre.

— Oui père, tu as raison, et je vais la vendre.

Soudainement mon père se redresse et me dévisage comme s'il me voyait pour la première fois.

— Que racontes-tu là mon fils, une vie ne peut se vendre.

— Que nenni, tu te trompes, le lanista du ludus va me la payer un bon prix. Je suis fort, je suis jeune, je vais l'intéresser.

— Le ludus ? Tu n'y penses pas Flavius, c'est la mort assurée dans peu de mois.

— Sans Æmilia je suis déjà mort, alors quelle importance ?

— Viens manger mon garçon, il faut parler de tout cela à tête reposée, demain tu y verras plus clair.

— J'ai pris mon temps pour réfléchir père, demain commencera pour moi une nouvelle vie.

Une fois mise au courant de mes intentions, ma

mère Flavia me prend dans ses bras et m'embrasse comme si j'étais encore un gosse et moi, tout bête que je suis, j'ai l'impression de me trouver dans les bras de la jolie Thylda. Mais qu'est-ce que ces femmes ont donc contre moi pour que je ne puisse jamais résister, ne se-rait-ce qu'un seul instant ? Comment devenir un terrible combattant si une seule femme suffit à me mettre genou à terre ?

— Tu te rends compte… gladiateur ! Mon fils, un gladiateur. C'est un travail bien trop dangereux, il faut laisser tout cela pour d'autres, toi tu as l'entreprise de ton père en héritage. Pourquoi une telle folie alors que tu vas si rarement voir les combats de ces hommes.

— J'ai besoin d'argent, je vais être gladiateur pour parvenir à racheter Æmilia.

— Tu tiens donc tant que cela à cette petite ?

— Oui, je tiens à elle, encore plus depuis qu'elle n'est plus ici.

— Je te comprends mon fils, ce que tu veux faire est sans doute bien, mais je vais mourir moi aussi s'il t'ar-rive malheur.

— Il arrivera ce que les dieux vont décider pour moi, pour elle aussi.

— Pour Æmilia, je crois que les dieux ont déjà déci-dé, tu ne la retrouveras sans doute jamais, ou alors, dans quel état sera la pauvre fille ?

— Je vais devenir riche et la racheter, ensuite il sera toujours temps de voir comment elle est. De toute façon je ne l'abandonnerai jamais. Même si elle est abîmée, même si on lui crève les yeux et si on lui coupe la langue, jamais je ne l'abandonnerai.

— Mon pauvre enfant, tu vas tout donner à cet homme pour faire partie de sa troupe, ta vie, ton honneur, ton nom, tes souffrances, et tu seras considéré comme moins que rien par beaucoup dans notre société. Es-tu vraiment sûr de ce que tu veux faire ?

— Oui, ma décision est prise, demain je serai un gladiateur aimé ou détesté par quelques-uns, mais craint par tous. Æmilia m'a fait la promesse de m'attendre jusqu'au bout de sa vie, je vais la retrouver et l'aimer devant nos dieux.

— Je suis donc vaincue, moi ta mère ? Par l'amour de nos dieux je t'ai donné la vie que tu veux offrir à celle qui n'est pas encore une femme, une simple esclave, cela n'est pas possible.

— Æmilia n'est pas une simple esclave, pour moi, elle sera la mère libre de mes enfants, rien ni personne ne pourra maintenant y changer quoi que ce soit… sauf ma mort.

— Peut-être que son corps, de trop nombreuses fois violé ne pourra pas te donner d'enfants, pense à cela mon fils.

— Si elle ne peut me donner d'enfants, alors je n'en aurai pas, les dieux auront décidé de cette manière que je ne suis pas digne d'une descendance.

— Que pouvons-nous dire de plus, qu'est-ce que tes parents peuvent dirent pour te convaincre de changer d'avis ?

— Rien, il n'y a plus rien à dire.

*

* *

L'engagement de Flavius.

Le sacrifice de soi est la condition de la vertu. Aristote

Ce matin il fait beau, comme hier, et probablement comme demain encore, un ciel bleu foncé sans tache, immaculé comme une vierge. Sans y prêter une attention particulière, Flavius sort de chez ses parents sans précipitation, un peu comme s'il devait travailler à une tâche quotidienne, routinière et peu enthousiasmé à cette idée. En fait il n'en est rien, il va au-devant de son destin, choisi par lui pour accomplir ce qu'il réclame de tous ses vœux comme une prière aux dieux qui ne peuvent rester sourds à sa détresse.

Il s'est chaussé avec une belle paire de sandales en cuir et a revêtu sa toge blanche flambant neuve, comme dirait Æmilia, aujourd'hui est un grand jour. Ses cheveux sont bien arrangés et sa barbe, autant que faire se peut, est rasée au plus court. Flavius passe la porte qui le mène au-dehors vers son destin, un destin non calculé ni prémédité, juste le résultat de circonstances indépendantes de sa volonté, au moins jusqu'à son acceptation à se rendre au ludus.

Sa première démarche pour cette journée est de passer par le temple de Vénus Genitrix, là même où avec Æmilia ils se sont juré fidélité pour la vie. Comme la veille, Flavius ne voit pas la foule des gens vacants à leurs occupations et qui envahissent toutes les rues, en quête de faire-valoir auprès d'un patron, ou bien pour simplement trouver leur pitance du jour. Il marche d'un pas rapide jusqu'à arriver devant le temple dont il gravit les marches sans ralentir son allure. Une fois sur le podium, il contemple la porte sacrée, jamais ouverte, mais jamais complètement fermée non plus. Flavius sait fort bien qu'il ne peut pénétrer dans le temple dont l'accès est exclusivement réservé aux prêtresses ou à de hauts personnages dûment autorisés.

Faute de pouvoir aller plus loin, il se laisse choir sur ses genoux, puis, prenant son visage entre ses mains, comme un enfant il pleure devant la porte de la déesse, sans doute convaincu qu'elle l'a laissé seul face à son destin. Alors qu'il se laisse aller à son plus grand désespoir, Flavius sent une main se poser sur son épaule, des doigts fins aux longs ongles délicatement entretenus.

— Lève ton visage, toi qui as le cœur brisé.

Au son de la douce voix, Flavius lève son regard

vers celle qui s'adresse à lui, ses yeux rougis ne peuvent cacher la vérité de ses sentiments.

— Es-tu la prêtresse de ce temple ?

— Oui… je suis la grande prêtresse du temple de Vénus… mais lève-toi mon garçon, un homme ne doit pas pleurer comme une femme ou un enfant.

— Comment faire taire mon cœur si gravement blessé ? Ma vie est maintenant perdue si je ne la retrouve pas.

— Je ne connais pas celle qui est dans ton cœur, mais elle doit être une amie des dieux pour mériter tant d'amour de la part d'un si bel homme que toi. Crois-moi, plais aux dieux et ils te redonneront l'amour de ta vie.

— Parles-tu en leur nom ?

— Oui, je te parle avec les mots des dieux, guidée par la déesse Vénus qui veillera toujours sur ton amour. Tu peux me croire, suis ton destin sans t'opposer à la vo-lonté des dieux et elle sera au bout de ton chemin.

— Je te remercie noble servante de la déesse, je vais suivre tes conseils et si un jour ta prophétie se réalise, alors je viendrai pour t'offrir ma vie en récompense de ta bonté.

— Je n'ai rien à faire de ta vie, ton amour pur suffit pour nourrir Vénus, elle tissera un lien que nul ne pourra jamais rompre entre toi et celle que tu pleures si fort.

Flavius sait qu'il doit maintenant se retirer de cet endroit qui vient de lui donner un message d'espoir, de la bouche même de la déesse, il est convaincu qu'un jour il retrouvera Æmilia. Après plusieurs courbettes, il s'en re-tourne le cœur empli de joie. Pourtant, hier déjà, une jolie brune venue de nulle part lui a tenu un discours semblable, aujourd'hui elle est blonde, mais existent-elles vraiment, ne sont-elles pas le fruit de son imagination. Poussée au désespoir par sa trop grande tristesse ? Est-ce Vénus qui se manifeste devant lui pour lui rappeler son serment, qui peut le dire ?

*

La façade du ludus semble austère, ou plutôt anonyme, une petite porte en bois sur un mur badigeonné de blanc, sans motifs ou publicités d'aucune sorte, seuls quelques graffitis représentent des gladiateurs en action, avec leur nom et leurs victoires. Il n'y a pas de tirette pour faire sonner une cloche, pas plus qu'un heurtoir de métal pour frapper la porte. Flavius se résout donc à frapper du poing, faisant claquer fort les os de sa main sur le bois pour être plus efficace.

La méthode est bonne, car un instant plus tard, le visage souriant d'une enfant lui offre sa première vision de l'intérieur du ludus. Au premier instant, Flavius croit s'être trompé de porte, mais non, il n'y en a pas d'autres à frapper.

— Es-tu sûr de frapper à la bonne porte, étranger ? lui demande la petite voix de la fillette qui vient d'ouvrir l'antre de la mort, ou de la gloire.

— Je sais où je suis.

— Je m'appelle Servilia, suis moi.

Sans ajouter un mot, Flavius suit le déhanchement naturel de son guide, lui rappelant immédiatement celui d'Æmilia. Elle n'est pas plus âgée qu'elle, et pourtant sa démarche est déjà celle d'une petite femme. Elle a la même voix fluette quand elle parle à Flavius, lui offrant en prime un pareil sourire d'enfant. Tout en la suivant, il s'interroge quand même sur celle qui le précède, il s'attendait pour le moins à voir un athlète, et puisque c'est une femme, elle aurait pu être forte, pesante, avec une voix railleuse cherchant à lui faire impression.

En fait, rien de tout cela, et puisque cette enfant guide ne lui pose pas une autre question, Flavius la suit le long d'un couloir, passe une porte, un autre couloir, une autre porte, enfin ils arrivent sur une loge donnant directement dans le petit amphithéâtre privé du ludus.

Il reconnaît immédiatement le grassouillet lanista vu hier près du forum Boarium, le candidat aux bottines rouge est également là. À leurs côtés, plusieurs femmes de grande beauté sont là elles aussi, portant des diadèmes ou autres couronnes en or sur des coiffures très travaillées par les mains d'esclaves expérimentés. Vêtues de stolae faites dans des fins tissus d'importation, ces riches femmes applaudissent les athlètes qui, sur l'arène, tentent de se faire une place aux yeux de ces gens de la haute société.

Le candidat aux bottines rouges cherche sûrement ceux qui juste avant les élections, feront pour lui un beau spectacle, afin de montrer à tous qu'il est un bon candidat, riche et généreux. Il brigue peut-être une place de sénateur, ou bien celle de consul, s'il est déjà lui-même sénateur. Il est d'usage que les prétendants à un rôle politique fassent des offres à leurs futurs électeurs et, selon la taille de la cité, petit village ou ville plus cossue ils peuvent s'affranchir d'un pont, d'une chapelle ou bien encore d'un temple pour les plus riches d'entre eux. Ici, à Rome, tout ou presque est pris en charge par l'état, alors ce sont surtout des divertissements qui sont offerts au peuple, mais de la nourriture également.

Dès cet instant, Flavius comprend où se situe son intérêt immédiat, en bas il est important de conserver la vie, mais ici, en haut du podium, il est important de conserver la bienveillance de tous, car ce sont eux qui tiennent véritablement les rênes conduisant la vie des gladiateurs vers une gloire éphémère, ou une mort éternelle, mais prématurée.

Quand l'un des deux combattants s'écroule suite à une mauvaise blessure, levant sa main en signe d'abdication, les spectateurs applaudissent le vainqueur, alors que seule une jeune femme brune porte sa main sur ses lèvres, comme pour ne pas crier. À son regard horrifié, Flavius sait immédiatement qu'elle n'est pas insensible à la douleur des autres, elle ne lui paraît pas être comme ceux qui l'entourent. Heureusement il ne s'agit que d'un combat de démonstration, le vaincu ne perd que quelques gouttes de sang et garde sa vie sauve.

La petite Servilia, ignorant complètement ce qui se passe en bas, se dirige vers le lanista et lui parle de son visiteur, le montrant même du doigt. Flavius sent une gêne sur lui quand les visages se tournent dans sa direction, mais le lanista lui fait un signe pour l'inviter à approcher du groupe des gens de la haute société.

— Viens donc vers nous mon garçon… comment te nommes-tu déjà ?

— Je m'appelle Flavius !

— Ah oui ! Flavius… je te présente tes futures admiratrices, elles pourront décider de ta vie ou de ta mort quand tu seras toi aussi dans l'arène, tâche donc de leur plaire au plus vite.

— Je suis ici pour combattre, pas pour plaire à des femmes.

— C'est bien mon garçon, c'est très bien, mais dans ce cas tu devras tuer tous tes adversaires si tu ne peux compter sur leur bienveillance. Quand je te parle de leur plaire au plus vite, c'est à partir de maintenant, dès cet instant ta vie est entre leurs mains, rappelle-toi le bien mon garçon.

— Je ne connais pas les règles de vos jeux, mais je compte les apprendre toutes ici. Pour commencer mon éducation, je vais graver tes paroles dans ma mémoire et faire en sorte de m'en souvenir chaque fois.

— Je vais m'employer à t'apprendre le métier, pour le moment tu vas suivre Servilia, elle va te conduire à ta cellule et à partir de ce jour, tu ne devras jamais sortir sans mon autorisation. Est-ce bien clair ?

— Très clair.

Servilia prend la main de Flavius et l'entraîne derrière elle, lui montrant un parcours qu'elle connaît par cœur et depuis longtemps.

— Tiens, nous sommes arrivés, tu vas vivre ici dans cette pièce. La porte n'est jamais fermée à clef, tu peux te promener dans le ludus comme cela te plaît, mais tu ne dois jamais sortir à l'extérieur tant que Domitius ne te l'aura pas permis.

— Et toi, qui es-tu dans cet endroit réservé aux hommes ?

— Moi ? Je suis Servilia, ma mère est morte ici en me mettant au monde. J'appartiens à mon maître Domitius depuis toujours et je le sers très bien. Si tu as besoin de quelque chose, tu me le demandes et je te le trouve, sauf pour les filles, là, il faut demander à Domitius.

— Il y a donc au moins une chose que tu ne fasses pas ici. Mais dis-moi, pourquoi Domitius s'est-il occupé de toi après ta naissance, il aurait pu se débarrasser d'un nourrisson bien encombrant.

— Oui, mais parce qu'il avait engrossé ma mère il a décidé de me garder et de me confier à une nourrice, c'est tout. Pour les filles, il faut sortir, et moi je ne sors jamais.

— Jamais tu ne quittes le ludus ?

— Non, et je n'en ai pas envie, dehors c'est bien trop dangereux.

— Hum, oui, sûrement.

— Le repas sera servi à la sixième[12] heure, mais au début, durant les premiers jours, je viendrai te chercher, car sinon tu ne mangeras pas souvent.

— Merci Æmilia… pardon, Servilia.

— Qui c'est Æmilia ?

— Oh ! Une enfant comme toi.

— Et tu l'aimes ?

— heu… oui, bien sûr que je l'aime, si je suis ici, c'est pour elle.

Servilia fronce ses sourcils, se demandant bien ce que tout cela veut dire, réfléchissant rapidement aux hypothèses les plus probables, et forte de son expérience sur les motifs des hommes libres à devenir gladiateur, elle tente d'en savoir plus.

— Tu es ici pour combattre, pour une fille comme moi ? Une gamine sans valeur que tu peux acheter aux marchands d'esclaves pour quelques sesterces.

— Elle est une fille comme toi, mais pas sans valeur, d'ailleurs toi non plus.

— Ha bon ? Alors à plus tard, mon beau gladiateur.

Servilia se retire, laissant là un Flavius perplexe. Ne devrait-il pas se passer autre chose ? Son engagement n'est pas réduit au simple fait d'avoir échangé quelques mots avec une esclave et être dans cette pièce presque

12 Midi, le milieu du jour, qui compte toujours douze heures.

vide. Puisqu'il y a une couche, Flavius s'y assoit et réfléchit au bien fondé d'être dans cette école de gladiateurs, regardant autour de lui sans rien découvrir de plus que des murs mal torchés avec un stuc de mauvaise qualité. Des graffitis laissés par ses prédécesseurs sont les seuls décors pour rompre la monotonie des murs uniformes. Certains dessins complétés par du texte, prouvent l'érudition des hommes qui les ont tracés.

Flavius commence à lire : je suis le plus fort, j'ai encore vaincu, je suis le meilleur, les dieux sont avec moi, une victoire de plus, encore un combat et je serais rudirii, etc. C'est cette dernière phrase qui l'interpelle, obtenir sa rudis[13] et retrouver Æmilia, voilà son projet.

Il a beau prétendre ne pas connaître les règles des jeux, il sait très bien ce que peut gagner un combattant professionnel. Ce que Flavius prétend ignorer, ce sont les règles qui gèrent ce ludus, mais dans l'amphithéâtre, tout Romain sait comment cela se passe. Dès qu'il aura un peu de notoriété, chacun de ses combats pourra lui rapporter l'égal d'un an de solde d'un légionnaire, voire plus encore s'il est un champion. Hormis la première année consacrée à sa préparation, son engagement durera trois ans pleins, éventuellement renouvelable. Avec seulement cinq, peut-être dix combats par an, il peut dans quatre ans être à la tête d'une vraie fortune. Il n'y a qu'un seul point obligatoire, mais de taille, il faut survivre jusqu'au bout.

Des bruits de pas et un cliquetis de métal le sortent de ses pensées, un instant parti à rêver il avait oublié l'endroit où il se trouve, mais il revient vite à la réalité.

13 Glaive de bois, récompenses symbolisant la valeur des gladiateurs auxquels elles étaient attribuées, et leur octroyant la liberté.

La porte s'ouvre sur Domitius, précédé par Servilia qui pousse le lourd battant de la porte, suivi par un homme d'âge mûr portant de nombreuses cicatrices sur tout le corps.

— Ave Flavius ! Je te présente Brutus, le doctor du ludus, si tu restes avec nous il sera ton maître, il t'apprendra tout ce que tu devras savoir pour survivre dans l'arène, si tu ne lui obéis pas, il pourra te tuer, sinon d'autres le feront à sa place.

Avant de répondre, Flavius dévisage le nommé Brutus, son corps est si couvert de cicatrices qu'il a dû faire des centaines de combats, un homme rare possédant une expérience qu'il ne faudra pas négliger.

— Je suis ici pour apprendre.

— Vers midi Servilia te conduira au réfectoire, tu feras connaissance avec ceux qui seront tes futurs amis dans la grande famille qu'est mon ludus. En attendant, tu es libre. Nous nous verrons plus tard pour parler affaires si tu n'as pas changé d'avis.

*

Dans le court de l'après-midi, les affaires, comme le dit Domitius, sont rondement menées. Une simple signature sur un document suffit pour faire de Flavius homme libre, Flavius le gladiateur. Dès cet instant il n'appartient plus à lui-même, contre une prime son corps et son âme sont la propriété du ludus, la propriété de Domitius.

Comme promis, Servilia est venue les premiers jours chercher Flavius pour le conduire au réfectoire, à l'entraînement aussi, lui faisant découvrir tous les endroits les plus étonnants du ludus. Jusqu'aux bains qu'elle fréquente sans se préoccuper des athlètes qui font ici leur toilette, se faufilant entre les corps des hommes sans remarquer leur nudité, ou le laissant croire.

Le matin du deuxième jour, Servilia a conduit Flavius au Néméseum, petite pièce carrée dédiée à la déesse Némésis, protectrice des gladiateurs. L'endroit n'est pas bien spacieux, juste suffisant pour tenir quelques personnes, mais contre le mur du fond, il y a la statue de Némésis. À ses pieds une sébile contient les offrandes des combattants, ceux qui vont devoir affronter la mort et qui lui offrent un présent afin d'obtenir son soutien. Au sol, appuyés contre le mur, se trouvent des objets de grande valeur, des plats et des vases d'orfèvrerie reçus en prime par des vainqueurs, puis remis ici sous sa divine protection pour servir à financer les adieux d'un membre du ludus. Aucun homme de la famille de Domitius ne perd la vie sans avoir droit en échange à une inhumation faite selon les règles et les rites religieux en vigueur. Déesse de la vengeance, Némésis est souvent violente, n'hésitant pas à descendre sur terre pour punir celui qui manque à ses devoirs ou à sa parole, chacun selon son comportement, est alors assuré de sa protection ou de sa colère.

— Tu connais la déesse Némésis ?

— Oui, j'en ai entendu parler, mais je ne suis pas vraiment au courant de tout.

— Eh bien ! tu dois savoir qu'elle peut te protéger durant tes combats, évidemment, si tu le mérites. Il est important que tu consacres chaque matin le temps d'une prière à la déesse, et comme tous ici, tu devras payer ta part pour ceux qui manquent de chance.

— Je vais suivre tes conseils, apprends-moi tout ce que tu sais, car je suis bien ignorant et je vais avoir besoin de beaucoup de chance pour survivre.

— Oh ! Pour survivre, c'est Brutus que tu devras écouter, si tu te comportes bien il t'enseignera les meilleures choses pour faire de toi un vrai gladiateur, moi je ne suis pas faite pour ça.

— Je comprends, je ne te demande pas de m'apprendre l'art du combat, mais plutôt tout ce que je dois savoir pour vivre ici sans passer pour un idiot.

— Oui, je vais m'occuper de toi et pour ta première leçon, sache que Brutus est le meilleur gage de ta réussite. C'est un homme très dur et parfois violent, mais il agit toujours pour le bien des hommes dont il a la charge, tu dois lui faire confiance. La règle la plus importante que tu dois suivre, c'est d'éviter sa femme, ne jamais t'en approcher à moins d'y être invité par Brutus lui-même, mais il ne faut pas rêver.

— Cette femme est une sorcière ou une déesse ?

— Pas du tout, mais elle est d'une si grande beauté que tous les hommes tombent sous son charme, autant dire que Brutus la surveille de près.

— Il ne lui fait donc pas confiance, c'est bien dommage, quand on aime une personne on doit lui faire confiance.

— Tu as raison, sauf que ce n'est pas d'elle qu'il se méfie, mais plutôt des beaux gladiateurs comme toi, toujours prêts à risquer leur vie pour une aventure sans lendemain.

— Ce n'est pas mon cas, je ne suis pas ici pour sa femme. Mais comment s'appelle-t-elle ?

— Tu le sauras bien assez tôt, je te laisse la découvrir toi-même.

— Comment saurais-je que c'est elle, puisque je ne connais pas même son nom ?

— Ne saurais-tu reconnaître Vénus si elle était devant toi ?

— Vénus ? Mais c'est… enfin elle est… une déesse, c'est différent et…

Trop tard, Servilia est déjà loin.

*

Les premiers mois ont passé très vite, Servilia, sans doute éprise de Flavius à cause de sa grande douceur, est souvent dans sa cellule. Tantôt elle est accroupie sur ses talons, à le regarder se préparer, parfois allongée sur sa couche, et plus récemment, simplement couchée contre son flanc.

Elle lui témoigne une grande confiance qu'il accepte et conforte par un comportement au-delà de tout soupçon. Jamais il ne lui manque du moindre respect, Servilia l'a bien compris. Flavius est son grand frère, ses puissantes mains sont toutes de douceur faites, pour elle, chaque geste est une amicale caresse qu'elle accepte volontiers, car ici, c'est la rigueur et le travail qui compte pour tous.

Mais Flavius n'est pas suffisamment combatif, il ne peut lutter contre ceux qui deviennent rapidement ses amis. Son caractère peu vindicatif ne joue pas en sa faveur et lui fait prendre de bien grands risques.

Une fois encore, Flavius rentre après avoir subi des mauvais coups et les réprimandes de Domitius qui désespère de le voir un jour plus belliqueux. Naturellement, il a investi sur son futur champion, mais surtout il ne tient pas à le voir périr dès son premier combat. Une fois de plus, Servilia panse ses plaies et bosses.

— Tu sais Flavius, je te trouve très fort, mais tu devrais utiliser ta force pour te défendre, et même pour attaquer ton adversaire.

— Tu as raison, mais je n'arrive pas à frapper mes amis sans avoir un bon motif pour le faire.

— Pense à Æmilia, pense que celui qui est devant toi veut lui faire du mal, ainsi il ne sera plus ton ami.

— Je vais essayer de faire comme tu le dis, mais sans garantie de réussir.

— Il le faut Flavius, sinon tu vas mourir dès le premier jour, Domitius sera obligé de te vendre pour rembourser ses frais et tu serviras à faire un seul spectacle, peut-être dans une riche famille, au cours d'un repas et juste pour occuper ces gens entre deux plats.

— Tu es une bonne conseillère Servilia, l'es-tu avec tous les autres ?

— Certains oui, mais pas tous. Il y en a que je n'aime pas du tout, ils sont vraiment méchants.

— Je crois que je suis maintenant bien soigné et que tu peux aller te coucher, il est fort tard.

— Je peux rester dormir avec toi ?

— Si tu veux, mais je vais te tenir chaud.

— Je m'en moque bien.

— Alors viens, allonge-toi et reste tranquille.

Servilia se couche contre son héros, son grand frère, puis ferme ses yeux et sombre dans une autre vie pleine de rêves. Comme une femme elle se blottit contre lui et tente de le serrer dans ses bras, trop courts pour faire le tour de la puissante poitrine, alors elle sourit aux anges et s'abandonne au coupable sommeil.

Née et ayant toujours vécu dans le ludus, ce lieu où règnent en maître des hommes durs, violents et ne parlant que de combat, de victoire et de gloire, elle trouve auprès de Flavius ce que chaque enfant peut attendre de ses parents, beaucoup d'amour et de tendresse.

*

Six mois plus tard.

Un jour nouveau se lève et éclaire la pièce d'une vive lumière, Flavius ouvre un œil et tâte le matelas à côté de lui, mais Servilia est déjà partie, délicatement extirpée de la couche pour prendre son service. C'est vrai qu'elle commence très tôt le matin, elle a pour tâche de s'occuper du premier repas des hommes. Certes aux cuisines il y a des adultes pour préparer les aliments, mais elle doit placer sur les longues tables, à la place de chaque gladiateur, des écuelles propres pour contenir le premier repas de la journée. Ensuite, elle passe devant chaque cellule et frappe à la porte en s'assurant que tous sont réveillés à la bonne heure, mais pas ce matin.

Puisqu'il est levé, Flavius se prépare et se dirige vers le réfectoire. Déjà plusieurs de ses compagnons sont là à attendre, mais il n'y a rien sur les tables. La cuisinière arrive avec sa grosse gamelle dans les bras et ne manque pas de faire la grimace en voyant les tables vides.

— Alors, qu'est-ce qu'elle fait la gamine, y a pas une seule écuelle de prête. Tiens toi ! prends-en sur cette étagère et amène-toi ici.

Flavius prend une pile d'écuelles et la dépose sur la table, puis chacun des hommes présents se fait servir sa ration. Occupés à parler entre eux, aucun n'est étonné du changement, ils mangent tous sans se poser de question, sauf un.

*

* *

Flavius

Mais que fait-elle ? Elle s'est levée bien avant moi pour venir ici, c'est étrange, et pas dans ses habitudes de manquer à son travail. Quand je verrai Domitius je lui poserais la question, peut-être lui a-t-il demandé un travail particulier ? Pourtant, il a bien d'autres esclaves à sa disposition pour ne pas la détourner de son service.

Et les autres, eux, ils ne pensent qu'à manger sans se soucier de savoir où elle est, ils n'ont que faire d'une gamine qui pourtant les soigne bien. Je vais m'en souvenir, et comme elle me le dit, je vais les frapper pour leur faire payer ce manque d'intérêt pour elle.

Tiens, voilà Domitius, mais Servilia n'est pas avec lui. Évidemment il parle avec tous ses champions, et ce gros Priscus, celui que Servilia appelle un vrai méchant, je ne l'aime pas moi non plus. Je n'aime pas son rire trop fort, il ouvre une bouche, on dirait un four à pain. Il y a deux jours, avec ses grandes dents il a arraché l'oreille d'un adversaire alors que le combat n'était qu'un simple entraînement.

— Salut à toi Domitius !

— Ave ! Flavius, as-tu bien dormi ?

— Oui, mais je ne vois plus Servilia, sais-tu où elle se trouve ?

— Je n'en ai pas la moindre idée, elle ne perd rien

pour attendre, c'est une bonne correction que je lui réserve, elle va goûter de ma ceinture.

— Si je la vois, je lui dis que tu la cherches, mais évites de la frapper, son absence est sûrement justifiée.

— Hum… on verra bien quelle sera son excuse. Allez, bonne journée et combats avec plus de conviction aujourd'hui.

Combattre avec conviction, il en a de bonnes, mais je vais cette fois tenter de faire comme si mon adversaire était un véritable ennemi qu'il faut vaincre à tout prix.

*

Mes deux premiers combats de ce matin sont comme ceux des autres jours, décidément je n'arrive pas à être plus hargneux, comme il le faudrait pourtant, mais cet après-midi, c'est juré, je vais être au mieux de ma forme. Je mets pourtant toute mon énergie à travailler au pieu, comme pour les légionnaires, ce simple pieu en bois est un excellent outil de travail. Il permet d'apprendre à frapper avec exactitude l'endroit fixé par notre regard, soit avec le tranchant de l'épée, en prenant un simple éclat comme point à atteindre, ou bien avec la pointe, pour être précis dans la touche. Si mon arme tape trop fort dans le bois, cela fait mal à la main et indique que je suis trop près, il faut que le bras tendu la pointe soit juste à la bonne longueur et, dans ce cas, je suis à la plus longue distance de mon adversaire, mais je peux quand même le toucher. À cet exercice je suis très adroit, alors que beaucoup de mes collègues se contentent de frapper très fort.

— Flavius !

— Oui Domitius, que veux-tu ?

— Viens, accompagne-moi.

— Je te suis.

Avec Domitius j'ai depuis toujours de bons rapports, il est mon maître et me parle souvent comme à un ami, mais où veut-il donc me conduire ? Il n'est pas dans ses habitudes d'interrompre la journée pour faire une promenade au soleil. Nous sommes attendus par deux esclaves du service des cuisines, que veulent-ils eux aussi ? Est-ce pour se plaindre de l'absence de Servilia parce qu'elle n'a pas mis les écuelles sur la table, comme chaque jour. Nous arrivons dans le jardin de Domitius, un endroit que tout le monde connaît, mais qui reste peu fréquenté, sinon par Domitius lui-même et ses invités. Formant un carré, il y a quatre allées orientées selon les axes nord-sud et est-ouest, à chacun des quatre coins une statue de marbre exprime la beauté féminine. Au centre se trouve un cercle de verdure buissonnante parfaitement taillée et formant un labyrinthe où il est facile de se perdre si l'on n'y prend garde.

— Regarde Maître, ici !

Domitius se penche pour voir, moi je reste un peu en retrait, qui y a-t-il derrière ce petit mur qui puisse valoir notre présence, et surtout la mienne ? D'un signe de la main, Domitius m'invite à m'approcher, alors je viens et penche mon regard sur l'horreur qui est ici, dissimulée sous quelques feuilles du platane d'à côté.

Servilia est allongée, le corps dénudé et tordu, comme jeté là sans précautions. Ses cuisses sont souillées par son sang et ses yeux montrent la peur qui s'était emparée d'elle alors qu'on lui serrait la gorge pour la faire taire. Personne n'a rien entendu, mais elle a été violée ici, dans le ludus qui devait être pour elle un endroit sûr, à l'abri de tout.

— Flavius, j'ignore qui a fait cela, mais il a signé son arrêt de mort. C'est forcément un homme qui est dans mon ludus, alors personne ne peut dès maintenant sortir sans mon autorisation. Toute désobéissance sera punie par la condamnation à mort immédiate et sans jugement. Il faut trouver le coupable.

Ma gorge est nouée, mes yeux humides ne savent pas cacher ma profonde douleur à voir cet affreux spectacle. La pauvre enfant, son ventre n'a pas encore son premier poil, que déjà la mort s'est emparée d'elle. Qui a pu faire une chose aussi horrible ? Je suis complètement retourné. Accroupi près d'elle, du bout de mes doigts je lui ferme ses yeux, ses paupières sont encore assez tendres et restent en place. Doucement je caresse sa joue, son épaule un peu refroidie, et je serre son petit corps encore tiède contre moi, mais elle ne réagit plus à ma douceur. Les larmes débordantes coulent sur mes joues, ma gorge me fait mal quand je me retiens de hurler ma colère.

J'ignore qui il est, mais je le tuerai de mes mains pour la venger. La pauvre petite Servilia, elle était si gentille avec tout le monde, comment est-ce possible ? Je prends conscience d'une différence essentielle entre les disparitions de mes deux petites amies. Certes, la perte d'Æmilia est pour moi fort douloureuse, mais j'ai l'espoir qu'avec la probité des dieux je la retrouverai un jour ; tandis que pour Servilia, les jeux sont faits. Demain, son corps sera incinéré, ses effluves monteront au ciel pour prévenir les dieux qu'elle vient à eux, puis ses cendres seront inhumées.

— Dis-moi Domitius, tu savais qu'elle était là, pourquoi me la montrer, tu me mets à l'écart des autres parce que tu crois que je suis différent d'eux ?

— J'ignore qui a tué Servilia, mais je suis certain que ce n'est pas toi.

— Pourquoi pas moi ?

— Parce que tu aimais cette enfant, elle me l'a dit, et elle aussi t'aimait beaucoup.

— Je ne l'ai jamais touchée, j'ai toujours été très correcte avec elle.

— Oh ! Je le sais bien, c'est pour cette raison que j'ai confiance en toi. Servilia m'a raconté qu'elle dormait souvent dans ton cubiculum, passant sa nuit bien au chaud contre toi. Si tu avais voulu d'elle malgré son très jeune âge, je suis convaincu qu'elle ne t'aurait rien refusé. Tu comprends pourquoi je te crois innocent ?

— Tu dis vrai Domitius, jamais je n'aurai su faire une chose pareille.

— Nous allons prier pour elle et lui faire des adieux dignes de ceux d'un gladiateur, Servilia appartenait à ce ludus, par tous les dieux Flavius, elle sera vengée.

— Oui Dominus.

Le bruit de sa mort s'est rapidement répandu dans tout le ludus, tous sont consternés par cette triste nouvelle, sauf Priscus, lui, il montre un sourire aussi mauvais que si cela lui faisait plaisir. La petite avait raison de le trouver méchant, il le porte sur son visage. Pour Domitius, sa tristesse n'est pas feinte, Servilia était sa fille et, malgré sa condition d'esclave, elle était pour lui différente des autres. Même si elle est née du ventre d'une esclave de Domitius, elle portait dans ses veines le sang du maître, ce sang qui rougissant l'herbe appelle à la vengeance.

*

Aujourd'hui, lendemain de la disparition de Servilia, toute la troupe est rassemblée derrière Domitius pour accompagner la petite dans son dernier voyage. Son corps disposé sur une voiture tirée par un cheval, précède le cortège, accompagné par un lourd silence. Nous quittons l'enceinte de la ville pour nous rendre dans un des plus sordides endroits de Rome, ici, à longueur de journée, des voitures déposent des cadavres pour leur crémation, l'odeur est épouvantable quand le vent tourne de notre côté sans troubler les serviteurs de la mort qui s'occupent de cette tâche bien difficile.

Le petit corps est déposé sur un bûcher bien trop grand pour elle et, le feu allumé, elle nous quitte rapidement. Une fois la crémation terminée, nous avons selon la tradition récupéré les os de Servilia et les avons soigneusement nettoyés pour les déposer dans un petit coffre taillé dans le marbre, un grand luxe au frais de Domitius. J'ai eu l'insigne honneur de déposer son crâne dans le coffret, mais j'ai bien failli tourner de l'œil quand les os brûlant mes doigts m'ont fait prendre conscience de sa disparition éternelle. Autour de moi j'ai rapidement observé ceux qui avaient les yeux humides, voire les larmes coulant sur leurs joues, et cela m'a fait grand plaisir pour la petite. Au moins, parmi ces hommes violents, l'amour n'est pas absent. Servilia a été inhumée comme une romaine, suivie par sa famille, je suis heureux de ce constat, mais pour autant pas satisfait, je le serai uniquement quand son bourreau aura rejoint les enfers.

*

Quelques jours sont passés depuis le tragique événement, mais pour moi la douleur reste vive et l'absence de Servilia me pèse lourdement sur les épaules. Alors que souffrant de la très forte chaleur je suis allongé sur ma couche, des pas légers attirent mon attention. Un instant je tends l'oreille, croyant au retour impossible de la petite, mais les pas de femme que j'entends ne sont pas les siens.

Lorsque la porte de mon cubiculum s'entre ouvre légèrement, juste assez pour laisser paraître le beau visage de Priscilla — l'épouse de Brutus —, j'ai à peine le temps de me couvrir le ventre quand elle entre dans la pièce. Jamais cette femme, ni aucune autre non plus n'entrent ici, seule Servilia le pouvait, l'endroit occupé par des dizaines d'hommes présente bien trop de dangers pour elles.

— Ave Flavius ! Tu dois me suivre, dépêche-toi.

— Je dois d'abord mettre ma tunique et puis… je viendrai avec toi.

— Ne sois pas ridicule Flavius, lève-toi et montre-moi donc ce merveilleux corps dont Servilia me parlait si souvent. Crois-tu être le premier homme à passer sous mon regard ?

— Non, bien sûr, mais je ne m'attendais pas à te rencontrer ici.

Il est vrai qu'elle doit avoir vu toutes sortes d'hommes en vivant dans le ludus, mais cela ne me met pas pour autant plus à l'aise. Je sens son regard sur moi quand, nu comme un ver, je tente maladroitement de passer ma tête dans l'encolure de ma tunique, avec la désagréable impression que quelqu'un l'a recousue durant mon sommeil. Pourtant les dieux sont avec moi puisqu'enfin, le tissu s'écarte pour me laisser respirer, mais à ma grande surprise, Priscilla est juste devant moi et m'aide pour m'habiller. Elle semble aveugle à ma nudité, mais son regard furtif glissant sur ma peau me caresse et me fait hérisser le poil, j'ai comme le sentiment d'être comparé aux dires de Servilia qui lui a donc tout raconté sur moi.

La petite soignait toujours mes menues blessures et passait dessus les meilleures pommades du ludus afin, disait-elle, de calmer la douleur des coups reçus et d'éviter que des plaques rouges, virant parfois jusqu'au pourpre, ne s'étalent sans gêne aux yeux de tous en leur révélant mes points faibles. Quand pour retirer le sable collé sur moi je passais le strigile, elle prenait un réel plaisir à me couvrir avec l'huile parfumée, découvrant au fil du temps mon anatomie devenue sans secret pour elle.

— Eh bien Flavius ! Est-ce moi qui te fais perdre tes moyens pour que tu ne saches plus te vêtir ?

— Heu… non… pas du tout. Mais je ne m'attendais pas à ta présence ici.

— Hum… certainement, mais il faut que tu me suives et personne ne doit savoir pourquoi je suis venue ici.

— Tu as dû être remarquée, comment dire le contraire ?

— Si on te demande quelque chose, tu répondras simplement que je suis ta maîtresse et que nous avons fait l'amour comme bien souvent.

— Mais c'est faux !

— Oui, heureusement pour ta santé, sinon Brutus te réduirait en bouillie pour les cochons.

Bon, une chose au moins est claire, elle n'est pas venue pour jouir de ma virilité, mais où me conduit-elle ? Faute de réponse je me contente de la suivre en découvrant son corps merveilleux qui oscille au rythme de ses pas. Non pas que sa tunique soit vraiment transparente, mais mon esprit est capable d'une telle prouesse. Priscilla est une très belle femme, sa peau mate, colorée comme pour tous les gens du sud par un soleil souvent trop brûlant, est en parfaite harmonie avec ses cheveux bruns et ses grands yeux marron. Elle a des yeux plus grands que la moyenne des autres femmes, ce qui lui donne un regard enfantin parfois fort troublant, surtout quand elle l'agrémente d'un léger sourire aux lèvres pulpeuses.

Priscilla a pris de bien grands risques à venir jusqu'ici parmi ce monde d'hommes, et moi à la suivre, si nous rencontrons Brutus, comment cela va-t-il se terminer ?

*

Après quelques instants, je comprends que c'est chez elle que nous nous rendons, dans son appartement privé. Traversant le petit jardin privatif de Domitius nous passons devant la sépulture de Servilia. Domitius lui a offert cette sépulture en faisant graver avec soin le nom de Servilia Domitia, en ce dernier geste il lui a donné son nom, faisant d'elle sa fille à titre posthume. Mes yeux se mouillent et ma gorge me brûle, je ne peux me faire à son absence et surtout à l'horreur de sa fin, mais la beauté de Priscilla qui me précède, ramène mon esprit sur terre.

Un moment j'ai cru à un piège ou au début d'une mauvaise aventure, mais la présence chez lui de Brutus me rassure finalement. Connaissant l'homme, il n'est pas du genre à partager sa compagne et me voilà donc tranquillisé sur ce point. Brutus me dévisage froidement, comme si j'avais fauté avec Priscilla, laquelle se retire dans un angle de la pièce, mais sans partir pour autant. J'ai la sensation d'être devant un tribunal, coupable de je ne sais quelle incorrection qui pourrait m'être reprochée. Un lourd silence règne dans la pièce, me donnant le sentiment que le temps s'est arrêté, jusqu'au premier mot de Brutus.

— Ave Flavius !

— Ave doctor !

— J'ignore pourquoi, mais Domitius m'a demandé de faire de toi son meilleur gladiateur, alors tu seras un champion ou un gladiateur mort, mais dès cet instant, ton chemin n'a plus d'autres issues.

— Je n'ai pas envie d'être son champion, dis-moi qui a tué Servilia et je suis prêt à mourir pour la venger.

— Tu pourras la venger sans mourir, je vais m'occuper de toi.

— Sais-tu quelque chose à son sujet ?

— Non, rien qui puisse t'intéresser, mais Domitius arrive toujours à tout savoir de ce qui se passe chez lui, alors crois-moi, pour Servilia il va savoir.

— J'espère bien, ce jour-là je serai son bras vengeur.

— En attendant, viens dans dix minutes me retrouver dans la petite cour et je vais commencer ton éducation.

Brutus quitte la pièce sans ajouter un mot et me plante là comme un ingénu, que faut-il faire ? Priscilla n'a pas bougé un cil, un peu à l'écart elle se tient droite, sans dire un mot elle a participé à notre conversation. Alors que je sens un malaise s'emparer de moi elle se décide enfin à parler.

— À partir de maintenant je vais pour toi remplacer Servilia, sauf pour dormir sur ta couche. Pour le reste, tu peux tout me demander, même si cela te paraît ridicule ou bien gênant, tu dois absolument me faire confiance.

— Je vais t'écouter. Parle et j'agirai pour toi.

— Ce n'est pas pour moi que tu vas agir, quand Brutus prend en main un homme afin d'en faire un vrai combattant, son avenir immédiat n'est que douleurs et blessures. De toi il va faire un dieu de l'arène, mais tu auras besoin de moi pour remplacer Servilia et, comme elle, je vais m'occuper de soigner tes blessures. Alors qu'aux mains de mon mari tu deviendras une arme redoutable qu'il pourra utiliser contre tous tes adversaires, tu devras me confier ton corps d'athlète pour que je l'entretienne comme le fil d'une épée ou le tranchant d'une hache. La précision de tes gestes sera si grande que tu pourras toucher dans l'instant, l'endroit exact qui anéantira ton adversaire, ton esprit sera protégé par un mental à toute épreuve, aussi résistant que le meilleur scutum, mais cela aura un prix. Maintenant, va retrouver Brutus.

Je quitte la pièce, perplexe sur ce qui m'arrive. Domitius a brillé par son absence comme s'il ne voulait pas être mêlé à cette histoire, je suis l'esclave de Brutus et de son épouse, mais à quelle fin ? Priscilla vient de me parler sur un ton ne laissant pas de place à la discussion, pourtant et aussi belle fut-elle, elle n'est que la femme de Brutus.

En guise de réponse, j'arrive vers la porte d'accès à la petite cour où l'on s'entraîne parfois, mais rarement. Dehors il fait soleil, je ne vois pas Brutus, mais il doit être là à m'attendre pour ma première leçon particulière. Dès mon premier pas à l'extérieur je sens la chaleur d'Apollon qui me couvre comme une chaude couverture, puis sa puissante lumière qui m'aveugle. C'est comme un éclair qui traverse ma vue, et je me retrouve le derrière par terre, une violente douleur au crâne. Que s'est-il passé ? J'ai besoin d'un moment pour retrouver mes esprits et découvrir la main tendue par Brutus qui m'invite à la saisir pour me relever.

À peine debout je cherche mes repères dans cet endroit que je n'ai pas eu le temps de voir et, passant machinalement la main sur mon front, je découvre qu'il saigne volontiers.

— Pourquoi m'as-tu frappé de la sorte, tu as donc de vrais reproches à me faire ? Crois-tu que j'ai touché Priscilla, ou pire encore, que je suis le meurtrier de Servilia ?

— Non ! Rien de tout cela, sinon tu serais déjà mort.

— Alors quoi ?

— C'est ta première leçon mon garçon, toujours être sur tes gardes. Quand tu entres dans l'arène, ton combat commence dès le premier pas posé sur le sable, un ennemi peut être caché là, attendant de te porter un coup direct et fatal. Maintenant, va te faire soigner.

— C'est déjà fini ?

— Tu en veux encore ?

— Non, pas vraiment.

— Alors va ! Priscilla va s'occuper de toi, tu devras t'y habituer.

Comme entrée en matière, il y a sûrement de plus douces manières de procéder, mais je dois reconnaître l'efficacité de ma première leçon, je suis convaincu de ne plus me laisser surprendre en entrant dans un lieu susceptible de présenter un danger. De nouveau, je suis vers Priscilla qui ne manque pas de rire discrètement de mon retour si rapide, avec le front sanglant.

Assis sur un tabouret je me laisse faire, les doigts doux et tièdes de Priscilla sont un délice à ne pas manquer et qui, pour un instant, me font oublier la douleur. J'ose à peine parler du reste, quand penchée sur moi, je sens sa respiration couler sur mon visage et la chaleur de son corps accompagnée de son parfum, traversant sa tunique, qui vient comme une caresse adoucir mes douleurs.

Cette femme belle et délicate est vraiment l'opposé de son époux, dur et brutal, mais je me trompe peut-être sur leur compte à tous les deux. Dans tous les cas une nouvelle vie s'annonce à moi, sans que j'en sache le motif réel, Brutus veut faire de moi un bon gladiateur et je crains que, bon gré mal gré, je vais devoir endurer les douceurs de Priscilla.

*

Dès ce jour je me suis régulièrement entraîné avec Brutus, en dehors de mes activités avec les autres gladiateurs, j'ai droit à des séances particulières où il m'enseigne tout son savoir. Depuis ma première entrée fracassante, je devrais plutôt dire, celle où je me suis fait massacrer par Brutus, j'ai jour après jour découvert Priscilla, la femme extraordinaire qu'elle est devenue pour moi et pour qui je pourrais tout donner. Elle soigne mes blessures et ses grands yeux marron posés sur moi sont un si doux regard, que mes plaies se ferment presque seules, comme honteuses d'affronter sa douceur. Bien sûr, il est facile d'être amoureux d'une telle personne, mais j'ai plus tard compris que cela allait beaucoup plus loin, je suis tombé sous son charme, envoûté par elle je ne résiste pas et surtout, je ne me révolte pas.

Avec Brutus j'ai subi un entraînement violent, souvent trop long, toujours trop dur, j'aurais pu me rebeller cent fois, mais Priscilla a su canaliser mon énergie pour me rendre plus fort et plus résistant. Maintenant je suis un homme au-dessus des autres, j'endure autant l'effort que la douleur sans rien dire, puisque Priscilla l'accepte, cela doit être juste. Je combats depuis deux ans pour Domitius et j'ai déjà amassé une belle fortune, encore une année et je pourrai racheter Æmilia.

Depuis que je combats vraiment sur l'arène, je n'ai jamais eu à me plaindre d'un mauvais sort jeté par les dieux, même si quelques fois je suis sorti vaincu, mais debout, cela a toujours été après un très beau spectacle, ravissant la foule qui épargne la vie de ses champions. C'était surtout lors de la première année, maintenant je ne perds plus mes engagements. Avec l'aide de Brutus et de son épouse, je suis devenu invincible pour le commun des mortels. Seul un dieu peut me faire mordre la poussière, mais ils ne viennent jamais sur terre pour nous affronter les armes à la main.

Deux ans, c'est parfois long, parfois court, selon à quoi je pense. Il m'arrive d'oublier Æmilia et de penser à ma vie présente, mais rapidement son visage rieur me revient en pleine face, mon sang bout alors dans mes veines et j'ai envie de combattre pour elle. Pour autant je n'ai pas oublié Servilia, la pauvre petite devrait avoir treize ou quatorze ans, et j'imagine comme elle aurait toujours été présente au côté de Priscilla pour panser mes blessures, se faisant une joie de dormir près de moi en prétextant sans doute que sa présence aurait été indispensable à ma santé.

— Tu rêves Flavius ?

La voix de Priscilla me fait sursauter, dans la cour du ludus, assis sur un banc de pierre je ne l'ai pas entendu venir.

— Oui, je rêvais, cette belle soirée chaude sous un ciel sans nuages s'y prête fort bien.

— Je peux m'asseoir près de toi ?

— Bien sûr Priscilla, tu me fais l'honneur de ta présence, comment te refuser ?

— Hum, oui, ma présence… à quoi rêvais-tu mon beau gladiateur ?

Sans réfléchir je saisis la main de Priscilla et la serre

fort, par ses mots elle vient de me percer le cœur d'une flèche ardente qui n'a rien perdu de sa vitalité.

— Tu me fais mal Flavius !

— Excuse-moi, je ne le voulais pas.

— Pourquoi serrer si fortement ma pauvre main, n'as-tu donc aucune douceur pour moi ?

— Oui, si, bien sûr, mais… ces mots dans ta bouche, ils m'ont troublé, car je ne m'y attendais pas.

— Des mots ? Continue Flavius, j'ai envie de savoir, mais ne lâche pas ma main.

— Ta main est si douce Priscilla, mais cela n'est pas correct, si Brutus venait à nous surprendre un duel serait inévitable entre lui et moi, et je n'y tiens pas vraiment.

— Il te fait toujours peur ?

— Non, plus maintenant, mais j'ai beaucoup de respect pour lui et le tuer me peinerait vraiment.

— Rassure-toi Flavius, Brutus sait que je suis ici, assise près de toi et que tu tiens ma main dans la tienne.

— Que faut-il comprendre, est-ce un piège contre moi ?

— Imbécile, bien sûr que non, cela prouve simplement que tu es pour nous un fidèle ami et que nous pouvons te faire confiance.

— Certainement, mais alors, où veux-tu en venir ?

— Nulle part, j'ai juste envie d'être près de mon ami… le beau gladiateur.

— Encore ? Mais d'où tiens-tu ces mots que Servilia disait toujours pour me taquiner ?

— C'est elle qui me les a appris, grâce à elle je sais tout de toi depuis le début, je n'ignore rien non plus de tes sentiments pour elle.

— Pourquoi me le dire aujourd'hui ?

— Pourquoi attendre demain ? Rentrons maintenant, il est tard et tu dois te reposer.

Une fois debout et contre toute attente, Priscilla me serre dans ses bras, colle sa joue contre la mienne et reste un moment sans rien dire. Comme il fait chaud je ne porte pas de tunique, juste à la manière égyptienne un simple pagne de tissu, et Priscilla n'a qu'une fine tunique d'été qui la couvre. À travers le fin lainage, je sens sa poitrine volontairement collée contre moi et je ne comprends pas ce qu'elle cherche, cette femme sérieuse ne peut un instant penser à fauter avec moi.

Soudain le pire arrive, dans l'encadrement de la porte, la forte stature de Brutus apparaît à ma vue, cette fois les choses vont se gâter. Je tente un geste pour repousser Priscilla, mais elle se serre plus fort encore, à quel jeu joue-t-elle ? Je suis inquiet au plus haut point quand Brutus pose sa main sur une épaule de son épouse, puis tout en douceur l'écarte de moi. Je me souviens du premier jour, alors je suis sur mes gardes et prêt à parer un mauvais coup quand…

— Priscilla avait un moment de tristesse et désirait te voir, maintenant tout va bien. Bonne nuit Flavius.

— Bonne nuit Brutus.

Alors là, je ne comprends rien. Brutus qui repart avec Priscilla en me souhaitant une bonne nuit, sans se fâcher, sans jalousie, un autre monde vient de naître.

*

Cette nuit, j'ai vraiment mal dormi, j'ai même l'impression de n'avoir pas fermé l'œil tant j'ai pensé à Servilia et à Priscilla, l'une et l'autre pour des motifs différents, mais je crois bien avoir fait l'amour avec Priscilla au moins dix fois. Depuis deux ans que Servilia nous a quittée, personne, et surtout pas moi, n'avons jamais cessé de penser à elle ; mais le crime de sa mort est resté impuni jusqu'à ce jour.

La porte de ma cellule s'ouvre, pour un instant et une fois encore je crois que Servilia va entrer avec son joli sourire, mais c'est Domitius qui est là, toujours en compagnie de Brutus dont la vue me rappelle cette inoubliable soirée d'hier.

— Tu n'es pas encore prêt Flavius ?

— Si, je suis prêt Dominus.

— Les langues ont parlé, je sais qui a violé Servilia.

— Qui est-ce ? Que je le tue de mes mains.

— Oh ! Pour ça il te faudrait encore beaucoup d'entraînement, c'est Priscus qui l'a déflorée et violée ce matin-là, je le fais chercher et il sera jugé. Servilia va être vengée, mais toi, prépare-toi pour ton entraînement.

Ah oui, l'entraînement… je vais chercher ce salaud de Priscus et lui faire payer sa conduite. En tant que champion, il ne vit pas dans une cellule ordinaire, il a à sa disposition un vrai cubiculum bien aménagé, je suis sûr qu'il est dans cet endroit.

Après la mort de Servilia, j'ai compris que la pauvre petite avait été violée et tuée simplement parce qu'elle était trop faible pour lutter, mon entraînement s'est renforcé, j'ai enfin compris qu'il me fallait être le plus fort, ou bien me préparer à mourir bientôt. Brutus et son épouse Priscilla se sont employés à me convaincre du bien fondé de leur enseignement, chaque adversaire étant dès lors perçu comme celui qui avait tué Servilia, cette pensée enrageant mon esprit et me donnant le prétexte attendu pour enfin devenir un combattant sérieux. Avec ce que Domitius vient de m'apprendre, mon sang une fois encore bout dans mes veines, je dois affronter Priscus pour exulter non pas ma joie, mais ma haine envers lui.

— Flavius ! Tu rêves ?

— Non Dominus, je veux seulement être opposé à Priscus pour le tuer.

— Es-tu toi-même prêt à mourir par un si beau jour ?

— Je suis prêt !

— Alors suis-moi. Il y a ici des invités de marque qui demandent une démonstration ; ils veulent voir combattre Priscus, ils veulent le voir tuer un homme, ici, juste sous leurs yeux, veux-tu être cet homme ?

— Je n'ai aucune envie de mourir aujourd'hui, mais cela ne m'effraie pas.

— Tu veux toujours venger Servilia, tu es un garçon plutôt tenace, c'est bien aussi pour être un bon gladiateur. Prépare-toi à paraître devant tes dieux.

Domitius s'en retourne à ses affaires, il peut annoncer le prochain duel en l'honneur de ses invités, l'un des deux gladiateurs restera sur le sol et son sang tachera le sable chaud de l'arène. Je me dirige vers l'armurerie pour y être équipé par un esclave et songeur, je me demande si

Domitius n'est pas au courant de tout depuis le début de cette affaire. L'entraînement de Brutus, les soins de Priscilla, tout était donc prémédité. Sauf peut-être la tendresse de Priscilla qui m'a toujours paru sincère, mais hier soir elle savait déjà ce que serait ce jour, elle savait que je combattrais Priscus pour venger Servilia. Sa tendresse envers moi était donc comme un adieu, mais je l'espère un simple au revoir.

Priscus combat habituellement comme Mirmillon, lourdement armé il utilise sa grande taille et surtout sa force, pour bousculer tous les prétendants qui ne tiennent pas longtemps devant lui. Contre cet homme brutal, ma propre force ne peut rien, alors je vais combattre en Thrace. Équipé d'un petit bouclier carré et fortement cintré, peu encombrant — la parma —, et d'une épée recourbée — la sica —, je serai un combattant léger, agile et rapide dans l'action, c'est ma seule chance. La sica du Thrace est courte, sa lame est courbée comme la serpe d'un paysan, coupante comme un rasoir à l'intérieur, son tranchant extérieur est composé de nombreuses dents comme une lame de scie servant à couper du bois. Avec cette arme étrange, je ne pourrai pas frapper d'estoc, mais avec l'aide des dieux, je lui couperai l'arrière d'une cuisse ou bien un jarret, juste avant de lui trancher la gorge.

Je suis équipé de pied en cap, c'est la première fois que je revêts une armature thrace et que je tiens de vraies armes de fer et de bronze, coupantes et pointues pour un vrai combat dans le ludus de Domitius. Ordinairement, ici nous n'utilisons que des armes de bois pour l'entraînement, mais aujourd'hui c'est bien différent, il s'agit d'un combat à mort donné en privé, loin des regards plébéiens et devant ceux de tous mes camarades de combat.

Priscilla est venue me rejoindre à l'armurerie, maintenant elle est devant moi, son profond regard planté dans le mien. Je dis devant par pudeur, car je sens son corps chaud appuyé contre moi. Malgré mon équipement qui ne couvre que partiellement mon corps, je sens son ventre respirer contre le mien, je sens sa poitrine tiède et tendre qui enveloppe mes pectoraux tendus par l'entraînement, je sens l'air tiède sortant de sa bouche qui vient frôler mon visage comme une douce caresse à laquelle je me suis si bien habitué.

J'ai soudain le désir de la saisir et de la pénétrer pour assouvir mes envies, mais cette impossibilité me met en rage, j'ai envie de la violer. Je veux ce ventre chaud qui contre moi vit et me provoque, je veux cette bouche qui par ses tièdes effluves m'enivre comme un parfum trop fort, je veux hurler aux dieux ma terrible colère, je suis très en colère contre le monde.

*

Enfin je suis prêt, mon mental préparé par Priscilla est bien remonté contre mon adversaire que je hais plus que tout au monde, j'entre le premier dans le petit amphithéâtre du ludus. L'arène est brûlante, sur la tribune de Domitius deux hommes et trois femmes sont à attendre de voir qui va mourir sous leurs yeux et pour leur seul plaisir. L'une des femmes est beaucoup plus jeune, ses beaux cheveux bruns savamment travaillés lui donnent une vraie allure de riche courtisane. Je reconnais sans peine celle que j'avais vue ici lors de mon premier jour, accompagné par Servilia jusque dans la tribune des maîtres. Comme je tiens mon casque sous mon bras, elle peut voir mon visage et me sourit d'un air presque amical. Pour son plaisir, quel sang va-t-il couler, celui de Priscus, le mien, celui des deux peut-être ?

Avant d'être vêtu de mon équipement de combat, j'ai tenu à me préparer comme doit l'être un gladiateur. Pour mon premier ou dernier combat contre Priscus, peut-être les deux à la fois, je veux être très présentable. Je suis donc parfaitement épilé, mon corps massé avec de l'huile parfumée pour éviter un claquage est rutilant. Mes cheveux sont parfaitement arrangés, tirés vers l'arrière et noués par un petit cordon de cuir. C'est Servilia qui me l'avait offert, elle avait attaché pour la première fois mes cheveux derrière ma tête, et s'était ri de moi. J'entends son éclat de rire alors qu'elle frappait ses mains, applaudissant son propre travail. Une fois de plus, ma gorge se serre et mes yeux se mouillent, alors que la jeune femme brune me dévisage.

Priscus fait son entrée, comme moi il tient son casque sous son bras, mais il bombe fièrement son torse comme un coq dans sa basse-cour. Convaincu j'en suis sûr de me finir rapidement devant ces dames de la haute société, prouvant une fois de plus qu'il est le meilleur. Moi, je n'ai pratiquement aucune cicatrice, sinon de bien trop petites pour être vues de la loge, tandis que lui, Priscus, il peut laisser à l'admiration de ces femmes, toutes celles qui décorent son buste puissant. Pour ma part je n'ai comme vraie blessure que celle laissée par la disparition de Servilia, mais elle n'est pas visible à tous. Alors que lui, Priscus, peut se vanter du regard admiratif de ces femmes, moi je sens le mélange de Servilia et de Priscilla qui embaume l'atmosphère par leurs parfums, et par les colères conjuguées de tous, qui veulent sauver son esprit avant que ma colère ne me rende fou.

Depuis de nombreux mois, j'ai bien appris à devenir agressif envers ceux qui me font face, mais sans éprouver de haine, juste par simple habitude. Brutus m'a transmis tout son savoir, à la demande de Domitius il m'a donné de nombreux cours particuliers afin que je domine ma fougue et maîtrise ma force. J'ai compris, bien plus tard, que celui qui se fait nommer Brutus et qui porte si bien ce nom, a dans sa poitrine un cœur sensible. De son côté il a compris, ou c'est Domitius qui lui a dit que j'avais bien des sentiments pour Servilia, que je la considérais comme ma propre petite sœur et que mon cœur à moi, s'était brisé une seconde fois pour cette enfant. Ne pouvant plus lui-même combattre dans l'arène, je suis convaincu qu'il m'a donné son enseignement juste pour que je puisse la venger. Domitius, Brutus et la ravissante Priscilla ont tout organisé pour faire de moi un bourreau contre le tueur, jusqu'à ce combat privé, devant un public restreint pour servir de témoin, tout a été prémédité par notre Maître à tous, Domitius veut venger sa fille et je suis celui qu'il a choisi pour tenir son arme.

Je me sens prêt pour affronter le monstre, dans mon esprit, Servilia est là, tout près de moi, elle va me conduire à la gloire ou bien c'est moi qui vais aller la rejoindre. Deux esclaves nous aident à placer correctement nos casques et à les attacher solidement, puis c'est Brutus, tenant le rôle d'arbitre qui nous impose notre place avant le combat. Alors qu'il tient levé son bâton, je vois Priscus sûr de lui, parfaitement décontracté tandis que moi, je sens une sueur froide envahir mon front.

Je sais pour l'avoir souvent vu combattre comment il pratique, il va me tourner autour et sans prévenir, frapper un très grand coup avec son glaive. Une fois, je l'ai vu couper en deux le crâne d'un homme qui ne s'est pas vu mourir, tellement son geste avait été rapide. Je sens qu'il va frapper… Oh ! Le coup est vraiment terrible, mais mon bouclier de bronze n'a pas trahi sa tâche, arrêtant le fer pour me sauver la vie.

Cette fois, j'y suis, vaincre ou mourir n'a jamais été si vrai, mais je veux le vaincre, pas pour moi, mais pour Servilia. Aucun dieu ne peut permettre que cet homme immonde puisse encore faire le beau après avoir si cruellement mis fin à la vie de ma si jeune amie. Sa voix résonne dans ma tête comme une douce musique, ses éclats de rire me frappent encore en pleine face comme si elle était ici, devant moi, à rire de ma triste position. « *Salut mon beau gladiateur ! Montre-moi comment tu combats pour Servilia.* »

Je sais qu'il n'y a pour moi que deux positions possibles, rester éloigné de Priscus afin d'éviter ses coups, mais sans pouvoir lui en donner, ou bien me coller à lui, faire corps pour qu'il ne puisse facilement me toucher, et de mon côté, tenter par tous les moyens de le frapper sur le dos.

Priscus s'approche, joue du scutum[14] pour me frapper, espérant me déséquilibrer, mais je suis très agile à échapper à ses coups vicieux. Après plusieurs minutes sans résultat, d'un côté comme de l'autre, je souffle comme un taureau, la sueur coule sur moi et mes cheveux trempés étouffent mon crâne sous le casque qui n'en finit pas de se resserrer sur mes tempes.

Alors que nous échangeons sans succès nos coups de boucliers et claquons les fers de nos armes, je sens en moi une impression nouvelle. À cet instant, je devrais mourir de trouille face à cet homme puissant, mais au

14 Grand bouclier cintré, utilisé par les légionnaires.

contraire, ma peur du début se transforme en volonté d'en finir, mon sang bout une fois encore dans mes veines. Est-ce Servilia qui me vient en aide ? Je ne saurais à cet instant le dire, mais je me sens léger, nerveux, mes gestes n'ont jamais été si rapides, comme mes déplacements autour de celui qui ne sait plus où donner de la tête. Toute la force de mon entraînement vient à mon secours, chacun de mes coups est très précis, même sans toucher Priscus de manière efficace, je le sens moins à son aise qu'au début de la rencontre. Maintenant, il sait que moi aussi je suis très dangereux, et que plus jeune que lui, je résiste mieux à ses assauts.

C'est maintenant, oui, c'est maintenant qu'il faut en finir. Profitant de la fatigue de mon adversaire, je fonce tête baissée, poussant son scutum tout contre lui et me plaquant contre ma parma. Je sens son odeur, son souffle, je l'entends respirer alors que d'un bond je parviens à passer mon bras par-dessus son épaule gauche.

De la pointe arrondie, mais tranchante de ma sica supina, je sens ses chairs s'ouvrir comme l'eau devant le rostre d'un navire. Le temps semble s'être arrêté, mon arme passe sur ses vertèbres puis continue son parcours dans une chair tendre, heurte l'omoplate, coupe profondément les muscles de son épaule, je sais que pour lui c'est la fin du combat.

Sans comprendre, je me trouve au sol, couché sur l'arène, le dos enfoncé dans le sable brûlant. Tout a été si vite que je ne me suis pas vu chuter, mais à mon regard s'offre la plus belle image de ma vie ; Priscus se contorsionne comme un ver, son dos crispé par la douleur laisse échapper un sang aussi rouge que salutaire pour moi. Il lâche son scutum devenu impossible à manier, c'est la chance à ne pas manquer.

D'un bond, je suis sur mes pieds, je m'approche de lui et du poing gauche qui n'a pas lâché ma parma, je le frappe avec violence en pleine figure ; malgré son casque, il ressent le coup, se déséquilibre et part en arrière, allongé de tout son long. Je me laisse choir sur lui, plantant mon genou sur son estomac et plaçant ma sica sur sa gorge.

Ça y est, j'ai réussi ! Il est vaincu et désarmé. À travers la grille à trous de ma visière, je porte mon regard sur la tribune des maîtres. Domitius semble stupéfait, la jeune brune ravie, les autres conquis, tous me font signe de l'achever. Derrière Domitius, Priscilla esquisse un léger sourire de soulagement, le plus beau sourire que je n'ai jamais vu. Ce n'est pas simple d'appuyer mon geste pour mettre fin à la vie de Priscus, mais des images filent devant mes yeux. Servilia hurlant de douleur quand le sexe de Priscus défonce ses tendres chairs d'enfant, puis cette grosse main qui la rend muette et l'étouffe alors que ses yeux exorbités crient eux aussi, un « *au secours !* », que personne ne peut entendre. C'est ce dernier visage déformé par l'horreur qui me vient à l'esprit, et ma main qui coupe avec haine, mais sans précipitation la gorge tendue de Priscus.

Son regard, dans ses derniers instants, ahuri par la peur de mourir ressemble de plus en plus à celui de Servilia, que j'entends rire de joie, rire de mon succès, « *Salut mon beau gladiateur ! Je suis très fière de toi en ce glorieux jour.* » J'ai envie de vomir.

*

Flavius vient de remporter son combat contre Priscus, et quel combat, face à un champion qui dans le grand amphithéâtre avait de nombreuses fois emporté l'adhésion de milliers de spectateurs. Il est sur-le-champ convié après une toilette en règle, à rejoindre Domitius et ses invités. Il ne lui faut que peu de temps pour être prêt, ses cheveux encore humides, toujours tirés en arrière, vêtu d'une tunique de couleur écrue, il entre dans l'atrium de Domitius.

— Je te salue, grand Flavius, dit Domitius, tu es maintenant le nouveau champion de mon ludus.

— Je te remercie Dominus, mais tu sais qui a tenu ma main.

— Oui, bien sûr Flavius, mais tu viens de tuer un grand champion, un homme très dur et qui pouvait se vanter d'une longue expérience, tu es maintenant parmi les grands, les très grands, elle n'a rien fait d'autre que de te motiver.

— Qui ça ? elle ! dit la brunette parmi les invités.

— Une petite esclave, elle travaillait ici pour moi et pour tous les hommes de mon ludus, je la considérais comme ma fille, et Flavius comme sa sœur.

— Et alors ?

— Alors Priscus l'a violée et tuée. Depuis ce jour elle nous a toujours manqué, mais maintenant son âme va pouvoir aller en paix, son honneur étant vengé.

— Suis-je vraiment dans une école de gladiateurs ? À vous entendre pleurer sur le sort d'une esclave, une gamine sans fortune, sûrement oubliée des dieux, j'ai bien des doutes. Pourquoi ne pas en avoir acheté une autre ? Sur le marché aux esclaves, en haut du Vicus Tuscus, les pucelles à vendre ne manquent pas, si cela suffit à satisfaire les puissants gladiateurs.

— Crois ce que tu veux Flavia, mes hommes sont des brutes oui, mais cela ne les empêche pas d'avoir un cœur qui bat au moins aussi bien que le tien.

J'ai l'impression de n'avoir pas tout compris, cette jolie fille à la peau parfumée et au regard si doux, aurait-elle moins de cœur qu'un gladiateur à la peau couverte de cicatrices ?

Les uns et les autres parlent de tout, mais surtout de rien, sinon des affaires frivoles de la société, toujours à la recherche de faits nouveaux et spectaculaires. Priscus est mort sous leurs yeux, pour un spectacle privé, cela fait bien mon affaire, mais il est déjà oublié. Avec mon gobelet en bronze dans la main, savourant un mulsum[15] de très grande qualité, moi aussi, je suis oublié. Sauf par la jeune femme aux beaux cheveux bruns, celle que Domitius vient de nommer Flavia, et qui me dévisage en approchant presque timidement.

— Ainsi tu te nommes Flavius ?

— Pour te servir.

— Me servir, mais que peux-tu savoir de mes désirs ?

— Je les ignore, ordonne et je t'obéis.

— Es-tu vraiment prêt à faire toutes mes volontés ?

— Avec l'accord de Domitius, tu es ma maîtresse.

— Cela me plaît bien, je veux que tu restes à mes côtés, toujours.

15 Vin sucré avec du miel, souvent fumé pour sa conservation, et que l'on pouvait boire coupé d'eau pour l'adoucir.

— J'appartiens à Domitius.

— Plus pour longtemps.

— Domitius !

— Oui Flavia Fulmina, que puis-je pour toi ?

— Je veux cet homme… Flavius.

— Heu… pour cette nuit ? Tu n'as rien à me demander, chaque homme vivant ici est prêt à écarter tes cuisses, choisis l'élu de ton cœur.

— Non Domitius, pour toujours, je le veux pour toujours près de moi, pour me servir.

— Mais il est gladiateur dans mon ludus, pourquoi n'achètes-tu pas un bel esclave ? tu sais si bien où les trouver.

— Je sais qu'il est ton gladiateur, évidemment, mais cela ne m'intéresse pas de le savoir. Pour ce qui est des beaux esclaves, occupe-toi donc de les recruter pour les faire mourir en spectacle.

— Bien, tu as raison pour les esclaves, je ne voulais pas t'offenser, mais… c'est qu'il doit combattre dans quelques jours, à la fois comme gladiateur de troisième année, et maintenant comme champion. Tu imagines les enchères, si je ne fais pas fortune c'est que les dieux me maudissent vraiment, mais s'il ne combat pas, c'est moi que le peuple va étriper.

— Et s'il devait mourir, comment ferais-tu alors pour me le céder ? Je n'ai nulle envie d'un cadavre sur ma couche.

— Je te comprends bien Flavia, mais il est déjà inscrit pour les Ludi Apollinares, laisse-le-moi durant ces huit jours pour que je ne subisse pas la colère d'Apollon, tu ne veux pas que le dieu me transperce de mille flèches ?

— Je croyais que tu étais son maître et que tu pouvais en disposer comme il te convient, mais je constate qu'il n'en est rien.

— Les annonces des combats sont inscrites sur le calendarium de juillet, les paris sont déjà largement engagés, il est impossible de changer maintenant. Imagine aussi que Priscus va être déclaré forfait pour cause de mort subite, tu ne peux en plus m'enlever Flavius. Le public est mon maître, je ne peux le décevoir. De plus, sa victoire contre Priscus va se savoir rapidement dans tout Rome, les paris vont grimper vertigineusement.

— Va pour huit jours, mais après il m'appartient.

— Contre cent mille sesterces ? Je suis d'accord.

— Tu es un filou Domitius, mais j'accepte ton prix honteux, cet homme sera à moi s'il survit à ses combats.

Cette jeune femme doit être véritablement très riche, cent mille sesterces pour racheter mon auctoramentum[16] à Domitius est une somme colossale. Mais que veut-elle faire de moi, contenter ses désirs féminins, bien des hommes à Rome en sont capables, pourquoi moi ? Surtout elle ignore si je suis un étalon ou bien un âne. Elle aurait plus de chance à faire comme Messaline en se déguisant en prostituée. Elle pourrait ainsi écarter ses cuisses et offrir sa bouche humide à des dizaines d'hommes chaque soir, à ce jeu l'impératrice était une experte.

---

16 Engagement moyennant salaire des gladiateurs, vouant leur vie au lanista pour une durée déterminée.

Bien sûr, être aimée par un gladiateur, beaucoup de femmes le demandent, et maintenant je suis un champion. Si je lui donne un enfant, elle sait qu'il lui suffira de boire un peu de mon sang pour enfanter un demi-dieu, du moins, beaucoup le prétendent, jusqu'à acheter le sang de ceux qui meurent lors des affrontements. Il n'est pas rare que des femmes enceintes paient cher le sang d'un gladiateur mort au combat et je suis sûr que celui de Priscus a déjà été prélevé pour l'une d'entre elles. D'ailleurs il est coutumier d'en voir traîner du côté de la porta libitinaria ou du spoliarium en quête d'un verre de sang, qu'elles boivent encore chaud dès qu'un gladiateur mort est sorti de l'arène. Enfanter n'est pas une simple affaire, mais mettre au monde un dieu mérite bien quelques sacrifices qu'elles sont toutes prêtes à accepter.

*

* *

Saepe premente deo fert deus alter opem[17]

Loin des turbulences romaines est Capoue, importante ville de Campanie. Dans une des nombreuses petites pièces aménagées sous la cavea, la jeune Petronia est brutalement forcée à y entrer. Elle est entourée par plusieurs hommes dont l'un d'entre eux, portant une toge blanche et le nom de Scapula, donne ses ordres aux autres. Derrière elle, c'est un homme de forte corpulence et à la peau noire qui la pousse en avant, puis deux femmes, des esclaves qui portent son équipement.

À peine entrée dans la pièce, une des deux esclaves lui retire sa tunique, son unique vêtement fait d'une mauvaise laine et qui, ne la couvrant plus, dévoile son corps parfait. L'autre esclave lui donne une campestria confectionnée dans un épais tissu rouge foncé, qu'elle enfile rapidement pour couvrir sa féminité, sous le regard amusé de Scapula. À ses pieds elle conserve ses sandales en cuir, et c'est bien là tout ce qu'elle a comme vêtement. Elle n'a pas de protection pour ses jambes, pas de protection pour ses bras et ses épaules, son torse est complètement dénudé et elle n'a pas de casque. L'homme à la peau noire lui remet une courte javeline faite d'un manche en bois, avec une pointe en bronze longue et effilée à une extrémité, une courte pointe à l'autre bout. Bien maniée, cette arme rudimentaire peut s'avérer très dangereuse, mais qui peut-elle combattre dans un pareil dénuement ? Dans cette tenue de bestiaria, elle pourrait combattre un animal sauvage, mais en ce début d'après-midi, l'heure est aux combats des gladiateurs. Avec cette arme inspirée des javelines grecques, Achille serait en mesure de faire des ravages, mais cette jeune fille ne lui ressemble pas vraiment.

17 Souvent un dieu protège ceux qu'un autre tourmente.

— Tu es équipée comme il faut pour faire le spectacle et paraître devant nos dieux, sous peu tu devras mourir, alors sois fière et offre-nous ce que tu as de mieux.

— Tu as sous les yeux ce que j'ai de mieux, les dieux ne voudront peut-être pas de ma vie aujourd'hui !

— Bien sûr que si, car tu vas combattre un vétéran qui ne te fera aucun cadeau, tu es là pour mourir, je ne te demande rien de plus. De toute façon j'ai déjà vendu ta vie pour cette seule journée, alors ne reviens pas ici vivante sinon je me sentirai offensé, celui qui est à mes côtés devra te tuer de ses mains. Je te ferai arracher les yeux, couper la langue et les oreilles, puis tu seras pendue par les pieds et un glaive sera enfoncé dans ton sexe ; tu attendras la mort dans cette triste position, alors je te conseille de bien mourir.

Rien n'est laissé au hasard pour cette fille condamnée à une mort certaine, décidée par ceux qui, trop riches, ne savent plus quoi inventer pour occuper leurs loisirs. Par un long massage, les deux esclaves couvrent son corps d'une huile mettant en relief ses admirables formes, puis ses cheveux sont aussi huilés, nattés et tressés avec soin à l'aide de lanières de cuir. Les deux esclaves se montrent très douces et très caressantes, communiquant par leurs mains leur soutien à celle qui va bientôt périr, leurs bouches tenues closes par obligation ne pouvant lui exprimer leur compassion au risque d'y laisser leur vie également.

Précédant le grand noir, elle est conduite vers l'extérieur sous les regards épleurés des deux esclaves, puis poussée dans l'arène éblouissante et bruyante comme un jour de marché. Elle n'ose avancer sous les regards et les quolibets de la foule, munie de sa javeline elle se sent parfaitement ridicule et démunie contre tout, mais pour autant, elle conserve une fière allure. Pourquoi tous ces gens qui ne la connaissent pas crient-ils après elle, lui crachant des injures et sifflant chacun de ses pas ? La pauvre fille ne sait où se diriger, elle ne sait pas non plus contre qui elle va être confrontée puisqu'elle est encore seule dans l'arène. La crainte s'empare d'elle et malgré la forte chaleur de ce jour, son corps à la peau trempée d'une sueur froide tremble de peur sous le soleil. Le fin duvet qui la couvre se hérisse au passage d'une petite brise qui du même coup lui durcit les seins, ses muscles se tétanisent et elle sait à ce moment-là qu'elle ne pourra opposer aucune résistance à son adversaire. Elle imagine un fauve, ou pour le moins un animal féroce qui la terrorise par avance, jamais elle n'avait combattu des bestiaux d'aucune sorte, alors que pourra-t-elle faire ?

Dans son esprit embrumé elle perçoit ses souvenirs de petite fille promise à un bel avenir, au domicile de ses parents tout était plus simple. Sa maison natale était un vrai palais, des pièces immenses et innombrables, des esclaves prêts à chaque instant à répondre à la moindre de ses réclamations. Elle se souvient de ses études des mathématiques et du latin, en plus du grec, et de ses nombreux cours d'histoire et de poésie que lui apprenait un vieil homme barbu aux longs cheveux blanchis par le temps, vêtu d'une simple tunique usée par l'âge.

De cet homme elle a non seulement appris à lire, à écrire et à parler, mais elle a aussi appris à combattre, tant par les mots que par les armes. Aujourd'hui elle est seule face à son avenir, ne sachant vraiment pas ce que les dieux lui réservent quand une voix forte la ramène sur terre.

— Eh bien ! Tu rêves ou tu es déjà morte ?

À cette interpellation elle tourne son regard vers l'homme en tunique grise qui vient de lui parler, il tient un cep de vigne dans sa main droite, c'est un arbitre de combat. La jeune fille le toise de haut et reste muette.

— Allons, viens au centre de l'arène, tu dois mourir au milieu de ton public, ne le fais pas attendre.

Sans grande conviction, Petronia se dirige vers le centre de l'arène, regardant tout autour d'elle ces hommes et ces femmes qui par millier crient des mots qu'elle ne peut comprendre. Entend-elle des injures ou des mots de soutien ? Elle ne saurait le dire, mais elle sent sa poitrine qui se gonfle quand elle inspire l'air chaud de l'amphithéâtre. Elle va mourir au son des trompettes et rejoindre ses dieux qui l'attendent déjà les bras ouverts et le sourire aux lèvres.

*

Dans sa cellule, le mirmillon termine sa préparation, un esclave vérifie que toutes les sangles de son équipement sont bien attachées, puis il lui présente son casque. Le mirmillon le place lui-même sur sa tête, le tourne de gauche et de droite pour parfaire sa mise en place, puis l'esclave attache une jugulaire en cuir et ferme la grille de protection avec une goupille. Cette fois le combattant est prêt, son esclave lui donne son glaive et comme il en a l'habitude, le congratule d'un vœu de succès.

À l'extérieur, le mirmillon fait lui aussi une entrée bruyante, mais il est applaudi et salué par la foule qui le connaît bien et l'appelle par son nom. Il répond à tous par des gestes de salut qui les enthousiasment encore plus, mais lui, il ne tremble pas et ignore la fille déjà présente.

Après lui entre un autre combattant, mais la foule des spectateurs ne semble pas le connaître et marque un silence désapprobateur quant à sa présence, comme s'il était de trop dans le jeu qui va se dérouler pour eux. À moins qu'elle ne soit surprise par sa taille bien au-dessus de la moyenne. L'homme inconnu est un athlète au divin corps sculpté par des mains divines dans le seul but de le voir combattre, un corps fait pour tuer sans aucune hésitation.

*

L'arène est brûlante, son casque de fer est une étuve, sa peau grille sous le feu d'Apollon, laissant couler la sueur sur son front il ne bouge pas. Devant lui se trouve le guerrier hoplite, agile et dangereux avec sa kopis[18] au redoutable tranchant. La tête de l'hoplite est protégée par un casque corinthien en bronze, rehaussé d'une haute crête rouge et blanche en crin de cheval, ses jambes sont protégées par une paire d'ocreae en bronze, sur son bras

18 Épée à lame courbe, très pointue et nantie d'un seul tranchant situé à l'intérieur de la lame, ce qui augmentait l'efficacité des attaques de tailles et rendait cette arme particulièrement brutale, car on s'en servait à la façon d'un fendoir.

gauche, un lourd apis[19] recouvert de bronze termine sa tenue. Près de lui se trouve la chasseuse de fauve avec sa courte javeline à la pointe de bronze. Que fait donc cette jeune femme près de l'hoplite, elle n'a pas sa place ici, dans un combat d'hommes. Il sait qu'il combat pour la centième fois et que s'il réussit, il obtiendra sa rudis, une prime, et tous les honneurs, mais encore faut-il vaincre une fois de plus. Depuis le début de cet après-midi, presque un combattant sur deux a péri dans ce qui devint son dernier spectacle, le munérarius est donc un homme très fortuné prêt à payer les vies de nombreux gladiateurs, il faut être très vigilant, aujourd'hui plus que jamais. À ce jeu dangereux il doit tuer son adversaire et probablement la fille aussi, sans se poser de question afin de conjurer le mauvais sort que lui réserve Scapula, son bon ami Scapula. Le jeu des questions et des réponses a fait place à celui de la vie et de la mort, les mots n'y ont pas leur place et seul le bruit du fer est un argument valide.

Dans la cavea, la foule s'agite bruyamment, les paris sont des plus difficiles à jouer, car le combat qui leur est proposé n'est pas banal. Parier sur le vétéran est une sage décision, tout le monde connaît le grand champion, mais il a deux adversaires face à lui. Le colosse grec est un concurrent peu ordinaire pour le mirmillon, non pas parce qu'il est grec, d'ailleurs l'est-il vraiment, mais son armature est différente par bien des côtés et peut à ce seul titre présenter un danger encore plus grand. Non, ce qui intrigue la foule comme le mirmillon, c'est la présence de la femme au corps nu, que fait-elle ici et quel est donc

19 Ou Aspis Koilè, bouclier de l'hoplite grec, rond et bombé, couvert avec du bronze et décoré par des illustrations grecques. Souvent muni d'une échancrure qui devait faciliter le passage de la lance.

son rôle ? Ses cheveux sont coiffés de plusieurs tresses, l'une d'entre elles, grosse et longue coule jusque dans son dos comme la queue d'un cheval, alors que d'autres, plus fines, tombent sur ses épaules. À son cou elle porte un collier de métal, indiquant sa condition d'esclave, condamnée à une mort certaine après un bref spectacle. Elle ne dispose que de sa lance pour tout accessoire, mais ce genre de femme est capable, si elle a été correctement entraînée, de tuer un fauve rapide et puissant, personne ne peut l'ignorer.

Lorsque le munérarius lâche la mappa, l'affrontement est engagé et l'arbitre recule d'un pas. Le silence tombe sur la foule anxieuse de voir comment ce combat va commencer, qui va attaquer en premier, et la fille, de quel côté est-elle vraiment ?

Le vétéran semble choisir d'ignorer la présence de la fille aux seins nus, peut-être là, juste pour le troubler, il décide de porter son attaque sur le Grec qui, surpris, fait quelques pas en arrière, et la femme s'approche de lui. D'un pas sur le côté il évite la pointe de la javeline, maintenant tous savent contre qui la femme combat. Sur les gradins, l'agitation fait place au premier silence, chacun choisit son combattant et le défend ou le soutient à grand renfort de cris et de gestes. Sur le premier rang de la cavea prima, les édiles de la ville font aussi leurs commentaires sur ce qui se déroule sous leurs yeux, pendant que dans la loge des officiels, l'organisateur de la fête reste serein, confiant sur la qualité des jeux qu'il offre aujourd'hui. Certains d'entre eux au contraire discutent de choses et d'autres, semblant ignorer ceux qui donnent leurs vies en sacrifice au spectacle.

— Alors cher sénateur Arulenus, on prend plaisir aux jeux maintenant ? Il fut un temps où tu préférais t'en tenir à l'écart.

— Ave ! Sénateur Publius Larcius, ce temps n'est pas révolu, mais je suis ici sur invitation. Comment refuser sans vexer un ami ?

— Je me disais bien qu'Arulenus dans l'amphithéâtre de Capoue n'est pas un événement banal. Mais à qui devons-nous cet honneur ?

— Je suis l'hôte du sénateur Blaesus, mais ne pouvant à cause de sa santé se déplacer aujourd'hui, il m'a demandé de le représenter à cette place.

— Le pauvre Blaesus, dit avec un sourire le sénateur Publius, est-il gravement atteint ? J'espère qu'il va se remettre rapidement sur pieds.

— Rassure-toi, lui répond le sénateur Arulenus, il n'a rien de grave, juste une mauvaise fièvre qui l'oblige à son domicile.

— Pourquoi ta présence ici, tient-il donc à ce que tu lui narres ce combat ?

— Le vétéran c'est Urbicus, il exécute son centième combat, s'il réussit à survivre il recevra sa rudis et sera un homme libre.

— Je connais bien Urbicus pour l'avoir souvent vu combattre sur cette arène, dit Publius, mais j'ignorais qu'il appartenait à Blaesus.

— Il ne lui appartient pas en effet, mais Blaesus a parié contre son lanista sur la réussite du champion. Si Urbicus est vainqueur, non seulement il sera libre, mais

Blaesus empochera une belle somme, sinon c'est lui qui versera une forte somme aux parieurs.

— Voilà bien en effet un audacieux pari, pour ma part j'hésite encore à faire un choix. Urbicus est un champion sans égal, mais il prend de l'âge alors que son adversaire est bien plus jeune, avec un corps d'hercule il peut mettre en danger Urbicus. Mais quel est ton rôle, tu n'as rien à voir dans cette affaire, je suppose ?

— Tu supposes bien Publius, je ne suis là que pour être le témoin de la victoire ou de la défaite de son champion.

— C'est une sage mesure, je tiens comme un honneur d'être son deuxième témoin.

— C'est parfait, mais intéressons-nous de plus près au placement de Blaesus.

— Tu as raison, et je me demande bien ce que fait la bestiaria, cette gamine près du Grec n'a aucun rôle à jouer ici.

— Cette gamine comme tu dis, tient tout de même une dangereuse javeline entre ses mains, sa présence n'est sûrement pas décorative. À vrai dire, je préférerais l'allonger sur ma couche plutôt que de m'opposer à elle quand elle tient une telle arme.

— Ah ! Que sommes-nous donc devenus sénateur Arulenus, pour désirer une jeune esclave et avoir peur d'elle ?

— Nous sommes devenus vieux, tout simplement.

À cette réponse, le sénateur Publius Larcius ne tient pas à répondre, sûrement conscient de son état lui aussi, il préfère se pencher sur le podium pour voir ce qui se passe en bas. Urbicus tente une approche osée pour surprendre le Grec, mais celui-ci l'arrête net avec sa kopis plantée dans le bouclier. Un instant suffisant pour la bestiaria qui plonge sa javeline dans le côté droit du mirmillon, l'obligeant à un rapide dégagement, heureusement sans suite, car l'hoplite est lui aussi surpris par l'attaque de la fille aux longues nattes. Par chance ou par maladresse, la blessure n'est que superficielle et Urbicus peut demeurer un combattant valide.

Le combat a repris et cette fois Urbicus garde un œil sur ses deux adversaires, l'un comme l'autre sont devenus très dangereux. La jeune guerrière s'est aventurée près d'Urbicus, mais elle ne peut le surprendre pour le blesser de nouveau, car ses gestes sont maladroits. Dès son entrée il a reconnu celle avec qui il avait passé de très bons jours, mais aujourd'hui elle lui fait face, elle n'est qu'une débutante, courageuse, mais sans technique pour le combattre, peu sûre d'elle et trop hésitante. Cette fois il l'a vu venir assez près et d'un coup de son scutum en pleine tête, l'allonge sur le sable. Petronia aux cheveux noirs est blessée au front, le sang coule et elle ne bouge plus, peut-être est-elle morte sur le coup. Reste à régler le cas du Grec, autrement plus dangereux. Maintenant que l'amazone est éliminée, l'hoplite poursuit seul ses attaques à un rythme soutenu pour tenter de fatiguer son adversaire en l'obligeant à frapper sans résultat, mais en prenant beaucoup de risques pour lui-même et son lourd équipement l'essouffle lui aussi. L'expérience d'Urbicus est sans conteste un énorme avantage, il minimise au mieux chaque geste parfaitement calculé et esquive les coups avec une insolente adresse.

Tout Hercule qu'il soit, le Grec ne parvient à rien, mais sans résultat non plus sont les attaques répétées du vieux mirmillon qui, dans son rôle de vétéran, ne parvient pas à approcher son adversaire, jusqu'au moment où moins rapide, le Grec ne se recule pas assez vite. Par mauvais réflexe, ou bien ne pouvant agir d'une autre manière, le Grec esquisse un mouvement de contorsion pour se dégager en se découvrant face au mirmillon, le glaive coupe son ventre sans peine et l'homme s'écroule sur ses genoux. La blessure est profonde et Urbicus sait qu'elle ne sera pas soignée, alors il pose la pointe de son glaive sur la gorge du vaincu puis, au signal donné par l'arbitre, enfonce l'arme dans la poitrine de l'homme qui tombe net, face sur le sable.

Reste la jeune Petronia qui, remise du coup qu'elle avait reçu, est de nouveau prête à combattre, menaçante avec sa javeline. De son front un filet de sang coule sur son visage, son corps est maculé de rouge, mais elle reste déterminée. Au moins, personne ne peut lui reprocher son courage, mais elle a peut-être de bonnes raisons pour cela.

— Tu es blessée, restes au sol et demande ta grâce, ne risques plus ta vie maintenant.

— Désolée Urbicus, si tu ne me tues pas, ils vont me torturer jusqu'à la mort. Débarrasse-toi de moi au plus vite et parts loin d'ici, ce soir tu seras un homme libre.

Urbicus comprend vite que la pauvre fille n'a pas d'alternative autre que celles de le tuer ou mourir avec noblesse, si possible rapidement. Il pense que succombant à cette mauvaise pratique qui consiste à promettre une horrible mort à un jeune gladiateur s'il n'emporte pas la victoire, elle doit absolument le vaincre. Urbicus ignore encore que dans tous les cas elle doit mourir, par sa main ou par celle d'un bourreau qui la violera avant de la torturer, pour finalement la faire succomber dans la souffrance, mais elle est condamnée. Finalement elle choisit de combattre pour mourir vite, elle tombera le nez dans le sable, mais n'aura pas à céder son corps au bourreau.

Oubliant ses souvenirs avec Petronia, Urbicus attaque franchement celle qui n'est qu'une débutante achetée à un faible prix, et qui ne peut lui opposer aucune résistance significative. La pauvre fille n'est pas armée pour un combat offensif, d'ordinaire c'est la bestiaria qui attend l'attaque des fauves, alors elle ne sait comment provoquer l'homme qui lui fait face. A-t-elle seulement déjà combattu un adversaire, homme ou animal ? Urbicus comprend la situation et sait qu'il doit l'approcher pour la frapper, alors il cherche un passage pour son glaive. Une violente brûlure le saisit de nouveau sur son flanc droit quand la pointe de bronze pénètre ses chaires, mais par réflexe, d'un coup de son scutum il écarte le bras muni de la javeline, puis sans un moment de répit, frappe une deuxième fois le front de l'amazone avec le pommeau de son glaive. La jeune Petronia encaisse le coup, son corps raidi chute en arrière comme une statue de marbre. Cette fois elle ne se relèvera pas.

Urbicus jette à terre son scutum devenu inutile, observe ses deux blessures presque côte à côte et constate qu'elles ne présentent aucune gravité pour lui. Tournant alors son regard sur le corps inerte de la fille qu'il vient d'abattre d'un coup au front, il s'arrête sur son joli visage, la bouche aux lèvres entrouvertes laissant paraître de belles dents blanches. Posant un genou au sol, près de sa jeune victime, Urbicus relève avec sa main gauche la tête aux cheveux noirs et aux grosses nattes qui ont fini de se balancer en tous sens, il l'appuie sur sa cuisse afin qu'elle ne soit plus couchée à même le sable.

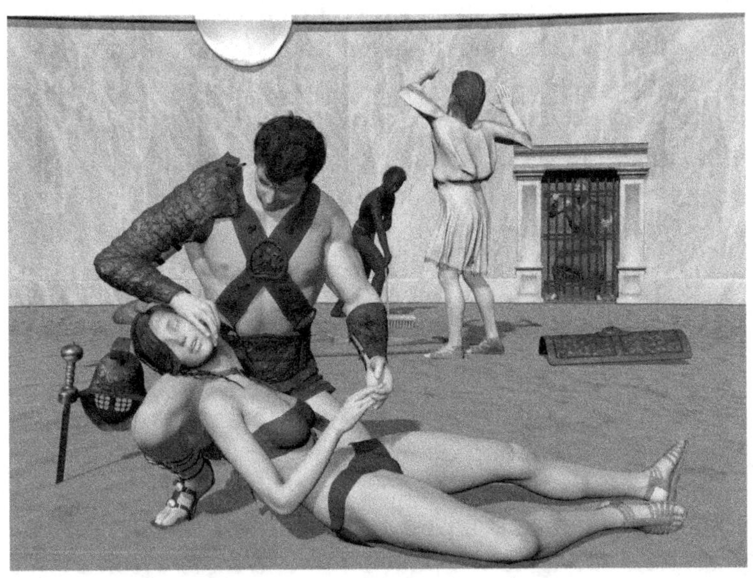

Laissant une fois encore son regard glisser sur le jeune corps paraissant sans vie, il découvre seulement sa vraie beauté, elle n'a pas vingt ans et, à ce moment incongru, il la désire. Pourquoi le vieux gladiateur se laisse-t-il attendrir par l'enfant appuyée contre lui, seuls les dieux ont la réponse.

— Cette fois tu ne dis rien Petronia, ne bouge plus ou je t'ouvre la gorge.

La jeune femme ouvre ses yeux et dévisage Urbicus, a-t-elle compris ses paroles ? De son front blessé s'échappe un sang rouge qui, passant entre ses sourcils, coule de chaque côté sur ses yeux, laissant croire à des larmes de mort qui entourent son regard bleu.

— Ferme tes yeux avant que l'ombre ne tombe sur ton regard, pour tous tu as déjà rejoint tes ancêtres.

L'arbitre n'est pas dupe quand il voit la fille fermer ses yeux à la demande du mirmillon, sachant bien que les morts ont toujours les yeux ouverts. Il est bien placé aussi pour comprendre que la fille vit encore et que le gladiateur lui parle pour la sauver, alors il fait un geste des deux bras, les croisant pour montrer que tout est fini pour elle. La foule est déçue que cette fille soit morte si rapidement et sans leur offrir un combat digne de ce nom, mais on ne revient pas du royaume d'Hadès. Urbicus se relève, gardant la fille dans ses bras pour la porter à l'abri des regards, afin qu'elle ne soit pas tuée par les hommes au masque de Charon, chargés de finir les mourants en leur assénant un coup de marteau en bronze sur le crâne. Afin de déceler les fraudeurs, souvent ils leur brûlent la plante du pied avec un fer rougi par le feu, rendant impossible toute tentative pour feindre la mort. Urbicus qui connaît bien cette pratique, a pour cela ramassé le corps de la jeune fille afin de la soustraire à une fin prématurée.

La foule est finalement heureuse du dénouement de ce combat, elle n'ignore rien du passé d'Urbicus et de sa future liberté également. Il a gagné son dernier combat et emporte avec lui sa dernière victime, sans doute pour l'offrir aux dieux de l'arène, à la déesse Némésis elle-même, pour la remercier de toutes ses victoires sous sa protection. Urbicus a passé un bras sous les cuisses de la fille, l'autre dans son dos, puis la serrant contre lui en se dirigeant vers la Porta Triumphalis, les sangs et les sueurs se mélangent, mais elle respire doucement, se gardant bien d'ouvrir son regard sur son vainqueur qui la serre contre lui.

Jouant parfaitement son rôle, la jeune femme abandonne complètement son corps, sa tête jetée en arrière, ses jambes pendantes et son ventre offert au vainqueur simulent parfaitement l'absence de toute vie. Alors que sa longue natte glisse sur le sable en laissant une traînée derrière eux, son bras ballant frappe régulièrement la cuisse d'Urbicus au rythme de ses pas, pour personne, elle ne peut être plus morte.

Les gens de Capoue sont en liesse, ils le font savoir en scandant le nom d'Urbicus, accompagnant les derniers pas de leur champion vers sa liberté. Sur tout le tour de l'arène des récompenses lui sont lancées, des vases ou des plats d'argent et d'or, de nombreuses pièces de monnaie, toutes sortes d'objets les plus divers et à tous les prix. Les moins fortunés de ses supporteurs, principalement des femmes, lui envoient des fleurs pour couronner sa victoire. L'une d'elles, rouge comme le sang, vient se placer sur la poitrine de la fille vaincue, juste entre ses seins, comme un cœur d'amour prêt à battre pour lui, il resserre son étreinte sur le jeune corps.

Passant la porte d'accès à l'arène et échappant au regard de la foule, il tourne sur sa droite et pénètre dans le spoliarium, pièce réservée aux soins des gladiateurs blessés qui ont obtenu leur grâce, ou pour achever les mourants avant de les dépouiller de leurs armes. Puis il dépose la fille sur une table en la tenant en position assise, la serrant contre sa poitrine. Près de lui, sur une autre table, un gladiateur mourant déjà dénudé tente vainement de s'accrocher à la vie, deux autres, assis sur un banc observent sans état d'âme.

— Pourquoi apportes-tu cette fille, dit le médecin, ici je ne soigne que les blessés, je ne ressuscite pas les morts.

— Retire mon casque et cesse de dire des bêtises.

— Bon, je le retire ton casque, mais tu peux bien la laisser tomber maintenant.

Bien qu'il râle chaque fois, le médecin obtempère, il connaît très bien Urbicus pour lui avoir souvent recousu ses blessures.

— Maintenant Petronia, tu peux ouvrir tes yeux.

Et la jeune Petronia les ouvre, à la grande stupéfaction du médecin qui lui, manque de s'évanouir. Jamais il n'avait assisté à une résurrection en direct, il n'ose plus faire un geste.

— Tu te souviens donc de moi ?

— Bien sûr, comment oublier une si charmante négociatrice.

— Je croyais que tu ne savais plus qui j'étais, excuse-moi pour tes blessures, mais je devais donner le change aux autres.

— Crois-tu que tu aurais su faire mieux ?

— Je sais parfaitement me servir d'une javeline et j'aurais pu te tuer à plusieurs reprises, mais cela n'était pas dans mes projets.

— Ah ! Parce qu'à ce moment-là tu avais des projets ? Laisse-moi sourire.

— J'avais en effet le projet de mourir vite et tu étais tout désigné pour me permettre d'y parvenir, mais je ne te voulais pas comme compagnon de route.

— Oh ! medice ! regarde son front blessé et soigne-la bien, il en va de ta vie.

— De ma vie ? Oh… Urbicus, je m'en occupe tout de suite, mais pas avant d'avoir recousu tes blessures.

— Fais vite, dehors je suis attendu.

— Ils vont bien attendre quelques minutes.

Pendant que le médecin s'affaire à soigner les blessures du vainqueur, les deux gladiateurs ayant quitté leur banc s'approchent d'Urbicus et détaillent sa protégée.

— Tu l'as soustraite à la mort, c'est bien risqué pour une fille que tu ne connais probablement pas.

— Tu as raison, c'est très risqué, mais je n'aurai retiré aucune gloire à la faire périr, vous devez seulement garder le silence.

— Nous savons que tu recevras ta rudis dès ce soir, alors tu ne tiens pas à partir les mains vides, à voir cette jeune beauté nous te comprenons fort bien. Une fois sur pieds et remise de ses émotions, elle saura te donner de beaux enfants.

Disant ces mots, l'homme caresse une cuisse de la jeune femme, remonte sa main sur son ventre et jusque sur sa poitrine. Ses gestes sont doux et sans agressivité, elle ne dit rien.

— Je n'avais pas pensé si loin, dit Urbicus, mais c'est une idée. Pour l'instant medice ! trouve-lui une tunique et garde la ici en attendant mon retour.

— Comme tu veux Urbicus, je la garde ici.

— Si à mon retour elle n'est pas dans cette pièce, et en bonne santé, vous êtes morts tous les trois.

Sur ces charmantes paroles, Urbicus tourne les talons, sachant bien que le médecin ne fera aucun mal à sa protégée. Il n'a pas pour vocation de nuire à ses patients, et cette fille si jeune, condamnée à mourir pour le jeu ne peut que le conforter dans sa mission.

— Rassure-toi mon enfant, je te soigne et je te donne de quoi te vêtir.

— Je n'ai pas de blessure sur le corps, alors si tu me donnais une tunique avant de t'occuper de mon front, ce serait bien aussi.

— Ah oui ? Et que fais-tu de mon plaisir, il faut bien que tu paies mes services.

— Tu n'es qu'un cochon, alors rince-toi la vue si cela peut te faire plaisir.

— Tu me traites de cochon ? Ne penses-tu pas qu'il est naturel d'être attiré par ta beauté juvénile, naturel aussi de désirer caresser ce corps splendide qui n'a pas encore souffert des flétrissures du temps ? Non, mon enfant, je ne suis pas un cochon, juste un admirateur de la perfection que les dieux ont mis en toi lorsqu'ils t'ont fait naître.

— Cette fois, tu exagères vraiment.

— Il n'exagère rien du tout, dit un des deux gladiateurs, je suis moi-même admiratif de ta divine beauté.

— Eh bien admires ! mais garde tes distances, je suis sûrement aussi jolie de loin que de près.

Retourné à l'extérieur pour saluer son public, acclamé par la foule, Urbicus lève les bras en signe de victoire. Faisant une dernière fois le tour de l'arène, il ramasse les offrandes qui lui sont offertes et remercie ses généreux donateurs. Avec lui, deux garçons encombrent leurs bras des nombreux objets, un troisième, muni d'une poterie, ramasse les pièces de bronze, d'or et d'argent.

Nanti de son butin, le champion quitte pour la dernière fois le sable chaud glorifié par le sang de ses compagnons, se dirige vers le balneum intérieur de l'amphithéâtre et prend une douche tiède, pour laver toutes traces de son dernier combat.

*

Un peu plus tard, propre, parfumé et vêtu d'une tunique neuve, Urbicus rencontre son lanista, le nommé Scapula, qui l'invite à monter vers la loge des édiles afin de lui remettre sa rudis, et l'assurer de la remise ultérieure d'une forte somme en paiement de ses nombreux combats, dûment économisée pendant toutes ces années. Près de lui le sénateur Arulenus attend pour intervenir, mais c'est Scapula qui prend la parole.

— Suis moi Urbicus, tu dois recevoir ta rudis alors ne laisse pas attendre ton public.

— Passe devant Dominus, je règle une dernière affaire et je te rejoins.

— Ne tarde pas.

— C'est donc toi le grand Urbicus ? dit le sénateur Arulenus.

— Tu me connais sénateur ?

— Pas jusqu'à ce jour, c'est mon ami le sénateur Blaesus qui me demande de te conduire à lui.

148

— Ah ! Blaesus est de tes amis ?

— Un ami très cher, nous nous connaissons depuis notre enfance, cela te gêne-t-il ?

— Pas le moins du monde, mais il faut attendre la fin de la cérémonie de remise de ma rudis, et puis je ne suis pas seul.

— Bien sûr, tu as ta compagne avec toi, et bien cela ne change rien, qu'elle vienne avec nous.

— Je vais la chercher, attends-moi un moment.

Sans autre forme de politesse, Urbicus plante là le sénateur qui ne dit pas un mot de plus, puis pénètre dans la pièce du médecin et découvre sa protégée debout dans un coin de la pièce. Vêtue d'une tunique d'homme trop ample pour elle et plus courte que celle des femmes, au moins elle n'est plus nue devant tout le monde et, parlant avec les deux gladiateurs qui semblent l'entourer pour la protéger, comme toujours elle paraît sûre d'elle. Sur son front, un pansement maintenu par un bandage couvre sa blessure. Urbicus lui tend la main.

— Viens Petronia, suis moi, maintenant tu m'appartiens.

— Oui Maître.

La jeune femme n'ignore rien des risques pris par Urbicus pour la sortir vivante de cet endroit, tout faux pas de sa part et le gladiateur devra la tuer sur place, elle n'a donc d'autre choix que de le suivre dans les couloirs de l'amphithéâtre et de lui obéir, mais pour quel avenir ?

— Que vas-tu faire de moi Urbicus, ta femme, ton esclave ?

— Je ne sais pas, avec l'aide des dieux je sauve ta vie, après ils me diront ce que je dois faire de toi.

— Je suis jeune, je peux te donner des enfants si tu épargnes ma vie.

— Tais-toi et suis-moi.

— Oui Maître.

Urbicus esquisse un sourire en entendant Petronia l'appeler Maître, c'est bien la première fois que cela lui arrive d'être le maître de quelqu'un, il n'est pas mécontent de cette journée qui s'achève plutôt bien pour eux deux.

— Mon cher Urbicus, voilà donc ta compagne… mais n'est-elle pas… j'ai un doute.

— N'aie aucun doute sénateur, ta vue ne te joue pas un mauvais tour, elle est bien celle qui a combattu contre moi.

— Comme tout le monde je l'ai cru morte, vous avez bien joué la comédie et trompé tous ceux qui vous regardaient.

— Nous n'avons pas joué une comédie sénateur, mais quand elle s'est trouvée dans mes bras, quand j'ai vu son corps magnifique, je me suis demandé pourquoi, moi qui pourrais être son père, je devrais la faire mourir.

— Pour plaire à ton public, tout simplement.

— Je n'ai pas eu envie de plaire à mon public en la tuant. Durant toutes mes années de combats, j'ai tué beaucoup d'hommes, mais aujourd'hui pour la dernière fois, les dieux ont mis cette fille entre mes mains, j'ai compris qu'ils me demandaient si je pouvais tuer une enfant pour sauver ma vieille carcasse.

— Et tu as dit non, tu as répondu aux dieux que tu ne valais pas cette fille de rien, une esclave promise à la mort pour le spectacle.

— C'est bien cela, fais ce qu'il te semble bon maintenant.

— Ce qu'il me semble bon ? Mais c'est simple, nous partons tous chez le sénateur Blaesus. Il ne m'appartient pas de juger les desseins des dieux, comme moi le sénateur sera heureux de ce dénouement peu habituel.

Petronia comprend qu'Urbicus le vétéran ne l'a pas sauvée pour en faire son esclave, même si un moment elle a pu croire qu'Urbicus avait oublié Petronia, elle doit admettre qu'il n'en est rien, mais les conditions de cette étrange journée lui imposaient de le laisser croire à tout le monde, elle y compris. De nouveau perçue comme Petronia, elle ne sera probablement pas battue chaque jour pour satisfaire un maître trop exigeant. Il ne l'a pas sauvée non plus pour être sa femme, elle n'aura probablement pas besoin d'écarter ses cuisses pour continuer à vivre. Mais alors pourquoi l'a-t-il fait en prenant bien des risques pour lui ? Cette question est un grand mystère pour elle, et toute son éducation ne suffit pas pour y répondre. Sans un mot de plus, elle suit son sauveur qu'elle croyait bien connaître, il est plus âgé qu'elle, mais pas assez pour être son père, sur ce point au moins elle est sûre qu'il se trompe. À moins qu'il ne soit plus âgé que ce qu'il ne lui paraît, son corps d'athlète la trompe peut-être elle aussi. Sur la surface de peau qu'elle peut apercevoir, elle remarque les innombrables cicatrices qui la couvrent, surtout sur les épaules et le dos, points particulièrement vulnérables. Mais la blessure sur son côté droit laissant couler un filet de sang à travers le pansement la met mal à l'aise, c'est elle qui par deux fois lui a percé le flanc avec sa javeline, elle a profondément blessé celui qui pourtant lui sauve la vie.

*

La maison de Blaesus est une riche demeure, parfaitement décorée et de nombreux esclaves courent en tous sens pour servir leur maître. La jeune amazone ne semble pas troublée par ce qui l'entoure, elle regarde autour d'elle sans laisser paraître une moindre émotion, à croire qu'elle est habituée à une telle demeure. Ce qui par contre la surprend le plus, c'est le rapport amical qui existe entre le sénateur Blaesus et le gladiateur Urbicus. Il est en effet assez rare qu'un sénateur montre un peu d'amitié envers celui qu'il se doit de considérer comme un être inférieur, un homme qui a voué son âme au diable pour la gloire et la fortune. Chez le sénateur Blaesus, l'accueil est chaleureux, c'est d'une forte poignée de main qu'il reçoit Urbicus et sa compagne sous son toit. Sextus Arulenus est quant à lui reçu comme dans sa propre maison, ici, il est vraiment chez lui.

— Ave Urbicus !

— Ave sénateur Marcus Blaesus !

— Eh bien, Urbicus, présente-moi donc cette jeune personne qui t'accompagne.

— J'ignore son nom… son vrai nom, alors… dis-lui comment tu te nommes, réponds au sénateur Blaesus qui te le demande.

— Je suis Ananie d'Argolide, mes parents étaient Grecs.

— Ananie ? Quel nom étrange, si je ne me trompe pas c'est un nom d'origine juive signifiant quelque chose comme « *me voici* », mais c'est un nom masculin.

— Mes parents souhaitaient que leur premier enfant soit un fils, pour hériter de mon père. Mais après ma naissance et de crainte de contrarier les dieux, ils n'ont pas voulu changer le nom qu'ils avaient choisi.

— De quoi un garçon aurait-il hérité, tes parents avaient-ils quelque fortune à partager ?

— Non pas une fortune, Maître, mais un royaume. Mon père était le roi d'Argolide et ma mère sa reine.

— Tu es donc une princesse ?

— Oui Maître.

— Quel âge as-tu ?

— Je ne le sais pas vraiment, peut-être vingt ans.

— Hum, vingt ans dis-tu ? Cela me paraît un peu exagéré, mais je n'ai pas à en savoir plus, pour moi tu es la compagne d'Urbicus et cela me suffit.

— Oui Maître.

— Que comptes-tu faire d'elle à présent, demande Arulenus, tu la désires comme épouse ? Une princesse de sang royal peut te donner des enfants forts et intelligents, de plus les Grecs sont de bons guerriers.

— J'ai pris la responsabilité de sauver sa vie, dès lors et pour plaire aux dieux, il m'appartient de la protéger. Mais regarde cette fille, la peau de son visage ne porte pas la moindre ride, elle est tendue et douce comme de la soie. Moi je suis couvert de cicatrices et ma peau brunie est fripée par le soleil. Tu m'imagines lui faire un enfant ? Moi pas.

— Tu as peut-être raison, mais n'oublie pas qu'un dieu pourrait naître de votre union, dans tous les cas elle vient avec nous et tu en es responsable.

— Je saurai la protéger.

Sans le laisser paraître, Ananie est inquiète pour son avenir et se demande bien ce que ces hommes comptent faire d'elle. Elle vient d'entendre qu'ils l'emmènent, mais vers quelle destination, et pour quoi en faire ? Le sénateur Arulenus a parlé d'enfanter un dieu, pourquoi pas, mais cela relève plus de la légende que d'une réalité concrète. Elle le découvre sous tous les angles alors qu'il parle tranquillement, il doit avoir une dizaine d'années de plus qu'elle, ce qui en soit n'est pas un problème majeur, mais quelle vie a-t-il déjà vécue ? Le dieu c'est lui, le dieu de l'arène adulé par toutes les femmes de Capoue, craint par tous les maris de ces mêmes femmes pourtant prêtes à se jeter sur sa couche. Oui, Urbicus est un dieu, son dieu, qui lui sauve la vie.

Le plus simple pour elle, serait de devenir l'épouse d'Urbicus et de lui donner un enfant le plus tôt possible, à moins qu'il ne la garde comme son esclave et assouvisse ses désirs sexuels autant que bon lui semblera. Évidemment, la pire solution serait qu'il la prostitue pour en tirer un profit pécuniaire, son avenir dans ce cas serait des plus sombres. Quoi qu'il en soit, il est préférable de quitter cet endroit où son avenir assuré était de finir violée et découpée en morceaux par un horrible bourreau, car cela serait forcément arrivé, puisque promis par Scapula. Aux dires d'Urbicus elle ne devrait pas avoir à souffrir d'un mauvais traitement, mais qu'est-ce qu'un gladiateur vétéran peut considérer comme convenable pour une femme comme elle ?

Évidemment elle n'oublie pas qu'elle connaît Urbicus depuis longtemps pour avoir passé quelques semaines avec lui, dans sa maison privée au centre de Capoue. À cette époque, il ne lui avait pas manqué de respect et leur séjour avait été marqué par une sorte d'amitié cordiale, mais cela est un souvenir déjà bien lointain, pour des gens à la vie très courte. Elle était sa servante, mais esclave d'un autre, tandis qu'aujourd'hui elle lui appartient vraiment, il peut donc en disposer librement sans crainte du moindre reproche. En fait, son avenir repose uniquement sur le bon vouloir d'un gladiateur, alors sans être pessimiste, cela n'est pas un gage de grande sécurité. Que représente cette belle jeune fille fragile pour un homme dont le lendemain est chaque jour remis en cause, chaque jour il doit justifier le droit de vivre jusqu'au soir, chaque jour sa vie reste pendue à un fil tenu entre les doigts d'un dieu qui peut le lâcher sans prévenir. Non, décidément, si l'avenir est tracé il n'apparaît pas clairement et une zone d'ombre reste au-dessus d'Ananie, qui souhaiterait bien un peu de la lumière d'Apollon pour la rassurer.

*

* *

Ludi Apollinares

Electa una via non dotur recursus od alte-
ram.[20]

Flavius

Huit jours, un temps qui passe si vite. J'ai de nouveau mon équipement thrace, mon casque est bien fixé, ma main gauche serre fortement la poignée de ma parma alors que dans ma main droite, mes doigts sont soudés à ma sica en attendant le moment de faire une fois encore mes preuves de grand champion. Dans le sous-sol du grand amphithéâtre de Titus Flavius

20 Une voie ayant été choisie, on ne peut en adopter une autre.

Vespasianus[21], je compte les hommes qui entrent après leur combat. Il y avait cinq paires, mais ils ne sont que neuf à rentrer, deux sont sérieusement blessés, un manque à l'appel. Un seul mort, c'est plutôt bon signe, le public doit être de bonne humeur et c'est tant mieux, aujourd'hui je ne me sens pas l'envie d'occire un ami, pas plus que de faire le grand voyage pour entrer dans le royaume d'Hadès.

Au-dessus de ma tête, j'entends les ministri s'affairant à nettoyer l'arène, retournant le sable souillé, ou bien le remplaçant si les traces sont trop importantes. Dès lors que les bruits de leurs outils et de leurs pas vont cesser, un froid va tomber sur nous tous, dans l'attente de la suite qui nous est réservée, chacun pensera à ce qu'il a fait, à ce qu'il aurait pu faire, ou bien à ce qu'il fera après, mais aucun n'est insensible au silence, précurseur de la mort. Dans ce couloir de la mort justement nommé, j'entends aussi le rugissement des fauves, poussant leurs terribles cris sauvages qui me donnent la chair de poule. Je n'aimerais pas me trouver face à une de ces bêtes féroces, impressionnantes par leur gigantesque taille et capables de tuer un taureau d'un seul coup de patte. Un court instant, je pense à ces gladiateurs qui combattent ces grands félins avec seulement un bouclier et un glaive. Faut-il être fou ou inconscient pour s'opposer à ces monstres ? Certes je n'ai pas la réponse, pourtant ils le font, et souvent ils sont victorieux.

Je sais bien qu'il n'y a rien à craindre de leur part puisque les soigneurs frappent juste sur les barreaux métalliques des cages pour les faire reculer, provocant ainsi leur comportement plus craintif qu'agressif. Durant la coupure des jeux, entre les chasses du matin et les com-

21 Le Colisée de Rome.

bats des gladiateurs dans l'après-midi, ces grands animaux ont été bien nourris. On leur a jeté en pâture un
groupe de chrétiens, des pauvres gens dissidents de notre
religion, prônant à qui veut bien les écouter que leur dieu
est à lui seul, plus fort que tous les nôtres réunis. Assurément, il ne fait pas preuve de beaucoup de compassion
envers eux, les laissant périr dans d'atroces souffrances.

Quelle folie, et même si cela pouvait être vrai, pourquoi en mourir ? Il leur suffit de bien se tenir, de faire
semblant, et de croire ce qu'ils veulent. Mais au lieu de
cela ils insultent ouvertement nos divinités et, plus grave
encore, ils manquent ouvertement de respect à l'empereur, le grand pontife. Tous nos dieux sont magnanimes
et ne s'irritent pas, même quand on pisse sur leurs statues, mais leurs représentants humains montrent moins
de douceur et font payer très cher tout manquement à
leur dignité. Pour ce motif, même d'illustres Romains y
ont laissé leur vie, alors ces pauvres gens n'ont vraiment
aucune chance de s'en sortir. Selon eux, le fait d'être un
martyre peut les conduire directement vers leur dieu,
c'est peut-être possible, mais là, ils se suicident sans
gloire, et j'ai bien peur que leur dieu, à l'image des
nôtres n'aime pas cela non plus.

Le deuxième jour, nous sommes arrivés plus tôt,
juste à l'heure de midi. Les jeux du matin étaient terminés et chacun des spectateurs pensait à se nourrir, les uns
avec de la nourriture apportée par eux, d'autres achetant
sur place de quoi tenir jusqu'au soir. Comme j'étais devant une fenêtre à barreaux, je regardais les préparatifs
des garçons de piste sans me poser de question. Ce jour-
là encore, comme la veille déjà, un groupe d'hommes, de
femmes et d'enfants était poussé jusqu'au centre de
l'arène.

Comme je n'avais jamais assisté à ce genre de spectacle, et ne sachant que ce qu'il m'avait été donné d'entendre à ce sujet, je n'imaginais rien, je regardais. Je ne voyais là qu'un groupe d'individus qui, ne sachant où aller se groupaient les uns contre les autres comme un troupeau de moutons apeurés. Les trompettes sonnent et une musique joue un air qui, aujourd'hui encore, me paraît bien lugubre, pour demander l'attention du public et de cette façon l'inviter à suivre le spectacle préparé pour lui.

Après le banal et habituel grincement des grilles, les fauves ont fait leur entrée et se sont placés autour du groupe qui resserrait ses rangs, chacun des condamnés s'agglutinant contre les autres comme si cela pouvait l'aider. Les bêtes ne foncèrent pas tout de suite sur les pauvres gens qui tremblaient devant eux, elles se contentaient de les sentir, restant craintives malgré leur supériorité. Mais tout cela fut de courte durée, les premiers fauves passant à l'attaque, leurs terribles coups de patte disloquant sans peine les corps des malheureux. Juste devant moi, il y avait une femme sans vêtement, car de toute façon aucun ne portait un habit sur lui, ils étaient tous totalement nus. Dans l'état où vont être réduits les corps, il est inutile de gaspiller les vêtements. Sortant du groupe, elle s'est mise à courir dans ma direction, ses deux enfants derrière elle et qui tentaient de la suivre.

Une lionne en ramassa un au passage, d'un coup de patte le fit valser plus loin, puis le deuxième subit exactement le même sort. Un lion de grosse taille, un mâle énorme, s'est placé entre elle et moi et l'empêcha d'aller plus loin. La jeune femme s'arrêta net, l'air affolé elle chercha où était son salut, et nos regards se croisèrent un court instant. Dans un geste d'ultime pudeur, elle prit ses seins entre ses mains, l'animal vibra du train arrière, la femme me regarda intensément, je lisais sur son visage une peur qui me remplissait d'épouvante, la patte du lion la frappa en pleine figure.

Son pauvre corps éjecté à bonne distance est resté inerte, j'espérais qu'elle ne vivait plus et qu'elle était sur le chemin qui devait la mener à son dieu.

Le grand fauve prit une des cuisses de la jeune femme et serra fortement, j'entendis craquer son fémur alors qu'elle se redressait, réveillée par la douleur et poussant un horrible cri. La pauvre femme n'était pas encore sur le chemin divin qui, bordé de fleurs des champs, la conduirait au son d'une douce musique ver la fin de son voyage en enfer. L'animal surpris, bien loin de lâcher sa prise, donna un puissant coup de tête sur le côté et lui arracha le morceau de jambe qu'il tenait dans sa gueule puis s'éloigna pour le dévorer. La jeune femme tint ce qui lui restait de jambe avec ses deux mains, faisant une grimace de douleur qui déformait son beau visage, le sang coulait par jets, je savais qu'elle allait bientôt mourir et que sa souffrance allait prendre fin. Je priai tous mes Dieux pour qu'ils accélèrent le temps.

Je découvris alors comment son dieu magnanime vint à son secours pour abréger sa souffrance ; derrière elle, un autre fauve s'approcha en douceur, prit la tête de la femme dans sa gueule énorme et d'un coup lui broya la cervelle. Le corps mutilé de la pauvre femme tomba net, comme s'il était fait de chiffons, cette fois la mort avait été instantanée, la libérant de tous ses malheurs. Je sentis mes yeux se mouiller et ma gorge me brûler, pourquoi tout cela ?

Jamais plus je ne regarderai ce genre d'horrible spectacle, même si cela devait m'arriver, je fermerai les yeux ou tournerai ma tête d'un autre côté. Depuis lors, les images défilent sans cesse dans mon esprit, je la revois s'éloigner du groupe et courir dans ma direction. À ce moment-là je la trouve très belle, son corps encore jeune est bien fait, comme celui des statues, ses seins raides ne tremblant pas quand elle court, ses cheveux noirs volant avec le vent et ses yeux gris me perçant l'âme quand elle implorait de ma part une aide impossible. Pourquoi ne suis-je pas un dieu capable de tout arrêter d'un geste ? Mais non, je ne suis qu'un pauvre gladiateur aussi impuissant que cette femme, et je ne pouvais rien pour elle.

*

Je sens soudain que l'on me bouscule, perdu dans

mes pensées je n'ai pas entendu l'ordre d'aller combattre. Domitius une fois encore nous commande de faire la preuve que notre gloire est méritée. C'est maintenant mon tour de monter l'escalier à côté de mes compagnons, nous appartenons tous au ludus de Domitius. Dans ces conditions, personne ne devrait parier sur l'un ou l'autre d'entre nous, mais le système est bien rodé. Une fois pénétrés dans l'arène, nous formons une pompa et faisons trois tours complets de la piste en exhibant avec exagération notre courage, bombant le torse nous montrons nos armes si dangereuses.

En tête, ce sont les ministri porteurs de pancartes qui annoncent qui nous sommes, tous les spectateurs reconnaissent immédiatement les symboles de l'école de Domitius, même ceux qui ne savent pas lire comprennent que nous sommes des gladiateurs du grand ludus. Ils savent d'où nous venons et la qualité des hommes qui défilent devant eux, ensuite, chacun peut faire son choix selon notre bonne figure, ou en choisissant simplement l'armature à laquelle nous appartenons. Un temps de préparation est réservé, soi-disant pour montrer à tous que nos armes sont véritables, qu'elles sont pointues et coupent vraiment, mais cela laisse surtout le temps de prendre les paris. Beaucoup d'argent circule dans les maeniana[22] et la cavea s'agite.

Maintenant, les différentes paires s'écartent les unes des autres, j'ai devant moi un mirmillon de taille moyenne. Je vais tout de même me méfier de lui, mais

22 Dans un Théâtre ou un Amphithéâtre, le maenianum est un ensemble de gradins autonomes desservis par des accès particuliers, et faisant le tour de l'édifice. Chaque maenianum correspond à une classe sociale. Dans l'architecture des habitations il représente un balcon en saillie au dessus de l'entrée et couvrant largement le trottoir.

j'ai vaincu Priscus, lui aussi était un mirmillon, un vétéran sanguinaire qui n'avait rien à voir avec celui qui m'est opposé aujourd'hui.

Après un nouveau temps, bien calculé pour faire monter la tension de tous les spectateurs, les arbitres ordonnent le début des combats, paire après paire afin que le spectacle dure un peu. Mon adversaire est très jeune, sans expérience et sûrement troublé parce qu'il sait que j'ai tué Priscus. Je n'ai à ce moment-là aucune envie de le tuer lui aussi, alors je fais le spectacle. Pour autant, le moment de conclure notre combat vient rapidement, mais comment terminer sans une grave blessure. Je comprends à cet instant que pas plus que moi, mon adversaire n'a aucune raison valable d'abandonner, mais si comme je le crois, aujourd'hui n'est pas sous le signe du carnage, le premier sang suffira à l'arbitre pour qu'il fasse cesser notre combat.

J'entreprends à ce moment-là de foncer sur lui, par surprise, et passant ma main entre son cou et son bouclier, je le touche au-dessus de son épaule gauche comme je l'avais fait pour Priscus, mais mon arme ne pénètre pas en profondeur ses chairs. Je suis extrêmement vif pour me déplacer et surprendre celui qui me fait face, grâce à mon entraînement avec Brutus mes gestes sont particulièrement précis. J'entends son cri étouffé par son casque, puis il met un genou à terre et lève sa main droite, démunie de son arme, pour demander sa grâce. Je m'avance et prends position devant lui, il pose sa main gauche sur ma cuisse et lève légèrement le menton. Je jette à terre ma parma devenu inutile et tiens le cimier de son casque dans ma main libérée, poussant en arrière pour l'obliger à lever son visage vers moi. Je place ma sica sur la peau tendue de son cou et attends l'ordre pour la retirer, lui tranchant la carotide d'un coup net, ou bien lui épargnant la vie.

Sa main serre plus fort ma cuisse, je sens son corps trembler nerveusement, mais il montre un extraordinaire courage à rester là, sans gémir il attend la mort que je vais peut-être lui offrir, sans trembler moi non plus. Un instant ma vue se trouble et je vois à mes pieds une pauvre femme implorant ma pitié, ses deux enfants accrochés à son cou, et moi comme un fauve j'attends pour fermer mes crocs sur elle. Plusieurs fois je cligne des yeux pour chasser cette horrible image et je découvre un garçon de moins de vingt ans qui attend sa sentence.

Par chance, c'est notre dernier combat en public pour ces jeux, et la mort n'est pas au rendez-vous. Je suis heureux de lui prêter une main pour qu'il se relève, frappant sur son épaule et le félicitant pour son courage. En ce moment les jeux sont très nombreux à se succéder jour après jour, et lors que les engagements de nouveaux combattants sont en baisse, beaucoup d'entre nous sont allés rejoindre les dieux. Domitius a dû relever ses prix et l'organisateur ne tient pas à payer notre mort à tous, il faut garder valides suffisamment d'hommes, pour tenir jusqu'à la fin de ces jours de fêtes.

C'est ainsi que j'ai au fil des jours, conservant l'image de cette femme morte déchiquetée sous mes yeux, remporté mes derniers combats et, faute d'entrer dans la légende, j'entrerai au service de Flavia Fulmina, riche romaine, jeune, belle et pleine d'ambition.

*

165

Ma carrière de gladiateur a été très courte, mais je vis encore et c'est bien là le principal. Domitius a fait la tête en me voyant partir de chez lui, après douze mois d'entraînement et seulement deux années de combats. J'ai gagné beaucoup d'argent en quelques jours, mais lui, sûrement encore bien plus, auquel il faut ajouter les cent mille sesterces donnés par Flavia. Sans vraiment savoir pourquoi, j'ai le sentiment que Domitius n'a pas beaucoup insisté pour me garder dans son ludus, sachant qu'il pouvait sans risque gagner une fortune grâce à moi. La mort d'un champion est toujours payée très cher par celui qui l'ordonne, mais peut-être n'y tient-il pas, il s'est toujours montré aimable et conciliant comme un bon père, sans doute à cause de Servilia qui servait de lien entre lui et moi. Puis comme il l'a fait savoir à tous lors de ses obsèques, Servilia était sa fille et c'est moi qui ai vengé sa mort, c'est sûrement grâce à elle si aujourd'hui je peux sortir vivant du ludus.

Ah ! Servilia, ma pauvre enfant, je suis certain que si tu étais là, tu saurais me dire le fin mot de cette histoire, toi qui connaissais si bien les gens, tu ne pouvais pas ignorer la belle Flavia. Tu me confierais comme un secret ce qu'elle peut attendre de ma présence chez elle, parlant doucement vers mon oreille, en cachant tes lèvres avec ta main afin que personne ne surprenne ce que tu dévoiles à ma conscience, alors que nous ne serions que deux dans ma cellule. Tu me manques beaucoup, mais, un jour, par la volonté des dieux je serai de nouveau près de toi, avec Æmilia qui sera ton amie, vous vous entendrez bien, je le sais.

*

Je suis vêtu d'une très belle tunique payée fort cher sur mes propres deniers, d'une paire de sandales neuves, tout en cuir, et ma large ceinture de gladiateur supportant un glaive neuf, tout aussi rutilant que dissuasif. J'ai sur moi une bourse contenant toute ma fortune et je vais de ce pas aller la porter chez mes parents, le seul endroit qui me paraisse honnête dans cette ville. Mon argent sera plus en sécurité chez eux, car moi, j'ignore où je vais vivre maintenant.

Quittant le ludus de Domitius, situé proche de l'amphithéâtre Vespasianus, je contourne le forum de César par Subure, évitant la Via Sacra et le pomerium interdit aux hommes portant une arme. Puis je passe devant le temple de Venus, là je marque un temps d'arrêt et dirige mon regard vers le podium du temple, mon esprit faisant le reste je me vois devant Æmilia, embrassant ses lèvres et lui promettant mon amour éternel alors que la grande prêtresse nous sourit. Je ne savais pas à ce moment-là que notre séparation était si proche, mais nos cœurs sont liés pour l'éternité et personne ne saura dénouer les nœuds de Vénus, la déesse les a serré bien trop fort pour qu'aucun humain n'y parvienne.

Je refais exactement le même parcours qu'avec Æmilia, quand je la ramenais dans notre maison. Ce jour-là nous aurions dû fuir, je ne sais où, mais fuir pour la sauver. Au lieu de cela je l'ai bêtement ramenée à Terentius qui l'a vendue sans me prévenir, alors qu'il savait dès le matin ce qui par sa faute allait lui arriver. Si cet imbécile avait parlé, j'ai aujourd'hui bien plus d'argent qu'il en demandait, je m'en veux, je m'en veux terriblement de l'avoir reconduite en prenant bien soin de ne pas arriver en retard.

Quel imbécile j'ai été ce jour-là, si nous avions traîné sur le forum nous serions peut-être arrivés en même temps que l'acheteur et j'aurai pu discuter, si nous… et puis non, rien, nous sommes arrivés à l'heure et je ne peux remonter le temps.

Voici l'unique porte qui donne accès chez mes parents, toujours fermée, mais qu'il suffit de pousser pour qu'elle nous cède le passage sans demander d'octroi. J'entre dans la cour, le gravier crisse sous mes semelles en me rappelant lui aussi ma petite Æmilia, avec ses sandales aux semelles en bois. J'ai à peine le temps de franchir le seuil de la porte, que ma mère Flavia qui étend son linge en compagnie d'une esclave, manque de s'évanouir en me voyant.

Pendant une heure j'ai tout raconté à mes parents, sans rien oublier de ce qui a fait ma vie durant ma longue absence de chez eux. Coupant mon long monologue par de courtes pauses afin de boire un peu de vin miellé, je ne leur parle pas de Servilia. Je remets à mon père ma bourse lourdement chargée de pièces presque toutes en or ; elle contient près de trente-cinq mille sesterces, une somme considérable pour un pauvre artisan comme mon père qui de sa pauvre vie n'a jamais tenu une telle somme entre ses doigts.

Je suis resté pour le repas de midi et nous n'avons cessé de parler, mais maintenant, sachant qu'une nouvelle vie m'attend au-dehors, j'ai envie de partir. Je quitte donc pour la seconde fois mes chers parents, mais sans pouvoir leur dire quand je serais de retour. Je n'ai pas oublié de préciser à mon père Sextus, que l'argent de la bourse était pour Æmilia, et que s'il se trouvait dans la position de la racheter, il devait tout faire pour cela. Je lui cède malgré tout une part que je considère leur revenir de droit, puisqu'ils m'ont nourri durant toutes ces années et malgré leur refus, j'insiste pour qu'ils profitent de cette manne, pour eux, venue du ciel.

Avant mon départ ma mère me regarde attentivement, impressionnée par ma large ceinture de cuir, typique des gladiateurs. Je crois que pour elle comme pour les autres, c'est le médaillon de bronze ornant le devant de ma ceinture qui retient le plus son attention. Cette distinction honorifique indique que je suis un gladiateur libéré de ses obligations, mais elle précise également que je suis un champion, alors que j'ai tout juste vingt ans. L'avantage de porter cette décoration est qu'elle est un faire-valoir très dissuasif pour tous les belliqueux traînant les rues en quête d'un mauvais coup. Il est certain que pour s'attaquer à un gladiateur tel que moi, champion et encore très jeune, il faut être très sûr de ses moyens, mais surtout nanti d'une incroyable folie.

Les brigands ne manquent pas, armés d'une lame bien affûtée ils menacent volontiers les passants, mais aucun n'a le sang froid de nous autres, les gladiateurs. Ils n'ont pas l'entraînement pour combattre, non plus la foi qui permet d'offrir sa vie pour un spectacle, ils sont couards et peureux face à la mort alors que pour moi, elle n'est que la fin d'un jeu où je perdrai la dernière partie.

Je quitte mon adorable mère Flavia pour aller vivre chez une autre Flavia, à quoi pensent donc les dieux quand ils imaginent nos vies ?

*

Après avoir cheminé à travers l'Urbs, j'atteins la colline de l'Esquilin et passe sous l'arc de Livie, puis je monte une petite rue privée jusqu'à la domus de Flavia Fulmina. C'est vraiment une très grande demeure. Contrairement à ma première visite chez Domitius, ici j'ose à peine frapper sur la porte pour demander à entrer. Je me décide pourtant à taper sans brutalité cette pauvre porte, sinon comment s'ouvrirait-elle devant moi ?

Un esclave ouvre à moitié le vantail droit, le gauche restant clos, probablement de peur que je ne sois encore un de ces vendeurs publics qui ont toujours des merveilles à proposer contre une modique somme d'argent, vantant les mérites de la bonne affaire qu'ils proposent chaque fois et le triste sort que nous encourons tous à ne pas leur venir en aide. Je lui annonce que sa maîtresse Flavia doit m'attendre avec impatience, et qu'il a intérêt à me laisser entrer, ce qu'il fait sans tarder. Évidemment je le suis, car je ne connais pas les lieux, mais il n'a rien à voir avec Servilia qui la première fois qu'elle me guidait chez Domitius, avait immédiatement attiré mon attention.

Flavia prend son temps pour venir m'accueillir, cette méthode bien féminine, mais pas seulement, consistant à toujours être en retard pour se donner de l'importance, est épuisée par l'usage. Cela ne m'impressionne pas, elle veut me montrer que je suis dépendant de son bon vouloir, et me laisse simplement le temps d'admirer son bel atrium. Sans être un spécialiste, je sens bien que je suis dans une maison patricienne à la longue histoire. Les masques des ancêtres ornant un des murs me confortent dans cette idée. La plupart de ceux exposés ici sont d'anciens sénateurs ou bien consuls de Rome.

*

Le convoi du sénateur Quintus Iunius Arulenus arrive enfin au terme de son voyage, la route depuis Neapolis est fort longue et épuisante.

— Mon cher Urbicus, dit Quintus d'un air heureux, ton avenir est maintenant ici, en Sicile, avec ton épouse tu pourras fonder une famille respectable et oublier ta vie de gladiateur.

— Je te remercie Sénateur, mais Ananie n'est pas mon épouse, et je ne crois pas pouvoir facilement oublier toutes ces années passées dans le ludus de Scapula.

— Eh bien, que veux-tu faire d'elle, pourquoi l'amener jusqu'ici si c'est pour l'abandonner en terre étrangère.

— Je n'ai aucune intention de l'abandonner, mais souviens-toi qu'elle était une princesse grecque, qu'elle sait lire et écrire le grec et le latin, alors que moi je sais tout juste parler ma langue natale.

— Et alors… cela change quoi ?

— Je vais l'établir dans cette ville comme écrivain public, elle pourra vivre de son travail.

— C'est une idée, mais cela demande de l'argent, beaucoup d'argent.

— J'ai mes gains de gladiateur, largement suffisants pour acheter une petite maison et l'équiper convenablement.

— Tu ne vas pas dilapider ta fortune pour cette fille, elle ne le mérite peut-être pas. D'ailleurs, a-t-elle hésité un instant pour te percer le flanc ?

— J'ai déjà dilapidé ma vie à tuer des hommes pour faire le spectacle. Quant à elle, je l'ai soustraite à l'enfer de l'amphithéâtre, alors par tous les dieux, il est maintenant mon devoir de la protéger. Pour ce qui est de son hésitation, rassure-toi sénateur, j'ai vu son bras tremblant ne sachant quoi faire, elle a pris la bonne décision en ne me blessant que très légèrement.

— Ne crains-tu pas de contrarier les dieux justement ? Pour toi, ils ont toujours été prévenants, mais cette fille est une inconnue, l'aide que tu lui apportes n'est peut-être pas faite pour leur plaire.

— Rien ni personne n'est inconnu de nos dieux, ils ont placé cette jeune fille entre mes mains pour me confier sa vie, à moi de comprendre leur désir. J'ai le sentiment qu'ils exigent de moi tout ce qu'un père peut donner à son enfant, je vais leur obéir. Un sang royal, donc divin, coule dans ses veines, ne pas la protéger serait un outrageant manquement aux usages.

— C'est très bien Urbicus, honore toujours nos dieux, et n'oublie pas que tu as un cubiculum qui t'attend chez moi, vous pouvez vous y installer provisoirement.

— Merci Sénateur.

Un esclave conduit Urbicus et Ananie dans leur futur logement, une simple cabane en pierres, au bout d'un terrain de cultures maraîchères. L'endroit n'est pas vraiment spacieux, une pièce principale où l'on peut tout faire, y compris cuire son repas, et une autre pièce servant de cubiculum, avec un lit et une petite table basse. Deux autres esclaves déposent les deux coffres qui les ont accompagnés durant leur voyage et qui contiennent tout ce qu'ils possèdent.

— Voilà Nanie ! Pour quelques jours, tu es ici chez toi.

— Pourquoi tu m'appelles Nanie ?

— C'est plus court, ou bien plus féminin.

— Oui, c'est vrai, comme tu veux.

Urbicus pose un genou sur le sol de terre durcie par les ans, puis appuie son coude sur son autre genou, tenant sa tête comme pour l'empêcher de tomber en avant. Son corps vacille et montre d'inquiétants signes de faiblesse.

— Urbicus ! Que t'arrive-t-il ?

— Rien, ce n'est rien.

— Non ce n'est pas rien, je vois bien que tu ne vas pas bien du tout. Tu tiens ton côté droit, c'est ta blessure qui te fait souffrir ? Je vais demander de l'aide.

— Non ! Ne dis rien à personne.

Trop tard, Ananie est déjà dehors à courir au secours pour Urbicus. Elle sait très bien que c'est la blessure qu'elle lui a infligée qui le tourmente maintenant. Restée sans soins durant le voyage elle s'est sûrement infectée. Dans sa course elle rencontre une gamine de la maison qui la regarde venir vers elle l'air étonné.

— Dis-moi petite, qui peut m'aider dans cette maison ?

— T'aider, mais pourquoi faire ?

— Mon ami est malade, je crois que c'est grave, il me faut un médecin, vite !

— Qui c'est ton ami ? Et toi, qui es-tu ? Je ne te connais pas dans ma maison.

— Nous venons d'arriver avec le sénateur Quintus Arulenus, tu ne peux pas nous connaître.

— Suis-moi, je sais qui peut aider ton ami.

Heureusement, un esclave médecin et chirurgien vit chez le sénateur Arulenus et la gamine sait habituellement où le trouver. Les deux filles traversent en courant le petit parc qui entoure l'arrière de la domus du maître et se dirigent vers une maison réservée aux esclaves, à certains esclaves uniquement. L'enfant de la maison pousse sans ménagement la porte d'un cubiculum et tombe par chance sur celui qu'elle vient rencontrer.

— Sedigitus ! Viens vite, un homme meurt dans notre maison.

— Qui ose donc mourir quand je me repose ?

— C'est mon ami, dit Ananie, tu dois venir vite.

— S'il est déjà en train de mourir, je ne peux rien pour lui.

— Mais il faut le sauver, c'est l'ami de ton Maître.

— Dans ce cas, c'est bien différent, je prends mes affaires et je vous suis.

Sedigitus a vite remarqué la belle Ananie qu'il ne connaît pas, mais si elle est l'amie de l'ami du Maître, il faut se bouger. Après avoir ramassé son petit matériel de première urgence, il se porte rapidement au chevet du mourant.

Sedigitus est sur l'instant surpris de voir que son maître reçoit ses amis dans cette maison de jardinier, mais après toutes ces années passées à ne pas comprendre, il entre sans hésitation. Une fois dans la petite maison de pierres, Sedigitus fait un rapide examen de la blessure d'Urbicus.

— Tu vas le guérir ? demande Ananie. Tu dois le guérir, cet homme est très important pour moi.

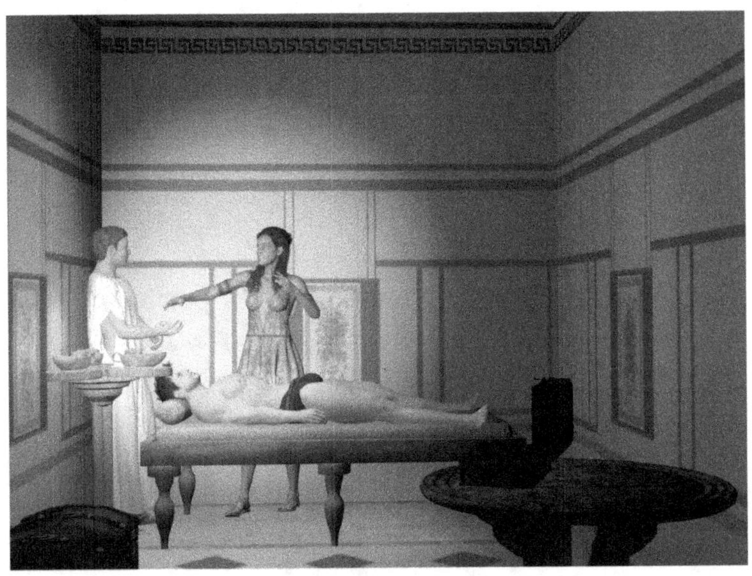

— Rassure-toi, ton compagnon ne risque pas la mort pour cette blessure. Il a été touché par une arme contaminée par le vilain mal, mais je sais comment réparer ce genre de contretemps.

— Quoi contretemps ! La vie de cet homme n'est pour toi qu'un contretemps ?

— Arrête donc de me griffer le bras en me serrant si fort, il te suffira de lui faire un pansement chaque jour, et bientôt tout sera terminé.

— Mais il est très mal, s'exclame Ananie complètement affolée.

— Il délire, rien de grave, répond laconiquement le médecin, reste près de lui, soigne-le et rassure-toi.

L'esclave médecin sort de la cabane en pierres, laissant pour Ananie une pommade désinfectante et de quoi changer les pansements chaque jour. La petite qui a accompagné Ananie reste un moment à observer ce couple étrange tombé du ciel, puis elle s'en retourne à ses affaires.

*

Ananie se montre comme une très précieuse infirmière, appliquant à la lettre les consignes reçues. Pour trouver une bonne nourriture capable de revigorer son robuste gladiateur elle s'est adressée au cuisinier dans sa langue natale, après lui avoir signifié sa condition de princesse grecque, il s'est alors effondré à ses pieds sous le regard effaré de la petite qui n'y comprenait rien, et la santé d'Urbicus reprend le dessus. Il est resté quatre jours dans un état de complète inconscience, sa barbe a poussé, Ananie ne l'a jamais quitté un instant. Elle est restée agenouillée à son chevet, caressant son visage et surveillant le moindre signe que son malade pourrait lui donner comme avertissement. Quand elle n'était pas à genou, Ananie se couchait contre lui, le serrant dans ses bras afin de lui communiquer toute la chaleur de son jeune corps pour atténuer ses tremblements. Elle n'est jamais sortie pour réclamer de quoi se nourrir, mais heureusement la petite servante de la maison a pourvu à ses besoins en lui portant chaque jour de la nourriture et de l'eau, en complément de ce que le cuisinier apportait lui-même. Enfin Urbicus ouvre les yeux, son regard est vide de toute expression, rentrant d'une grande aventure, il se demande ce qu'il fait ici.

— Qui es-tu ?

— Je suis Nanie ! Je me suis bien occupée de toi, j'ai prié tous les dieux de te venir en aide, maintenant tout va aller très bien.

— Ah oui, je me rappelle, quel brouillard dans ma tête, mais j'ai faim, j'ai très faim, et j'ai soif.

— Ne bouge pas, je m'occupe de tout.

Ananie ne met pas longtemps pour trouver la petite fille afin de s'approvisionner de tout ce qui manque à Urbicus depuis plusieurs jours. Elle revient les bras chargés et prépare très vite de quoi remettre debout son gladiateur, sous l'œil curieux de celle qui procure tout et qui préfère encore rester en arrière. Elle craint cet étranger qu'elle ne connaît pas, mais fond d'admiration pour la jeune Ananie, sa réactivité et son enthousiasme, ajoutés à la qualité de ses soins, font d'elle une femme de grande qualité.

Cette femme lui paraît tout de même bien étrange, dans son allure elle n'a rien d'une esclave, se tenant toujours bien droite, fière également et parfois presque hautaine, mais toujours très serviable. En plus, et pour ne rien gâcher à sa beauté physique, elle parle merveilleusement bien, jamais elle ne cherche un mot pour exprimer sa pensée, cela semble lui venir tout seul. Elle sait le latin et le grec, elle sait lire et écrire ces deux langues aussi bien que les plus érudits de la haute société romaine.

— Tu t'es débrouillée comme un vrai médecin pour soigner mes blessures, comment as-tu fait pour y parvenir ?

— J'ai utilisé cette poudre blanche pour te faire dormir, et pendant ce temps avec l'aide des dieux, ton corps a réussi à se réparer.

— D'où vient-elle ?

— De notre ludus, bien sûr.

— Tu l'as volée ?

— Non, c'est le médecin du ludus qui m'en avait donné un peu, juste pour toi, car cette poudre est extrêmement coûteuse.

— Juste pour moi, je ne pensais pas qu'il m'affectionnait autant.

— Il te soignait depuis longtemps et je lui ai fait les yeux doux.

— Tu t'es donnée à lui ?

— Non, bien sûr que non, cet homme est un père pour toi et il n'a rien demandé en échange de cette poudre.

— Il n'a rien demandé, mais qu'avais-tu à lui offrir qu'il n'ait déjà ?

— À ton avis ?

— Tu aurais fait cela pour moi, alors que tu ne me connais pas ?

— Je suis responsable de ta blessure et toi tu m'as sauvée sans me connaître, ou si peu, quelques minutes de souffrance contre ta vie auraient été un faible prix à payer, crois-moi, je n'aurai pas hésité.

— Merci.

— Merci de quoi, sans toi je n'existerais plus, j'ai simplement payé ma dette.

— Et où as-tu trouvé tout ce qui est ici, tu possèdes un savoir-faire que je n'ai pas moi-même. Je comprends que sur le forum tu puisses assommer un marchand avec tes belles phrases et ton sourire insoutenable, mais trouver tout ce qui est ici est une autre qualité bien plus grande encore.

— C'est la petite qui m'a aidée, mais elle a peur de toi. Quand tu dormais, elle osait à peine s'approcher de ta couche, alors maintenant que tu as recouvré tes esprits elle ne va plus avoir le courage d'entrer ici.

— Peux-tu la remercier pour moi ?

— Tu peux le faire toi-même… Æmilia ! Viens ici, il ne va pas te manger.

Æmilia entre timidement dans le cubiculum et dévisage Urbicus comme si elle voyait un revenant, mais se tenant près d'Ananie elle conjure ses craintes.

— Je te remercie petite, tu ne dois pas avoir peur de moi, car je suis ton ami.

Æmilia ne dit rien, se contentant de faire un pas en arrière puis, après un sourire gauche se retire en courant.

Le gladiateur l'effraie vraiment, la pauvre, si elle savait pour Flavius…

*

* *

Flavius

Du jour où je suis entré dans cette grande maison, je n'ai pas eu à me plaindre de ma vie, mais les beaux jours du début ont bien vite cédé la place à des jours plus sombres. Bien sûr, je ne peux rien dire de mes conditions matérielles, ici je peux manger et boire tout ce que je désire, de nombreux esclaves veillent à ce que je ne manque jamais de rien. Mais c'est Flavia qui me pose les vraies difficultés par son comportement à la limite du supportable.

Dans les premiers temps de notre relation, elle prenait un grand soin à faire ma conquête jour après jour, se montrant douce et aimante, je pouvais alors la désirer chaque soir. Flavia et moi, nous sommes souvent allés aux spectacles de tous genres, des combats bien sûr, des pièces de théâtre, mais aussi des soirées plus cultivées où nous écoutions des poètes raconter les grandes heures de gloire des rois grecs, ou les aventures des grands conquérants qui ont fait de Rome la capitale du monde des hommes. Les écoutant en dégustant les mets les plus raffinés, j'ai fait avec elle toute mon éducation de jeune romain, j'ai appris à bien me tenir et à bien parler devant les hommes puissants de la cité, effaçant doucement ou mettant en veilleuse, mon caractère vindicatif issu de mon séjour chez Domitius.

Mais il n'en est plus rien, maintenant elle exige, elle ordonne ma dévotion pour sa personne. Quand elle est allongée sur son lit, je reconnais que ses seins savent se tenir droits, qu'ils ne s'effondrent pas lamentablement sous leur propre poids en coulant de chaque côté et que toute sa beauté est intacte, mais cela ne me suffit pas, ne me suffit plus. Quand elle écarte ses cuisses et que son sexe rougi par l'envie laisse perler une larme de lait, implorant mon priape pour la satisfaire, je n'en peux plus de ne pas la désirer. Quelle que soit sa beauté, elle ne peut rivaliser avec le sourire d'Æmilia et son petit gobelet d'eau fraîche, pas plus qu'elle ne peut lutter contre le rire aigu de Servilia qui résonne encore dans ma tête.

Il m'a suffi de rencontrer ces deux jeunes filles, que dis-je, ces deux gamines, qui n'avaient pas encore de seins, pas de fortune, pas non plus sa beauté, et mon cœur a basculé de leur côté. Quel dieu a donc choisi de me torturer de la sorte, est-ce toi Vénus, qui joue avec mon cœur ?

Je crois plutôt que Flavia est simplement trop riche, que son pouvoir sans limites la conduit au désœuvrement et aux excès les plus pervers. Peut-être ne serait-elle pas une mauvaise personne, mais il suffit qu'elle claque des doigts pour tout obtenir sans peine, alors elle invente des difficultés pour passionner sa vie, mais il y a toujours un esclave pour répondre à ses moindres besoins. Quand, bien même que ses désirs dépasseraient les possibilités données à un esclave, il y aurait toujours un riche cherchant à se faire remarquer d'elle pour subvenir à sa demande. Si seulement les dieux l'avaient voulu laide, l'obligeant à payer pour le dévouement de ses amants, cela aurait permis de la conserver plus humble, mais ils ne l'ont pas voulu ainsi, lui donnant ce corps et ce visage dignes d'une déesse. Sachant sa supériorité sur les hommes toujours à traîner à ses pieds, son orgueil gonfle autant que sa poitrine à chacune de ses inspirations.

Mon rachat dans le ludus de Domitius n'est pas

étranger à ce genre d'idée, elle a voulu obtenir ce qui appartenait par serment à un autre qu'elle. Domitius a bien compris que s'il refusait de céder à sa demande, ce qui était pour lui un droit légitime, elle le ruinerait sans peine. Il lui suffisait d'exiger de ses créanciers qu'ils réclament leur dû pour étrangler ses finances, ensuite, à charge pour elle d'organiser des combats mortels avec ses gladiateurs pour en réduire le nombre.

À ce rythme-là, sans nouveaux créanciers pour le suivre, Domitius savait qu'il ne pouvait rivaliser contre une trop grosse fortune, la sienne ne lui permettant plus alors de reformer ses équipes. Et puis un ludus doit faire du spectacle, louer ou vendre ses hommes afin de rentabiliser l'entreprise, sinon c'est la fin du lanista. Flavia a suffisamment de pouvoir pour interdire Domitius dans tous les jeux donnés à Rome, au moins un temps assez long pour le ruiner.

La seule décision raisonnable était donc de me lâcher pour un bon prix, c'est ce qu'il a fait.

*

La présence de Flavius ne fait pourtant pas l'unanimité chez Flavia, bien des esclaves sont contrariés par cet homme jeune qui impose sa présence à tous. Bien que Flavius soit plutôt gentil et docile avec tous, certains d'entre eux ne l'apprécient guère, surtout la vieille nourrice de Flavia qui refuse la présence d'un plébéien chez sa maîtresse et le refuse comme maître.

Ce jour-là, Flavius est vêtu de somptueux habits faits comme toujours de tissus d'une grande qualité, et Flavia vient dans son cubiculum.

— Bonjour, Flavius !

— Ave ! Flavia, pourquoi suis-je ainsi vêtu comme un riche ?

Flavia prend Flavius dans ses bras et se serre contre lui. Posant sa tête contre son épaule, caressant du bout de ses ongles, sa puissante poitrine.

— J'ai peur Flavius.

— Peur ? de qui ? de quoi ? dis-le-moi et je vais combattre pour toi.

— Je sais que tu es toujours prêt pour me défendre, mais c'est pour toi que j'ai peur.

— Dans tes bras, je ne risque rien.

— Ne ris pas Flavius, dans mes bras amoureux tu ne risques rien en effet, mais il ne s'agit pas de cela. Ce soir, je suis invitée chez le sénateur Marcus Papinius Pules, et tu devras m'accompagner.

— En quoi cela est-il un drame ? Je vais comme d'habitude veiller sur toi, voilà tout.

— Non, justement, ce n'est pas si simple. Marcus veut offrir un combat à ses invités, il me demande de lui fournir un prétendant capable de combattre son champion pour gagner sa liberté.

— Gagner sa liberté, tu ne manques pas d'esclaves que cela peut intéresser, de quelle liberté parles-tu ?

— Oh ! Flavius, tu comprends bien ce que je veux dire.

— Justement non, tant que tu me percevras comme ton esclave, je ne pourrais prétendre à aucune vraie liberté. Du moins pour l'esprit, car je te rappelle que je suis un homme libre.

— Flavius, quand j'écarte mes cuisses pour te laisser pénétrer au plus profond de mon corps, je sens en moi la vraie liberté, celle que l'on ne peut contenir avec des chaînes. Faut-il que je t'implore à genou pour que tu comprennes ma peur de te voir affronter son champion ?

— Tu peux pleurer à genou si cela te plaît, mais moi, je veux être libre dans mes pensées comme dans mes actes. Libre ! Tu comprends ? Ces mots veulent-ils dire quelque chose pour toi ?

— Ne te fâche pas Flavius, je t'ai acheté au ludus de Domitius parce que, dès la première seconde où je t'ai vu, j'ai senti mon ventre te réclamer à en mourir. Toi qui es un homme, peux-tu me comprendre ?

— Certainement Flavia, mais pas à en mourir ; certes, lorsque je t'ai vue moi aussi pour la première fois, je t'ai immédiatement désirée, mais n'exagérons rien, toutes les femmes ont un ventre désirable. Tu sais bien que nous n'appartenons pas à la même classe, qu'à tes yeux je ne serai jamais rien d'autre que ton esclave. Bien sûr, mon priape sera toujours assez tendu pour t'honorer comme il se doit, mais est-ce là l'amour de Vénus ?

— Alors c'est elle que tu convoites, cette petite esclave qui t'apportait à boire de l'eau fraîche ? Un gobelet en terre cuite vaut-il mieux que tout le confort qui est ici ? Dis-le-moi Flavius, est-ce vraiment cette fille que tu désires plus que moi ?

— Je ne la désire pas plus que je te désire toi, je ne fais pas cette différence entre vous deux. Tu dois simplement comprendre qu'Æmilia était ma promise, qu'elle devait être mon épouse et la mère de mes enfants. Sa disparition soudaine est pour moi épouvantable, devant les dieux je lui avais promis que mon cœur lui serait toujours fidèle, quoi qu'il m'arrive.

— Pourtant, quand tu es sur moi, quand tu es en moi, j'ai l'impression que tu ne penses pas à elle.

— Flavia, tu es une femme… en apparence très gentille, tu es une femme très belle, mais tellement différente d'elle. Je t'aime sans doute pour tout ce que tu fais pour moi depuis ma sortie du ludus de Domitius, mais je veux Æmilia pour épouse.

— Alors ce soir, il te faudra vaincre ton adversaire, sinon c'est sur le mont Olympe que tu la retrouveras.

— Ce soir, je serai ton champion.

— Ce soir champion, je ne lèverai pas même le petit doigt pour te sauver, tu devras tuer ou être tué, mais tu seras seul.

— Flavia… n'as-tu donc jamais rencontré l'amour ?

— L'amour ? Mais de quel amour me parles-tu Flavius, celui de ma mère qui hurlait en me mettant au monde ? Celui de ton priape qui enfonce mes entrailles pour laisser jaillir sa puissance ? Oh ! Non mon Flavius, je ne connais pas l'amour comme tu le vis pour cette pauvre esclave.

— Alors tu es tout de même jalouse, c'est déjà un bon début.

— Quoi ? Moi jalouse d'une esclave ? Tu délires mon pauvre Flavius.

— Flavia, tu es une femme très belle, Æmilia est plutôt ordinaire, tu es très riche, Æmilia est très pauvre, tu es très puissante, Æmilia est une esclave ; mais mon cœur lui, ne fait pas la différence. Je peux donner ma vie pour sauver la tienne, tout comme je peux la donner pour sauver la sienne. Peux-tu comprendre cela ?

— Non !

— Demain, descends au forum et rends-toi au temple de Vénus, prie la déesse d'ouvrir ton cœur à l'amour, et tu voudras toi aussi que je retrouve Æmilia.

— Je ne crois rien de ce que tu me dis Flavius, mais si tu survis ce soir, alors je te le jure, demain j'irai voir Vénus et je lui demanderai de me faire aimer ta petite esclave. Si la déesse m'accorde cette supplique, je t'aiderai pour la retrouver, ou du moins, je ne tenterai rien contre elle.

Flavius est contrarié, comprenant avec certitude que Flavia le considère comme son jouet pour occuper ses loisirs, son esclave pour combattre, son amant pour jouir, qu'il est en toutes circonstances utile à ses désirs. Elle peut bien aller au forum de César et entrer dans le temple de Vénus Genitrix, excepté un improbable miracle, jamais la déesse ne baissera son regard sur elle.

*

Marcus Papinius Pules habite une demeure au moins aussi luxueuse que celle de Flavia, entourée d'un grand mur, elle a par endroits deux niveaux de construction. Cette belle domus possède un très grand balneum, doté d'un bassin assez profond pour que l'on puisse s'y baigner tout entier, avec une eau maintenue à la même température, été comme hiver. Le bassin est chauffé par en dessous, comme le caldarium des thermes, des esclaves maintiennent un feu constant et peuvent aussi ajouter de l'eau froide pour baisser la température. Le coût exorbitant pour l'entretien d'un tel équipement, suffit à lui seul à démontrer l'immense fortune de Marcus Papinius qui, ne reculant devant rien, invite volontiers ses visiteurs à voir ce qu'il nomme « mes thermes » pour bien marquer sa puissance.

Ce soir n'est pas un soir ordinaire, de nombreux invités sont présents et Flavia est en grande tenue d'apparat. Vêtue d'une stola faite de plusieurs tissus extrêmement fins, tous pratiquement transparents, elle offre d'elle-même une vision Aphrodisiaque. À travers les couches de tissus laissant paraître les contours de son corps bien fait, Flavius découvre les aréoles et les tétons plus foncés de Flavia, et que dire de son pubis sombre, invitant sans retenue possible à ce que les mots ne savent dire, et que seul le langage des sens peut comprendre.

Flavius sait qu'elle lui montre ce qu'il va perdre en même temps que sa propre vie, la sublime beauté qu'elle lui offre pourtant volontiers, depuis qu'il vit avec elle. Il avait passé trois années dans le ludus de Domitius, et une avec Flavia. Cela fait donc quatre ans déjà qu'Æmilia a été vendue et qu'il ne l'a plus revue, mais son souvenir reste intact, son envie de la retrouver également. Il sait aussi, que cette volonté à retrouver Æmilia déplaît fortement à Flavia, mais il n'est pas question pour lui de changer son avis. Alors que tous les convives se régalent et boivent sans soif, Flavius se contente de manger léger et de ne boire que de l'eau afin de rester prêt à affronter ce que Flavia lui réserve.

Dans le triclinium, au milieu de la pièce, de nombreux numéros de danse, de jonglage, ou de magies de toutes sortes sont présentés à un public avide de sensations. Pour monter la température de ses invités, Marcus leur offre un spectacle sexuel comme ces gens aiment les voir pendant qu'ils mangent. Un bel esclave fait son entrée, nu comme un ver, son corps entièrement peint de couleurs vives, toutes différentes selon la partie qu'elles représentent. Son sexe est naturellement peint en rouge et décoré d'un ruban de tissu doré.

Il est convié à faire le tour des banquettes pour se présenter aux femmes qui n'ont aucune gêne à le tripoter, à tirer sur son membre comme on tire sur le pis d'une vache. Les mains douces et chaudes de ces riches femmes ne tardent pas à éveiller ses sens virils, quand une esclave fait son apparition. Cette fille aussi nue que son futur partenaire, la peinture en moins, est une merveilleuse beauté. Elle s'allonge sur le marbre froid, l'obligeant à cambrer son dos et la rendant ainsi plus désirable encore. L'homme aux multiples couleurs s'agenouille devant elle, la caresse doucement, puis la pénètre et la besogne sans brutalité, jusqu'à obtenir d'elle une participation active, alors que des larmes coulent sur les joues de la pauvre fille.

Dans l'assemblée des convives, les uns les autres ont passé leurs mains sous les tissus de leur voisin, ou bien sous les leurs propres, cherchant à jouir de ce qu'ils voient se dérouler sous leur regard voyeur, se mordant les lèvres pour certains, se contorsionnant déjà de plaisir pour d'autres.

Quand l'homme laisse échapper la vie dans le ventre de sa partenaire, lui arrachant un plaisir non feint, toute l'assemblée semble jouir en symbiose. Les deux artistes se relèvent, l'homme donnant une main à sa compagne pour l'aider à se remettre sur pieds, puis ils quittent la pièce. Amants d'un jour, peut-être se connaissaient-ils déjà, ou peut-être pas, mais qu'importe puisqu'ils ne sont que des esclaves obéissant à la demande de leur maître, sans état d'âme apparent. Finalement ils ne s'en tirent pas trop mal, car si l'homme n'avait pu mener à son terme le spectacle ordonné, sûrement qu'il aurait eu le sexe coupé, puisque visiblement inutile, et la jeune fille aurait pu être violée à tour de rôle par tous les hommes ici présents.

Marcus Papinius Pules, fort satisfait de cette prestation, lève sa grosse carcasse avec l'aide d'un esclave, sans qui il resterait vautré dans ses coussins, puis après un silence de circonstance montrant bien que ce qu'il a à dire est très important, annonce un combat de gladiateurs.

Ce genre de spectacle donné en privé est fort apprécié des riches romains, car à la fois très coûteux, ils offrent aussi une vue imprenable sur les combattants. Bien loin des sensations de l'amphithéâtre, ici, ils peuvent sentir jusqu'à l'odeur de leur sueur et de leur sang. Ils peuvent entendre, y compris les plus sourds, le bruit du fer qui entaille la chair, ou bien celui plus glauque du gargouillis du mourant, quand la lame d'un glaive traversant sa gorge, le noie dans son propre sang.

Alors que n'importe quel Romain peut gratuitement

exiger que deux esclaves s'aiment devant lui, qu'ils soient de sexe opposé ou non, les gladiateurs restent hors de prix. Ces combats en privé sont très prisés par tous, mais en période de jeux officiels, les prix deviennent vraiment inabordables, il faut donc trouver d'autres solutions. Obliger deux esclaves à combattre en est une, mais la loi l'interdit et punit sévèrement les contrevenants. Depuis bien des années, les maîtres n'ont plus le droit de forcer leurs esclaves à devenir des gladiateurs, et même s'ils gardent encore le droit de vie ou de mort sur chacun d'eux, la loi une fois encore encadre ce droit de façon précise et restrictive.

Quand deux gladiateurs professionnels sont si coûteux, il est bien plus économique d'acheter deux esclaves pour assurer le spectacle. Il suffit de promettre que s'ils refusent le combat ils mourront tous les deux, dans le cas contraire, un au moins survivra, alors à chacun de défendre sa peau. Mais devant cet usage abusif, le sénat s'est vu contraint de voter des lois afin de protéger les esclaves, ou simplement protéger par la loi les affaires des lanista.

— Chers amis, moi, Marcus Papinius Pules, j'offre un combat à mort entre mon champion Sabinus Invictus, et celui que Flavia a choisi pour la représenter. Une prime de dix mille sesterces sera offerte au vainqueur, ainsi que son affranchissement s'il est esclave.

Tous les convives applaudissent à l'annonce de Marcus, tous savent que l'affrontement de deux esclaves concourants pour leur vie et leur liberté, est le gage d'un beau spectacle. Chacun des adversaires sait qu'à l'issue du combat, il n'y aura qu'un seul vainqueur, mais celui-là, sera à la fois riche et libre. L'un des deux va mourir, il sera alors libre et la richesse ne l'intéressera plus, tandis que l'autre sera libre, vivant, et nanti d'une belle prime. Dans tous les cas, le combat est un succès garanti. Les deux antagonistes vont donner tout ce qu'ils ont dans leurs tripes, pour l'émerveillement des spectateurs. Pour ce qui est de la loi, il suffira le cas échéant de prétendre que suite à un désaccord, deux maîtres s'affrontent par champions interposés. Là, évidemment, il n'y a rien à dire.

Marcus se rassied sur ses coussins, tandis qu'au même moment, Flavia se lève. Comme si cela était utile, elle ajuste sa tenue et bombe le torse, montrant une fois encore grâce à la lumière des candélabres, la perfection de ses formes. Gonflant sa poitrine en inspirant profondément, elle n'hésite pas en glissant ses mains sur sa taille à tirer adroitement sur les tissus, pour qu'ils moulent plus encore ses seins tenus bien droits. Sans tourner son visage vers Flavius, sachant que lui, la regarde, elle tourne avec une discrétion calculée ses yeux dans sa direction avec un léger sourire aux lèvres.

— Mon champion, celui qui va affronter Sabinus Invictus, est mon esclave Flavius.

Tout le monde applaudit et Flavius prend l'annonce en pleine figure, quoique sans surprise, il est présenté à leurs yeux comme esclave de Flavia. Cette fois, il en est sûr, il devra vaincre ou mourir.

Ne voulant rien laisser paraître de son étonnement, Flavius se lève et s'étire avec une certaine nonchalance, puis accepte les armes qui lui sont proposées : un glaive de légionnaire, avec sa redoutable pointe bien effilée et ses deux tranchants aiguisés comme des rasoirs, et un petit bouclier rond dont il a l'habitude de se servir.

Son adversaire est âgé d'environ trente-cinq ou quarante ans, un homme mûr aux tempes légèrement grisonnantes, en possession de tous ses moyens physiques. Son
visage n'est ni beau ni laid, mais son corps est très athlé-
tique, doté d'une forte musculature bien entretenue par
l'entraînement, et couvert d'innombrables cicatrices dues
à ses nombreux combats. Ses armes sont les mêmes que
celles de Flavius, donc de ce point de vue, un parfait
équilibre leur est accordé, seules les capacités des
hommes feront la différence.

Après un signe presque condescendant de Papinius,
un arbitre donne l'ordre de commencer la lutte. Les deux
professionnels s'affrontent furieusement, le combat n'en
est pas moins long et épuisant, chacun désirant — et pour
cause — en sortir vainqueur. Dans le grand triclinium,
des invités s'écartent du lieu de l'affrontement et se re-

groupent à l'écart, afin de ne pas risquer un coup malencontreux.

Malgré son ancienneté, Invictus doit céder devant la
jeunesse et la force de Flavius, mettant un genou à terre
et levant sa main droite en signe de défaite, il réclame
une clémence à laquelle il sait ne pouvoir prétendre. Généreux s'il en est, Marcus Papinius ne revient jamais sur
ses promesses, le vaincu doit mourir. Lors que Flavius
pose la pointe de son glaive derrière la clavicule
d'Invictus, sachant l'enjeu de ce combat sans merci, il
tourne son regard vers Marcus Papinius. Il fallait s'y attendre, tous les invités demandent la mort pour le vaincu,
sa vie ayant déjà été payée par avance. L'homme semble
impassible devant la mort qui vient à lui, son regard sans
expression reste des plus sereins jusqu'au moment où,
d'un geste net et précis, Flavius enfonce profondément le
fer, jusqu'à trouver le cœur, offrant ainsi la liberté immédiate à son adversaire, auquel il ne manque que la prime
promise.

Flavius, encore illustre inconnu en arrivant dans
cette pièce, est maintenant perçu comme un valeureux
combattant, idole des femmes qui se perdent en admiration pour sa force et sa jeunesse. Plusieurs se font pres-
santes et caressantes, sous le regard courroucé de Flavia
qui le voyait déjà mort, mais peut-être est-elle seulement
jalouse des mains agiles qui parcourent le corps de son
champion.

Dès ce jour, les rapports avec Flavia sont ternis, il
ne peut plus la percevoir comme la belle femme brune
des premiers jours, mais comme une Mante religieuse,
sûre de sa puissance et de sa richesse, prête à mettre à
mort son amant pour le seul plaisir des yeux, juste pour
épater ses invités. Il lui suffira d'en acheter un autre, d'en

faire la rapide conquête et comme Messaline, de l'épuiser lui aussi jusqu'à la mort.

Peu avant, elle lui avait fait une vraie scène de jalousie, montrant un amour pour lui comme elle ne l'avait encore jamais fait, tout cela s'est effondré durant le temps d'un seul combat. Flavia lui a prouvé qu'elle est indifférente à sa vraie valeur, seul son plaisir immédiat comptant pour elle.

Elle vit pour le luxe, dans le luxe, il est son luxe de quelques jours, de quelques semaines ou de quelques mois, puis elle s'en défait sans remords. Flavius se retrouve seul, libre, et riche de dix mille sesterces de plus. Il prépare donc ses affaires pour quitter la domus de Flavia.

*

* *

Æmilia en Sicile

Un seul être vous manque et tout est dépeuplé. Alphonse de Lamartine

Æmilia

Cela fait maintenant trois ans bien sonnés que je suis au service de mon maître Quintus Arulenus[23], il n'est pas un mauvais homme, mais je regrette mon enfance à Rome. Ici, je me sens loin de tout, dans ce pays étranger où les après-midi sont si chaudes que ma peau commence à ressembler à la croûte d'un pain bien cuit.

J'ai treize ou quatorze ans, je ne sais pas au juste, et maintenant chaque mois mon sang coule entre mes cuisses sans que je sache pourquoi, c'est un bien grand

23 Quintus Iunius Arulenus Rusticus, homme d'état romain. Il exerce le tribunat en 66 et la préture en 69. Il est consul suffect en 92 et le sénat le condamne à mort en 93, sous le règne de Domitien.

mystère que personne ne peut expliquer, pas même les médecins les plus savants. Je sais seulement que cela fait peur aux hommes et qu'ils ne touchent jamais les femmes dans ces jours-là. Il paraît que des malédictions peuvent s'abattre sur leur maison s'ils pénètrent une femme qui perd son sang. Mes seins ont poussé également, pas encore très enflés, c'est vrai, mais je pense que déjà Flavius aimerait bien les tenir dans ses mains. Parfois j'en pince le bout et tire dessus pour en faire sortir un peu de lait, mais en vain, ils ne sont sûrement pas assez développés, je dois encore attendre. Mon Flavius, où es-tu donc en ce moment, fais-tu encore des pots en terre cuite ?

— Æmilia !

— Oui Maître, je viens tout de suite.

C'est l'heure de la sieste, il faut encore que je m'occupe de mon maître Quintus. Cela n'arrive pas chaque jour et heureusement pour moi, il n'a jamais rien tenté qui ne soit vraiment désagréable, mais je dois faire usage de mes mains pour souvent le satisfaire. Parfois j'utilise aussi ma bouche, j'ai remarqué que dans cet endroit chaud cela allait bien plus vite et je suis ainsi libérée plus tôt de ce que je pourrais considérer comme une corvée, si cela ne m'apportait en retour quelques faveurs du maître. J'ai remarqué qu'après il était plus gentil avec moi, et je suis contente de lui faire plaisir.

— Æmilia !

— Oui Maîtresse !

Allons bon, maintenant c'est Marcia Arulena qui pleure après moi, elle aussi veut une bonne sieste ? Il y a des jours où je ne sais plus par qui commencer, et je ne comprends toujours pas ce qui fait leur plaisir à toujours demander après moi. Pour ma maîtresse Marcia, les choses sont toutefois plus simples, elle veut toujours un jus de fruits frais en été, ou bien un verre de mulsum pour l'aider à dormir quand la saison est moins chaude, quoiqu'en été, un bon mulsum un peu tiède est un sacré somnifère. Enfin, il ne m'appartient pas d'assommer mes maîtres avec des boissons alcoolisées, ce sont de bien braves gens qui jusqu'à ce jour me traitent correctement. Moi qui ne suis qu'une pauvre esclave je bénéficie dans cette maison d'une alimentation de qualité, et de surcroît, je suis bien vêtue.

Pour le reste de la journée, à part ces moments de détente — pour mes maîtres —, je vaque comme il me convient à diverses occupations sans que personne ne trouve rien à dire. Je frotte souvent le sol avec une éponge humide, à cause de la poussière qui est toujours présente ici et qui me rappelle la farine chez Terentius. Par cette forte chaleur, il est bien agréable d'avoir les mains dans l'eau. Je participe également aux repas, pas comme invitée, bien sûr, mais pour présenter certains plats en expliquant comment ils sont cuisinés. Sur ce sujet, j'ai déjà beaucoup appris grâce à Mycalos de Grèce, le cuisinier qui ne se lasse jamais de me montrer son savoir-faire, vantant ainsi ses grandes connaissances culinaires. Moi je suis toujours très fière de montrer mon savoir, et puis, quand je serai l'épouse de Flavius, je pourrais lui offrir à la fin de sa journée de travail, de bons plats bien cuisinés, comme toute femme romaine doit savoir le faire. J'ai parfois droit à des suppléments de nourriture, aussi des pâtisseries, mais pour ces dernières, je suis aussi obligée de donner des suppléments à Mycalos. Je passe ma petite main sous sa tunique et prodigue sur lui ce qu'il tient pour récompense, normalement réservée aux maîtres.

Tout cela fait partit des charmes de cet endroit, j'ai trouvé mes marques et jusqu'à ce jour, je ne m'en tire pas trop mal. J'ignore toujours pourquoi Quintus est un jour venu à Rome pour m'acheter et je crois bien que je vais mourir sans avoir la réponse, mais peu importe maintenant, la seule chose qui compte est de retrouver Flavius.

— Æmilia !

— Oui Maître.

Encore il m'appelle ? Pourtant j'ai bien œuvré, comment se fait-il qu'il soit déjà debout ?

— Où es-tu encore cachée ?

— Je suis ici Maître, je ne me cache pas.

— Tu frottes toujours la mosaïque du triclinium, avec toi nous pouvons manger par terre.

— Oui Maître.

— Oui maître, oui maître, ne sais-tu dire autre chose ?

— Oui Maître.

— Ah ! Tu m'énerves tiens, prépare-toi donc pour partir, dans moins d'une heure nous allons à Neapolis.

Baissant la tête pour ne pas me faire remarquer, je ris doucement de voir mon maître se fâcher après moi. En fait, je crois qu'il m'aime bien, ou ce sont mes prestations soporifiques qui lui plaisent et le rendent doux avec moi. Néapolis, j'aime bien aller là-bas, chez le sénateur Sextus Arulenus Agricola, le père de mon maître. Il habite une vaste domus non loin du Vésuve, et comme je suis étrangère à sa maison, ce sont surtout pour moi des jours de vacances. Il n'y a que cette montagne fumante qui me gêne chaque fois, Vulcain n'a-t-il donc jamais un moment de repos ?

J'ignore si les deux nouveaux seront du voyage, je n'aime pas cet homme plein de cicatrices sur tout le corps, il me fait vraiment peur, mais il ne m'a jamais rien dit, sauf merci quand il s'est réveillé la première fois. Je dis les deux nouveaux par habitude, mais en fait ils sont ici depuis un an déjà. Par contre, sa compagne beaucoup plus jeune que lui est une très jolie fille et d'elle je n'ai aucune peur. Je ne sais pas comment elle vit, parfois elle est ici, mais très souvent elle est au-dehors, en ville, surtout pendant la journée, quelquefois plusieurs jours de suite. Comme elle est très belle, je crois qu'elle vend son corps aux voyageurs qui passent à Montalbano et rapporte son argent à son maître, mais comme il vit dans une vieille cabane il n'en profite pas vraiment. Il n'y a bien que la fille, la nommée Ananie qui tire profit de son travail, car elle porte toujours de très belles robes, elle a aussi de belles chaussures et des beaux bijoux.

Je l'ai déjà observée discrètement, sa poitrine est bien plus grosse que la mienne, mais je ne sais pas si elle a du lait. Je n'ose pas lui poser cette question craignant qu'elle se fâche contre moi, ou bien qu'elle se moque de mes petits seins, mais j'aimerais quand même bien sucer ses tétons pour goûter son lait, car je suis sûre qu'elle en a un peu. Peut-être qu'avec son ami, dans la cabane de jardinier ils font des petits fromages avec son lait de femme, mais là non plus je ne suis sûre de rien et je me tais.

Toutes ces idées me tourmentent, il faudra bien trouver un moyen de le savoir, mais comme elle parle très bien, utilisant un beau langage comme celui de mes maîtres, moi je me sens trop bête pour la questionner. De plus elle m'impressionne beaucoup par son allure, elle marche comme ma maîtresse Marcia Arulena, elle sait lire et écrire, et aussi se faire respecter par tous les hommes, car elle n'en craint aucun. Je ne sais pas où mon maître a acheté cette esclave, mais il a dû la payer fort cher. Pourtant il ne lui demande jamais rien, ici elle ne fait aucun travail pour justifier sa pitance. Au moins elle pourrait bien m'aider à satisfaire mes maîtres avec ses mains et sa bouche, si elle veut je peux tout lui apprendre, car je suis une experte en la matière. Mais bon, il y a l'autre homme affreux, celui qui me fait toujours peur, il lui prend peut-être tout son temps.

Avec tout ça, il faut vite que je sois prête sinon je vais me faire tirer les oreilles, et je n'aime pas cela du tout.

*

Voilà bien notre voyage pour mon plus grand plaisir, une petite promenade en mer qui me ravit par sa fraîcheur sur l'un des grands bateaux de mon maître. Ensuite, un petit tour sur un césium, un peu de marche à pied pour finir, et hop, j'y suis. J'aide au déchargement des bagages et je m'installe dans le même cubiculum que la dernière fois, Quintus Arulenus ne veut pas que je sois mélangée avec les autres esclaves de cette maison. Pour ça, il a bien raison, moi non plus je ne tiens pas à coucher près de tous ces hommes barbus, beaucoup trop vieux pour moi. Les deux autres, la belle Ananie et son ami le vilain Urbicus ne sont pas du voyage, tant mieux, qu'ils restent donc à cuire sous le soleil de Sicile pendant que moi je suis à Neapolis.

202

Ici, les hommes doivent avoir des nez de chien, sans que je puisse comprendre comment, j'ai l'impression qu'ils me sentent sous ma tunique, que mon sexe laisse fuir des effluves qu'ils perçoivent et que, irrésistiblement, ils sont attirés vers moi. Heureusement, je fais bien attention à mes arrières, je suis comme une fleur à peine éclose et mon parfum n'est pas encore dans mon regard comme chez les autres femmes, celles qui sentent sûrement plus fort que moi, mais qui trouvent aussi leur plaisir avec eux. Je crois bien que ce qui me sauve, c'est que je me lave plusieurs fois chaque jour, avec un savon très parfumé pour cacher mes odeurs de femme, comme ça les hommes m'oublient un peu. J'ignore ce qu'ils feraient vraiment avec moi, encore que j'ai déjà vu mes maîtres s'emboîter l'un dans l'autre, et que par contre, je n'ignore rien de leurs sexes à tous les deux. Mais tout cela ne m'attire pas, je reste prudente devant l'inconnu et ne ressens vraiment rien envers aucun homme.

De plus, je sais très bien que ce ne sont pas les femmes présentes ici, toutes jalouses de ma jeunesse et de mon pucelage qui lèveraient le petit doigt pour me protéger. Même avec mon expérience, je crains que mes deux mains n'y suffisent pas, et je ne suis pas pressée d'en savoir plus. Sur ce point, j'ai bien une vague idée, vu que j'ai déjà discrètement observé des hommes et des femmes besogner sans leurs mains, comme le font mes maîtres, mais je préfère que cela reste une simple idée.

Il n'y a que Marcus Arulenus Valens, le fils le plus jeune de mon maître, qui me tourne autour. Il a quinze ans, et normalement promis à la légion dès l'année prochaine. Alors qu'il aura ses seize ans, lors des liberalia fêtées comme chaque année le seize avant les calendes d'avril[24], il déposera sa bulla et abandonnera sa prétexte[25] pour la virile[26], marquant ainsi son entrée dans le monde des adolescents, et dans celui de l'armée également.

Ce n'est pas un garçon déplaisant, ni beau, ni moche, mais il est mon maître. Parfois nous jouons ensemble, à plusieurs reprises il a déjà tenté de passer sa main sous ma tunique pour tâter mes petits seins, chose que je peux toujours habilement lui refuser, mais combien de temps encore le permettra-t-il ? Pour le moment il est encore assez sot pour être intimidé par moi, car je suis une fille, mais bientôt il aura conscience d'être mon maître et de pouvoir tout exiger sans retour, j'appréhende un peu ce jour-là. Je sais que dès que les jeunes garçons ont seize ans ils sont instruits à la sexualité, c'est un passage obligé pour eux alors que pour les femmes cela reste un interdit absolu jusqu'à leur mariage. C'est justement après les liberalia que les maîtres offrent souvent à leurs fils, soit une prostituée, soit une esclave de leur maison choisie pour son âge ou sa beauté. Je ne prétends pas être très belle, mais mon âge est malheureusement un handicap. À moins bien sûr que je puisse adroitement les orienter vers Ananie, pour le coup, elle est vraiment très belle et certainement bien plus capable que moi pour éduquer le jeune Valens. Il va falloir que je réfléchisse à tout cela.

Le Vésuve fume toujours et j'ai peur de voir un jour

24 Fête annuelle ayant lieu le 17 mars. Marquant la sortie de l'enfance et l'entrée dans la vie publique pour les jeunes garçons de seize ans.
25 Toge portée par les enfants, jusqu'à l'âge de seize ans, bordée d'une bande pourpre, comme celle des sénateurs.
26 Toge entièrement blanche, dépourvue de la bande pourpre, elle est portée par tous les adolescents et les hommes libres, non-sénateurs.

le dieu Vulcain sortir de sa montagne pour me voler et m'emmener dans sa forge, m'obligeant à lui porter à boire comme je le faisais pour Flavius, mais peut-être aussi satisfaire ses besoins comme avec mon maître Quintus. Je me demande bien comment est fait un dieu, et s'il me violait, mon enfant serait-il un dieu lui aussi ?

Quand j'habitais encore à Rome, mon avenir était tout tracé. Je savais alors que bientôt je vivrais avec Flavius et nos enfants, que je ferais à manger pour tous et que lui, fabriquerait les plus belles poteries de la ville ; mais aujourd'hui mon avenir est aussi obscur que si je le cherchais dans un puits sans fond.

Toutes ces questions sans réponse me fatiguent, je ferme les yeux et m'endors rapidement, sur mon matelas de laine qui sent encore le mouton.

*

Il y a déjà trois semaines que je suis arrivée à Neapolis et que je profite bien de ces moments de liberté pour ne rien faire, je dois humblement avouer que pour cet exercice je suis fort adroite ; je passe allègrement du matin jusqu'au soir sans rien faire, et même sans avoir le temps pour l'ennui. Je porte sur moi une robe de couleur crème, faite dans un tissu assez léger pour être bien sup-porté en ce chaud printemps. C'est Læca Arulena minor, l'épouse de maître Sextus, qui me l'a offerte peu après mon arrivée, constatant sans doute que j'avais trop chaud ce jour-là.

Tiens, voilà Valens, je l'appelle toujours par son sur-nom, car je sais qu'il n'aime pas trop ça, lui, il préfère

205

Marcus, qu'il trouve plus noble. Son air bien pressé ne lui ressemble pas, contrairement à l'ordinaire où il se montre plutôt ramolli par la chaleur et...

— Æmilia, j'ai besoin de toi, il faut que tu me suives.

— Oui Maître.

Mince, c'est l'heure de la sieste, va-t-il lui aussi me demander de l'endormir ? Décidément, si je dois faire toute la famille, je vais avoir les mains durcies par le travail et la bouche pleine de l'amour de mes bons maîtres. Je le suis jusque dans son cubiculum, mauvais signe pour moi, mais comme je l'observe plutôt embarrassé et ne sachant quoi dire, j'attends pour savoir la suite.

— Æmilia, il faut que tu retires ta robe.

— Ha bon ? et pourquoi veux-tu que je retire cette belle robe, trouves-tu qu'elle ne me va pas bien ?

— Oh ! si, elle te va fort bien, mais je veux faire l'amour avec toi.

— Ce n'est pas très bien Marcus — là, j'utilise le noble prénom —, je suis encore trop jeune et sans expérience, tu peux bien attendre quelques années de plus.

— Il m'appartient de décider ce qui est bien pour toi, tu n'as rien à exiger de celui qui est ton maître.

— Naturellement Marcus, mais pourquoi veux-tu faire cela aujourd'hui ? Si tu es en manque d'affection, ou bien si ton corps te démange, je peux faire ce qu'il faut pour toi. Allonge-toi sur ton lit et laisse-moi faire.

Il réfléchit, c'est peut-être bon signe, mais je ne sens pas bien cette situation, sa proposition a été très directe et très claire, et puis, je ne vais pas faire ça tous les jours non plus.

— Je veux un fils qui soit de toi.

— Un fils ? Mais comment prédire que je peux te donner un fils ?

— Je suis allé voir les Augures, ils m'ont confirmé que je ne devais pas perdre de temps si je voulais un fils avant de partir pour l'armée.

Ah oui, c'est bien facile à dire, moi aussi je pourrais faire Augure, après tout, il me faut comme pour toute femme neuf mois pour avoir un enfant. Le calcul est vite fait, s'il le veut avant de partir il ne doit en effet pas perdre de temps. Mais tout cela ne fait pas mes affaires, s'il exige un enfant de moi, mes mains ne vont pas résoudre son problème.

— Je comprends tes intentions Marcus, mais il y a ici bien des femmes ayant déjà fait la preuve de leur capacité à enfanter, pourquoi ne t'adresses-tu pas à l'une d'elles ?

— Je me moque bien des autres femmes, elles sont grosses et moches et c'est toi que je veux depuis longtemps, alors cède sans faire d'histoire, relève ta robe et laisse-toi faire.

Je n'ai vraiment pas envie de lui offrir mon pucelage, mais comment lui refuser mon corps puisqu'il lui appartient. C'est donc aujourd'hui que je vais être violée par Valens, j'aurais préféré que ce soit par Flavius, par amour pour lui je me serai ouverte comme une fleur. Bon, je me décide tout de même à relever ma robe, montrant juste mon ventre convoité par celui qui, devant moi, vient de tomber sa tunique et ne peut cacher ses envies de me pénétrer avec son priape, raide comme la hampe d'un pilum.

Allongée sur une table de marbre, mon dos est gelé par la pierre froide, mais Valens n'en a cure, m'obligeant à écarter mes jambes, il force l'entrée de l'Éden. À ma grande surprise, il se comporte avec douceur, me laissant m'abandonner à ce plaisir que je découvre pour la toute première fois, avant de me surprendre par un brusque coup de reins. Une douleur vive m'arrache un cri contenu le plus possible, en me mordant les lèvres, mais maintenant, Valens me besogne fermement, me faisant oublier l'instant d'avant. Je m'attendais à plus terrible, mais mon esprit reste fidèle à Flavius, c'est lui qui, en ce moment, est couché sur moi. Jusqu'à ce que je sente pour la première fois la vie dans mon ventre, libérée par Valens.

*

Depuis notre retour en Sicile, je n'ai pas observé de la part de mes maîtres un changement particulier à mon égard, du moins au début, sauf pour Valens qui a pris pour habitude de chaque jour me fourrer comme une pâtisserie. Mais quand j'ai commencé à enfler, il est soudain devenu très amical et prévenant en tout, comme si j'étais d'un coup plus fragile. Même mes maîtres Quintus et Marcia ne me demandent plus de les aider à trouver le sommeil réparateur d'une bonne sieste.

Je ne comprends pas vraiment pourquoi ces changements envers moi qui ne suis toujours qu'une esclave. Beaucoup de maîtres engrossent des filles sans pour autant mieux les traiter. Parfois ils gardent les enfants pour augmenter leur cheptel, mais parfois aussi, les enfants sont simplement exposés. Munie de tout mon courage, j'ose poser la question au père de mon futur petit.

— Valens ! Pourquoi me respectes-tu comme une fille libre, alors que rien ne t'oblige à le faire ?

— Parce que tu vas être la mère de mon fils, et qu'après sa naissance, je vais partir pour la guerre.

— Rien ne te garantit que tu auras un fils ?

— Si ! Je le sais de par la volonté des dieux.

— Bon, et qu'est-ce que cela change ?

— Cela change qu'il sera mon héritier, et si je ne reviens jamais, au moins tu auras eu un cadeau avant mon départ.

— D'accord pour le cadeau, je n'en demandais pas autant, mais pour l'héritier, tu ne peux y compter. Comme moi il sera esclave dans cette maison dès le jour où il ouvrira les yeux, et ne pourra jamais prétendre à rien de plus qu'une gamelle de soupe pour survivre, et un coup de pied aux fesses pour avoir plus d'entrain au travail.

— Comme tu y vas, mais tu n'as pas tort sur tout, sauf sur le dernier point. Crois-tu que je n'y ai pas déjà pensé, et que je vais accepter que mon fils soit l'esclave de mes parents ?

— Que puis-je te dire ?

En effet, que dire de plus, sinon que pour éviter à son fils, puisqu'il prétend que l'enfant en sera un, qu'il n'aura d'autre solution que de m'affranchir avant l'accouchement. Dans ce cas, je suis prête à oublier ce qu'il m'a fait subir ici, et la suite aussi. Ma hantise principale, c'est au cas où je donnerais naissance à une fille, que fera

Valens ? Je n'imagine pas mon enfant exposé sur la décharge publique, pleurant qu'un quidam lui vienne en aide, ou bien après avoir épuisé toute son énergie, qu'il soit dévoré par des chiens errants qui se disputent sa dépouille. J'en ai froid dans le dos.

Par contre, si je suis affranchie, même obligée de demeurer pour le restant de ma vie au service de la Gens Arulena, j'aurais une relative liberté pour sortir de cette maison et pour travailler, afin de gagner un peu d'argent. Avec mon argent, je pourrai aussi retourner à Rome pour voir mon beau potier, et lui expliquer toutes les mésaventures qui me seront alors arrivées. De plus, et pour ne rien gâcher, je ne serai plus simplement, Æmilia la petite esclave, mais Æmilia Arulena Prima. Pour le surnom de Prima, je ne suis encore sûre de rien, mais je doute que les Arulenii refusent de me surnommer leur première fille. Après tout, ils n'en ont pas, donc je serai bien la première, et si je ne suis rien d'autre qu'une pauvre bâtarde issue de je ne sais où, je suis tout de même une vraie Romaine.

Plus j'y pense, et plus je me dis que Valens a eu la meilleure idée de sa vie à Neapolis, où il décidait de me violer en douceur. Assurément, et là je n'ai aucun doute, la bonne déesse Vénus doit y être pour beaucoup, car c'est devant elle et en sa présence, dans son temple à Rome, que Flavius et moi nous nous sommes juré fidélité. Nous les humains, parfois nous n'avons pas trop de cervelle, mais une déesse, forcément ne peut rien oublier. Je n'avais alors pas fait le rapprochement, mais Valens avait choisi le jour des calendes d'avril pour commettre son forfait contre ma pucellerie, le jour où on célèbre les

Veneralia[27], il n'avait rien laissé au hasard. Ce n'était sûrement pas le hasard non plus, d'avoir attendu que nous soyons au pied du Vésuve, la forge du dieu Vulcain, époux de Vénus. Est-ce aussi le hasard, si j'ai trompé Flavius avec Valens, futur légionnaire, comme Vénus trompait Vulcain avec Mars, le dieu de la guerre ?

Finalement, tout est l'expression de la volonté divine, nous ne faisons rien de plus que de tenter une pâle copie de leurs mœurs. Alors je me sens très bien, heureuse de ce qui m'arrive et rassurée pour mon avenir, puisque je fais tout ce que les dieux exigent de moi.

Ah ! Cette fin d'été s'annonce fort bien, les affaires politiques de mon maître l'ayant souvent appelé à Rome, par ce fait, notre séjour s'est prolongé bien plus que prévu et je commençais à me languir d'être à Neapolis.

*

* *

---

27 Fête célébrée le premier avril, en l'honneur de Vénus Verticordia, protectrice de la chasteté féminine.

211

Même un dieu ne peut pas faire, que ce qui a eu lieu, n'ait pas eu lieu, disaient les Grecs.

La soirée chez Marcus Papinius Pules, a définitivement scellé la discorde entre Flavius le potier, et Flavia la riche bourgeoise.

Flavius

Flavia m'a traité comme un moins que rien, me faisant passer pour un esclave alors que je suis un homme libre, elle me déçoit vraiment beaucoup. Au début, j'avais confiance en elle, si sensible, si prévenante, elle paraissait alors bien différente de toutes ces autres femmes, mais il n'en est rien, elle ne vaut pas mieux que celles de sa classe sociale. Derrière son doux regard, elle est bien plus perverse qu'il n'y paraît, amadouant les hommes pour mieux les asservir, mais pour moi, elle a franchi le Rubicon.

Sous le regard médusé de mon serviteur, je décide de ramasser quelques affaires indispensables, et de partir loin d'ici pour vivre une autre aventure.

— Que fais-tu Flavius, as-tu l'intention de sortir à cette heure-ci ? demande Flavia.

— Je ne sors pas à cette heure-ci, je pars, tout simplement.

— Je te l'interdis !

— Tu n'as rien à m'interdire ma pauvre Flavia, je ne suis pas ton esclave et rien ne saurait me retenir un instant de plus chez toi.

— Chez Domitius tu étais son esclave, c'est grâce à moi que tu es libre.

— Chez Domitius, comme tu le dis, j'avais prononcé le sacramentum gladiatorum pour le servir jusqu'à ma mort s'il le fallait, tu as simplement acheté mon engagement, cela ne fait pas de moi ton esclave.

— Tu n'es qu'un pauvre plébéien, tu ne vaux pas plus que les dix mille sesterces que Papinius t'a généreusement octroyés, et je n'ai aucune envie de te retenir ici !

— Alors tant mieux, ainsi je n'aurai aucun remords à franchir la porte de ta maison.

— Je peux te faire rechercher et t'emprisonner au Tullianum, tu finiras dans l'arène bouffé par des chiens enragés.

— Fais comme tu le veux Flavia, je préfère l'arène à ton entrecuisse !

— Tace atque abi ![28] Si je retrouve la petite salope que tu appelles Æmilia, je la fais crucifier dans mon jardin, tu pourras toujours pleurnicher sur son sort, mais il sera trop tard.

Cette fois, Flavia est vraiment en colère contre moi, mais que puis-je faire d'autre que de quitter cette belle maison ?

Durant les premiers jours passés avec elle, les choses allaient plutôt bien, mais rapidement je ne pouvais plus suivre son rythme. Je devais être constamment près

28 Tais-toi et va-t'en !

d'elle pour la servir dans l'instant, à longueur de jour, et de nuit aussi, je devais la caresser, la lécher, la sucer et finalement pénétrer son corps insatiable, et jusqu'au fond de son âme insoumise. J'en viens même à me demander si elle a une âme tellement elle peut devenir mauvaise quand elle est contrariée. Pour Æmilia, je suis sûr qu'elle est capable de remuer ciel et terre pour la trouver et la faire condamner sous un quelconque prétexte. D'ailleurs, a-t-elle besoin d'un prétexte pour faire mourir des gens ?

N'ayant pour elle que sa beauté, grande il est vrai, je ne la supporte plus, sa présence me pèse et le son de sa voix m'irrite. Depuis trop longtemps je m'efforce de ne pas la tuer de mes propres mains, alors avant de commettre l'irréparable, je dois quitter Rome au plus vite, me faire oublier de Flavia afin qu'elle oublie aussi Æmilia.

*

Endormi sous un porche, je manque de tomber à la renverse quand, surpris dans mon sommeil, le propriétaire ouvre sa porte.

— Pars d'ici ! Fiche le camp de chez moi !

Jolie manière de me saluer dès le lever du jour, appuyé par un magistral coup de pied aux fesses.

— Holà ! Brave homme, je ne fais rien d'autre que de me reposer un peu, y a-t-il un mal à cela ?

— Je ne veux pas de mendiants qui se reposent devant ma porte, file avant que j'appelle mes gens pour qu'ils te chassent.

— J'ai compris, je pars et je te laisse à ta triste vie.

215

Dès le matin, cet homme est vraiment de mauvaise humeur, je plains ceux qui vivent avec lui. Me traiter de mendiant alors que j'ai sur moi cent fois plus d'argent que lui, résonne comme une divine plaisanterie. Mes boyaux commencent à se tortiller bruyamment, la faim se fait sentir, alors puisque je suis debout à cette heure matinale, je me dirige vers le forum de César, là-bas, je vais trouver de quoi faire taire la tripaille qui gargouille sous ma tunique.

Il est vrai qu'hier soir, le combat improvisé chez Papinius m'avait coupé l'appétit, mais aujourd'hui, mon estomac sonne creux. Tout juste arrivé au forum, je vois au milieu du forum une fumée engageante et perçois aussi une odeur de saucisses grillées qui n'attendent certainement que moi.

— Ave ! Mon beau romain, que veux-tu que je te prépare de délicieux ?

— Ave ! Caupona, j'ai faim, alors tu me prépares un pain bien cuit dans lequel tu vas glisser deux saucisses, plusieurs tranches d'oignon et un peu de fromage de chèvre frais.

— Cela fait plaisir, mon premier client est un connaisseur, et tu as faim, je te prépare ton repas en un rien de temps. Veux-tu un gobelet de bière pour accompagner ton repas ?

— Non merci, je préfère du lait, si tu en as.

— Du lait ? Un grand garçon comme toi qui boit encore du lait, tu vas pisser du fromage.

— Ne t'inquiète pas pour moi.

Cette matrone aux seins bien trop gros qui doit sûrement produire son propre lait, me paraît fort sympathique, si le pain fourré qu'elle me prépare est aux proportions de sa poitrine, j'aurai de quoi manger pour deux jours. Nous échangeons quelques matinales banalités et, lorsque les saucisses commencent à cuire, leur délicieux parfum montant par mes narines et jusqu'à mon cerveau, fait danser mes tripes que j'entends glousser par avance.

Ah ! La première bouchée est la meilleure, je vais engloutir ce repas avant d'avoir quitté le forum. Mais il me faut songer à mon avenir, car échapper à la belle Flavia n'est pas une simple affaire, tant ses pouvoirs sont grands. Nanti de mes dix mille sesterces supplémentaires, s'ajoutant à ce qui me restait de mes gains au ludus de Domitius, ma petite fortune atteint la coquette somme de vingt-six mille deux cent vingt-quatre sesterces, après avoir payé mon repas. Avec cette somme, que puis-je faire pour lui échapper et retrouver Æmilia ? Après déduction de la somme nécessaire pour acheter Æmilia, je pourrai tout au plus acheter la moitié d'un esclave, mais que ferais-je alors d'un homme, ou d'une femme, n'ayant qu'un bras, qu'une jambe, et la moitié d'une tête ?

Durant mon sommeil sous le porche de l'homme aux pieds agiles, surtout agiles pour me botter les fesses, j'ai bien réfléchi à ma nouvelle situation, et je ne vois qu'une seule issue : prendre du service dans la légion. Engagé pour défendre l'état et la patrie, Flavia n'aura que peu de moyens pour me nuire sans mettre en cause mon patriotisme, et puis, parti dans un lointain pays alors qu'elle sera blottie dans les bras d'un nouvel amant, elle m'oubliera bien vite. Le plus grave serait de la croiser ici où là, mais dans le cas de cet engagement, je suis sûr de ne plus la voir.

*

Æmilia

Finalement nous sommes rentrés en Sicile et je suis heureuse de me retrouver dans cette maison que je considère comme mienne. L'homme qui me fait peur avec ses affreuses cicatrices est toujours dans sa cabane de pierres, converti en jardinier. Là aussi j'ai peine à croire ce que mes yeux me donnent à voir, cet homme qui a voué sa vie aux jeux pour l'honneur des dieux est maintenant un simple cultivateur, très calme, paraissant presque gentil. Par contre, la jolie fille qui l'accompagnait n'est plus ici, j'espère qu'il ne l'a pas tuée. Avec ces hommes il faut s'attendre à tout. Mais comme je suis tout de même un peu privilégiée auprès de mes maîtres, je pense qu'il m'est possible de le questionner sans mourir sur-le-champ. De toute façon, s'il me fait peur, je me sauve en courant et je crie pour que tout le monde m'entende, oui, je vais faire comme ça.

C'est donc dès le lendemain matin que je me rends chez le jardinier, dans sa cabane en pierres. La porte est fermée, pas complètement, en fait il me suffit de la pousser pour entrer, mais la peur me retient par la manche.

— Hé ho ! Il y a quelqu'un ?

— Oui, entre Æmilia.

Bon, il est là et il m'appelle par mon nom, je vais tenter une approche en douceur afin de ne prendre aucun risque. Je pousse doucement le battant de la porte et avance mon nez vers l'intérieur, mais je ne vois personne. C'est vrai qu'il fait sombre dans cette pièce, il faut avancer un peu plus encore, et oui, maintenant je distingue le mur du fond, mais pourquoi n'y a-t-il toujours personne ?

Avant de me répondre, j'entends claquer la porte derrière moi, mon sang se glace et ma peau soudain hérisse ses poils, comme si cela pouvait faire peur à mon ennemi. Je suis paralysée par la trouille, je sens sa respiration dans mon dos, ou du moins je l'imagine, j'espère qu'il ne va pas me serrer le gosier dans ses grosses mains parce que là je ne peux pas partir en courant, je suis dans une mauvaise situation.

— Eh bien ! Æmilia, ne tremble pas comme une feuille, il ne peut rien t'arriver ici puisque je suis avec toi.

Justement, c'est pour ça que je ne suis pas fière de moi, alors quoi faire qui ne risque pas de le contrarier, je vais me retourner et le regarder droit dans les yeux, je suis sûre de l'intimider, au moins un petit peu. Allez, je fais demi-tour et je le foudroie du regard.

Je me suis tournée vers lui, c'est bien, mais pour le reste il ne s'est rien passé, mon puissant regard n'a eu aucun effet, je me sens même ridicule devant son sourire et sa main tendue vers moi.

— Tiens Æmilia, assieds-toi ici, je te le répète tu n'as rien à craindre dans cette modeste maison, mais je tiens à te remercier pour tout ce que tu as fait pour moi.

— Oh moi, je n'ai rien fait.

— Si, Ananie m'a tout dit, je sais très bien que tu as pourvu à tous ses besoins, pour elle comme pour moi. C'est pour cela que je te remercie aujourd'hui.

— Et Ananie, où est-elle en ce moment ?

S'il l'a tuée, je me demande bien quelle réponse il va inventer.

— Nanie va très bien.

Évidemment, les morts vont toujours très bien.

— Elle va bien comment ?

— Elle va bien, c'est tout. Tu sais, je ne suis pas son père et elle est une grande fille, maintenant elle travaille en ville et n'a pas besoin de moi.

— C'est quoi, son travail en ville ? Elle doit satisfaire des hommes pour gagner de l'argent ?

— Æmilia, voyons, à quoi penses-tu ? Tu peux imaginer que j'ai installé Ananie en ville pour faire d'elle une prostituée ?

— Moi je ne pense rien, je ne sais pas.

— Ananie est une princesse, un sang royal coule dans ses veines, alors je ne pouvais pas faire autrement que de l'aider.

— Pourtant elle m'a dit que c'est elle qui a causé ta grave blessure, tu pourrais te venger.

— Quand elle m'a blessé, nous étions des gladiateurs, je n'ai pas le droit de lui en vouloir maintenant parce qu'elle faisait son travail.

— Elle fait quoi en ville ?

— J'ai acheté une petite maison, avec une boutique où elle vend des parfums et toutes sortes d'autres produits pour les femmes. Elle sert aussi d'écrivain pour ceux qui ne savent le faire, elle lit également leurs courriers en grec ou en latin, parfois elle traduit d'une langue à l'autre, c'est comme cela qu'elle gagne sa vie.

— Ha ! c'est bien, mais mes maîtres vont s'inquiéter de ne pas me voir, je devrais partir maintenant.

— Naturellement, il te suffit d'ouvrir la porte.

Ouf, je suis dehors, au bout du compte le gladiateur ne m'a pas fait de mal, mais je respire quand même mieux ici, la prochaine fois je ferai en sorte de le rencontrer au soleil, pas dans sa maison aux murs sombres.

*

**

Les douces années

ad VI Idus Junius DCCCXXXVIII[29]

Flavius

Il y a maintenant cinq ans que j'ai rejoint les rangs de la Legio IV Flauia Felix[30], créée par l'empereur Titus Flavius Vespasianus,[31] dans le courant de l'année huit cent vingt-trois, afin de remplacer la Legio IV Macedonica, qui pourtant s'était bien battue pour lui contre les Gaulois Bataves. Mais les hommes qui la composaient avaient aussi combattu contre lui, en huit cent vingt et un, sous les ordres de Vitellius. C'est son manque de confiance en eux qui l'avait conduit à ce changement de légion.

Au long de ces cinq années, je suis passé de la

29 Le 8 juin 85, an 838 de Rome.
30 Créée par l'empereur Vespasien en 70, elle remplaçait la Legio IV Macedonica, créée par Jules César.
31 Né le soir du 17 novembre 9 à Falacrines, en pays sabin, et mort le 23 juin 79.

dixième cohorte à la première, et cela en seulement douze affrontements. Du fait de mon entraînement chez Domitius, j'étais plus à l'aise que les autres nouvelles recrues, et dès ma première bataille avec les barbares, j'ai su montrer à mes officiers toutes mes qualités de combattant. Depuis, mon avancement a suivi son rythme au fil des conflits et j'ai rapidement progressé vers la première cohorte, mon premier but à atteindre.

Une fois réussie cette première étape, ma solde s'est vue augmentée de façon substantielle. Je sais que par la suite je retournerai dans la dixième pour faire un second tour, mais cette fois, pas comme un débutant. Avec un peu de chance je serai centurion et, lors de mes prochains passages par la première cohorte, selon les besoins de l'armée, je pourrai atteindre le grade de primipile.

C'est lors de mon intégration dans la première cohorte que j'ai fait la connaissance du centurion primipile. Nous nous étions déjà croisés, si je puis dire, au cours de notre dernier combat contre les barbares toujours en quête de guerre contre l'empire. Alors que le centurion Primipile, Marcus Arulenus Valens était en grande difficulté et risquait ce jour-là de perdre sa vie, j'ai par ma rapidité à le couvrir avec mon scutum, sauvé cet officier de grand talent.

Depuis, nous sommes devenus des amis, moi parce que j'apprécie son humour et son érudition, lui, sans doute par simple reconnaissance pour mon geste. Souvent il me parle de son pays, Sicilia, une île au climat très chaud qui a vu sa naissance au cours de l'année huit cent dix-sept, sous les consulats de Caius Lænius Bassus et Marcus Licinius Crassus Frugi.

Je connais tout de lui, de son enfance, de ses parents

aussi, Quintus Arulenus et Marcia Arulena, à qui il voue une admiration sans faille. Marcus n'a que vingt et un ans, mais fils d'une grande famille et sans mettre en cause ses mérites, il a vu son avancement rapide le conduire à son poste d'officier, nul doute qu'il va bientôt le quitter pour un grade encore plus élevé. Ce jour-là sera peut-être ma chance de devenir à mon tour, le primipile de la Legio IV.

Notre nouvel empereur, Domitien[32], prépare la guerre contre les barbares Daces qui viennent d'unir leurs cinq royaumes, et qui, sous la conduite d'un roi énergique et impitoyable, Decebalus, ont attaqué la province Romaine de Mœsia[33], tuant son gouverneur Oppius Sabinus, lors de furieux combats.

La chose est grave, et César prend ce tragique événement très au sérieux, c'est pourquoi il est attendu à la tête de ses prétoriens pour mener cette guerre. Notre légion a été déplacée pour être au plus près du champ de bataille, je peux même dire, pour être en plein dedans. Avec ses vingt mille prétoriens, l'empereur vient en renfort, mais il ne peut prétendre vaincre seul la puissante armée de Decebalus, pour cela, il lui faut en plus de nombreuses légions.

*

* *

32 Cæsar Domitianus Augustus Germanicus, né le 24 octobre 51, à Rome, mort le 18 septembre 96, est déclaré princeps le 13 septembre 81.
33 Territoire situé dans les actuelles Serbie, Bulgarie (nord) et Roumanie (extrémité sud-est).

Amor extorqueri non pote, elabi pote.[34]

Æmilia

Mon enfant court dans les allées du jardin, et comme je l'avais prévu, il est le fils d'Æmilia Arulena Prima. Les parents de Valens n'ont émis aucune objection à ce que je sois affranchie avant sa naissance, et pas plus contrariés par le fait de m'appeler Æmilia Prima. Mon petit a cinq ans, jamais il n'a vu son père, ou si peu lors de sa naissance, qu'il n'en possède aucun souvenir.

Moi, Æmilia, la petite esclave de la boulangerie de Rome, j'ai dix-huit ans, je porte une jolie stola et de beaux bijoux, je suis presque heureuse. Bien sûr, depuis fort longtemps je n'ai plus briqué le sol du triclinium avec une éponge humide, afin de me rafraîchir au contact de l'eau fraîche. Oh ! Non, maintenant j'ai deux esclaves qui s'occupent de moi et de mes petits soins, une nounou pour le fils de Valens et des instructeurs pour nous apprendre à lire et écrire à tous les deux. Presque heureuse oui, mais Flavius hante encore mon esprit, à travers mes rêves il vient m'embrasser, je lui fais boire mon eau fraîche dans un très beau gobelet en bronze, puis il me montre ses plus belles poteries.

Il doit maintenant être un expert, assurément le meilleur de Rome et vendre cher ses réalisations. Je

34 L'amour ne peut être arraché du cœur, il ne se glisse hors de lui que lentement.

m'étais juré d'aller le voir quand j'aurais retrouvé ma liberté, avec le fils de Valens, pour lui dire que j'étais une femme comblée et qu'il ne devait pas souffrir pour moi à m'attendre désespérément.

Mais je ne l'ai jamais fait, jamais je ne suis retournée à Rome. J'ignore bien la raison qui me pousse à manquer ainsi de courage, mais peut-être est-il déjà marié lui aussi, peut-être a-t-il des enfants ? Alors, ai-je le droit d'aller à Rome pour le troubler ? Je ne peux répondre seule à mes questions, mais peut-être est-ce simplement par égoïsme de ma part, car tant que Flavius ignore ma situation il me reste un espoir de le retrouver, mais pourquoi faire s'il est marié lui aussi ?

Parfois, mais rarement, nous recevons un courrier de Valens qui nous raconte ses aventures aux limites des frontières de l'empire, là où vivent d'affreux barbares toujours prêts à nous envahir et nous tuer tous. Heureusement que nos valeureuses légions sont sur place pour protéger nos vies, mais je crains chaque fois d'apprendre une triste nouvelle. Je ne dirai pas que j'aime Valens, mais il est gentil, grâce à lui je ne suis plus une esclave, et chose importante, il est le père de mon enfant.

Dans sa dernière missive, il nous racontait la guerre menée par un roi nommé Diurpaneus, un furieux personnage en vérité. Mais nos légions ont remporté une grande victoire afin de rétablir l'ordre dans cette lointaine région qu'est la Mésie. Dans cette missive, nous avons tous eu très peur en apprenant que peu avant, il avait failli perdre la vie et que sans la présence de son ami Flavius, il ne serait plus de ce monde.

Ah ! Flavius, quand j'ai lu ce nom mon sang s'est troublé. Bien sûr, il ne s'agit pas de Flavius le potier, mais un Flavius est un Flavius et mon cœur bat plus vite. Même si l'empire en compte des milliers, je reste toujours sensible à ce nom qui pour moi rappelle des bons moments de ma vie. Depuis ce jour je reste troublée, certes, Valens m'avait violée alors qu'il était mon maître, je ne peux et ne dois lui en vouloir pour cela, surtout qu'il est maintenant le père de mon fils. Non, je n'aime pas Valens, je le respecte simplement pour ce qu'il a changé dans ma vie. Mais Flavius lui, rien qu'à penser son nom, mon pouls accélère, mon cœur bât à rompre sous l'effort, faisant fi des bonnes manières. Vénus a serré si fort les nœuds des liens qui nous unissent, que parfois je crois devenir folle. Je suis certaine que si Flavius se présentait à moi, je me jetterais dans ses bras au risque de déclencher les foudres et d'y laisser ma vie.

Tiens, voilà maître Quintus Arulenus, un papier à la main. Je ne devrais pas dire Maître Quintus puisqu'il me considère comme sa fille, du moins en ai-je cette prétention. Il est vrai qu'ils sont lui et son épouse, tout à fait gentils avec moi et que je ne peux vraiment pas me plaindre. Depuis que mon ventre portait le fils de Valens, jamais ils n'ont exigé de moi le moindre écart de conduite, pas même m'ont-ils une seule fois demandé une moindre masturbation avant leur sieste. Pourtant, quand j'y repense, et cela m'arrive parfois, je me dis que ce n'était pas si mal, de pouvoir offrir un peu de jouissance à ceux qui n'ont pas de méchanceté envers nous. C'était presque un acte de supériorité, un acte de pouvoir sur mes maîtres, pouvoir par lequel je trouvais alors une bonne raison de ne pas me considérer comme aussi nulle qu'une pierre.

Quintus a bien fané ces derniers temps, comme s'il cumulait ses propres années et celles de son fils Valens, absent depuis si longtemps. Valens écrit que, lorsque sa légion est en campagne les années comptent double. Eh bien pour ceux qui vivent ici, c'est pareil, à voir son père, elles comptent double également. Il porte sur lui une tunique de couleur crème, avec une ceinture en corde simplement nouée autour de sa taille, et sur sa tête, sûrement pour imiter son jardinier, il a toujours un chapeau tressé avec de la paille. Depuis qu'il ne s'intéresse plus aux affaires de l'état, comme il aime le dire, il est devenu un homme normal, fréquentable, même par moi Æmilia la petite esclave. Maintenant il cultive ses légumes, taille les arbres qui plus tard, nous donneront de beaux fruits bien juteux et sucrés, mais également, Quintus écrit un livre dont je serais bien incapable d'en comprendre le sens.

— Bonjour Æmilia, puis-je te déranger ?

— Oui, naturellement, tu ne me déranges pas Quintus.

— Alors voilà… je m'assieds si tu le permets… je viens de recevoir une lettre de Valens.

Puis-je te déranger, si tu le permets… quel progrès en si peu de d'années ; il n'est pas loin le temps où Quintus avait ses exigences sans se soucier de me déranger, alors qu'aujourd'hui, je peux presque répondre non. Comme je n'en vois pas la raison, je ne fais pas usage de ce droit si nouveau dans ma vie, que je ne l'ai encore jamais utilisé.

— Est-ce une mauvaise nouvelle ?

— Non, pas encore.

— Comment çà, pas encore ?

— Eh bien ! mon fils fait route avec sa légion en direction de la capitale des Daces, une ville qu'il appelle... heu... attends un peu... Sarmizegetusa, un nom bien compliqué à retenir.

— Oh oui, c'est tellement plus simple de dire Rome. Elle dit quoi sa lettre ?

— Mon fils dit qu'il va en direction de cette ville pour tenter d'écraser le roi Décébale, notre empereur Domitien n'a pas digéré le dernier conflit avec ce peuple barbare et tient à lui faire payer son inconduite.

Ah oui, son inconduite, les Romains ont une conduite, naturellement irréprochable, mais les autres, les barbares, ils n'ont droit qu'à une inconduite. Sur ce point, Quintus n'a pas vraiment changé ses opinions, un barbare est, et reste un barbare.

— Cela n'est pas en soit une mauvaise nouvelle, digne de nous faire trembler chaque matin, lui dis-je simplement.

— Comme tu y vas Æmilia, une guerre en préparation annonce toujours de nombreuses victimes dans notre camp, tu ne peux ignorer un tel danger.

— Bien sûr, je ne peux ignorer les victimes toujours trop nombreuses dans notre camp, même s'il n'y avait qu'un seul mort. Mais celles du camp d'en face, je dois les ignorer, faire comme si elles n'existaient pas ?

— C'est ce que je te conseille Æmilia, même si je comprends ce que tu dis, surtout que tes mots ne quittent jamais cette maison qui te protège, car dehors, tu serais crucifiée pour un tel blasphème envers notre cité.

— Tu as raison Quintus, mais comment oublier que les hommes qui tombent devant nos légions ont eux aussi, des femmes et des enfants ? Comment ignorer un instant qu'ils meurent pour vivre libres ?

— Æmilia ! Pour ton fils, ne parle plus jamais de cette manière, même ici je ne peux garantir ta sécurité. Garde au fond de ton cœur une pensée pour tous ces gens, mais que personne ne le sache après moi.

Je reste la bouche ouverte, certainement l'air complètement idiote de découvrir aujourd'hui seulement, la nature de mon ancien maître. Celui que j'ai si souvent méprisé m'apparaît soudain comme un homme très fréquentable, lui aussi, sensible aux autres et vivant derrière un masque qui nous trompe tous.

Marcus minor, mon fils et celui de Valens, vient en courant vers nous. Quelle merveille a-t-il bien pu découvrir aujourd'hui.

— Montre-moi ce que tu tiens dans ta main Marcus.

— Regarde maman, une pierre qui est vivante, avec quelqu'un dedans.

— C'est simplement un escargot, pas une pierre. Cette partie dure, c'est la coquille, sa maison qui grandit avec lui.

— Et ça, c'est quoi ?

— Ne touche pas ça Marcus, ce sont ses yeux, tu lui fais mal.

— Il a des drôles de zyeux qui remuent dans tous les sens.

— Oui, alors va le reporter là où tu l'as trouvé, laisse-le vivre en paix.

Ma nouvelle vie dans la domus Arulena est certes

agréable sur bien des points, mais ma progression sociale n'est pas du goût de tous. Excepté le vieux jardinier Sollers qui m'aime bien depuis que je suis arrivée, je n'ai vraiment qu'un seul homme parmi tous ces esclaves, en qui je puisse avoir une totale confiance, et quelle que soit ma situation. C'est Urbicus, l'ancien gladiateur ayant obtenu sa rudis des mains de l'empereur Titus Vespasianus en personne, à l'issue de ce qui fût son dernier combat. Sans être un bel homme, son corps est très musclé, très puissant, mais aussi couvert de nombreuses cicatrices.

Lors de ma première rencontre avec Urbicus, j'avoue qu'il me faisait peur et que j'évitai de m'approcher trop près de lui, surtout s'il n'y avait personne d'autre dans les environs. Exceptée la jeune Ananie qui l'accompagnait au début et soignait ses blessures, personne ne le fréquentait jamais, il me faisait parfois pitié. Un beau jour de printemps, il y a six ans de cela, tout a

changé entre nous. Je m'en souviens comme si c'était hier ; alors que je jouais imprudemment à marcher sur le bord d'un petit muret, mon pied a glissé, et je me suis fracassé le dos sur un banc de pierres.

La douleur était si violente que je ne pouvais plus bouger, je restais là à pleurer, croyant l'heure de ma mort arrivée. Je pensais que si je n'étais plus capable de travailler pour eux, mes maîtres me condamneraient à une mort certaine. Mes craintes empiraient lorsque je vis Quintus mon maître, en compagnie du terrible Urbicus. Alertés par mes cris, ils arrivaient à grands pas, cette fois j'étais fichue et Urbicus allait me tordre le cou.

— Que t'arrive-t-il Æmilia ? dit Quintus.

— Je suis tombée sur le banc et mon dos est cassé.

— Urbicus, regarde ce qu'elle a, fais ce qu'il faut pour la soulager.

À entendre ces mots, je comprenais comment Urbicus allait me soulager, à la fois de mes douleurs et de ma vie. Mais à mon grand étonnement, il a eu la bonne idée de ne rien faire de ce qui trottait dans ma petite cervelle de gamine. Il m'a prise dans ses puissants bras et m'a soulevée du sol, me mettant en position debout. Puis, du bout du pouce, il a simplement appuyé sur le bas de mon dos, déclenchant une si vive douleur que je manquai bien de tomber encore, heureusement, il me retenait sans peine.

Sans dire un mot, car en ce temps-là il ne parlait presque jamais, il s'est saisi du bas de ma tunique et, la relevant d'un geste, me l'ôtait d'un coup, me mettant nue comme un ver. À cette époque, je devais avoir douze ou treize ans, je ne sais plus au juste, mais je me souviens bien de ma honte. Cette sensation de gêne devant les autres était récente, probablement depuis que mes seins avaient gonflé et que se développait mon système pileux. Comme il m'observait l'air songeur, moi, je me demandais bien ce qu'il voulait me faire subir avant de m'expédier dans l'autre monde. J'avais une petite idée sur la question, mais cet homme si puissant ne pouvait que me détruire les entrailles, à cette pensée j'en oubliai presque mon mal de dos.

Je le regarde poser ma tunique sur le banc, puis étaler avec soin le tissu.

— Allonge-toi sur le banc.

— Quoi… sur le banc ?

— Oui, couche-toi sur le ventre.

Il parlait, donc il n'était pas muet et j'allais peut-être en savoir plus sur le sort qu'il me réservait.

— Que veux-tu me faire Urbicus ?

— Allonge-toi.

Bon, il parlait, mais visiblement ne connaissait que peu de mots. J'ai bien tenté de lui obéir, mais en vain, mon dos si douloureux était incapable de me soutenir dès que je tentais de me pencher en avant. Alors Urbicus m'a aidée, passant son bras sous le mien, il enveloppa ma poitrine toute entière.

— Laisse-toi aller sans résister, je te tiens.

Je suis méchante, Urbicus connaissait d'autres mots. Je me suis sentie partir un peu en avant, mais la trop forte douleur m'empêchant de me retenir, je me laissais tomber, mais ne tombais pas. J'ai senti la main d'Urbicus qui se serrait sur mon sein gauche et son bras qui se durcissait en même temps, il me tenait comme cela, d'une seule main il pouvait soutenir mon poids.

Après que je fus enfin allongée sur ce fichu banc, mon ventre et ma poitrine cachés sous moi, je pensais être présentable, jusqu'à cet instant où je prenais conscience de lui présenter mes fesses en l'air. Du coup, plus ridicule encore, je sentais mes joues rougir et la honte m'envahir une seconde fois. C'est ce jour-là que nos rapports ont complètement changé.

Avec ses grosses mains de tueur, il me fit un massage très savant, si délicat que même les quelques douleurs que cela produisait de temps à autre, m'apparaissaient comme agréables.

— Tu n'as rien de grave, rien de cassé non plus. Après quelques jours il ne restera qu'un gros bleu et tu n'auras plus mal.

— Es-tu vraiment sûr que mon dos n'est pas cassé ?

— Si c'était le cas, tu ne pourrais même pas parler.

Je sentais ses pouces glisser le long de mes reins, ses autres doigts sur mes côtes, cherchant les points douloureux révélateurs d'une blessure même invisible à nos yeux. Appuyant dans le creux de mon dos, juste au bout de ma colonne, je sentis soudain mes fesses se relever quand une violente douleur me pénétra comme une lame de bronze. Convaincue de ma position indécente, je n'osais plus ouvrir un œil, ni prononcer un seul mot.

— Là, tu as mal.

— Oui.

Tu parles, je ne lui montre pas mon derrière par courtoisie.

— Hum, en fait rien de grave, tu t'es juste fendu le coccyx.

Rien de grave, c'est lui qui le dit, on voit bien qu'il n'est pas à ma place. Je sens un de ses doigts qui me caresse doucement le creux du dos, là où j'ai un bouton marron. Je le connais depuis toujours, mais il ne m'a jamais fait mal. Pour ce qu'il appelle le coccyx je ne sais pas de quoi il s'agit, mais en tout cas le mien est cassé et j'ai très mal.

— Ce nævus[35], tu sais d'où il vient ?

— Oui, il m'a été donné par mes parents, c'est bien la seule chose que je possède d'eux.

— Les connais-tu, tes parents ?

— Non, mon ancien maître Terentius m'a achetée quand j'avais quatre ans, je ne connais rien de mes parents.

— Quatre ans, tu devrais pouvoir t'en souvenir un peu, de ta mère, de ton père aussi.

— Mon père, je ne l'ai jamais vu, et ma mère est un lointain souvenir, évanoui dans un brouillard imperméable.

— Bien sûr, quel dommage.

Je sentis sa main glisser sur moi, sur tout mon dos, il caressait ma peau sans chercher une blessure, juste pour son plaisir. Sa main passait sur mes épaules, descendait sur mes reins et, je n'ose à peine le dire aujourd'hui, caressait mes fesses, avant de remonter le long de mon flanc droit, faisant frémir de plaisir ma peau qui hérissait son petit duvet. J'apprécie ce moment de douceur qui me

35 **Nævus** : grain de beauté.

laisse découvrir un peu de ce que mes maîtres pouvaient obtenir de moi, quand, avec mes petites mains, je les conduisais au doux sommeil de leur sieste. Il me fallait pourtant trouver le moyen de mettre un terme à ces douceurs, malgré mon jeune âge, je n'ignorais rien des suites possibles et à venir lorsque l'on commence par de simples caresses.

— Si tu dis que je ne suis pas cassée, alors peut-être que je peux me relever.

— Oui, sans doute… je prenais juste un peu de plaisir à toucher ton corps si doux, mes mains ne se souvenaient plus que cela puisse exister.

Urbicus se montrait aimable et rassurant, si rien n'était cassé, alors il n'allait pas m'occire, c'était déjà bien. À ma très grande surprise, se penchant sur moi il collait ses lèvres sur mon dos, embrassant ma tendre chair de petite fille, d'un doux baiser, comme le baiser d'une mère attendrie par son enfant. Ensuite, il m'aidait à me relever, mais là, ses mains sur mon corps ne me gênaient plus. Une fois de nouveau vêtue, il m'avait enfilé ma tunique et m'avait portée dans mon cubiculum pour que je reste à me reposer. Je n'étais rien dans ses bras, assise sur l'un et appuyée contre l'autre. Je le tenais par le cou et ma tête contre son épaule, j'avais envie de l'embrasser.

*

Ce jour-là, je découvrais un homme redoutable, et un fidèle ami. Ce qui jusqu'alors me paraissait horrible : sa corpulence, ses cicatrices, son silence aussi, sont deve-

238

nus pour moi un environnement naturel. Maintenant que j'ai dix-neuf ans, et que je pense être une jolie femme, je ne me sens jamais plus en sécurité que lorsque je suis avec lui. Souvent il m'est arrivé des petites blessures qu'il a toujours su soigner facilement, les vieux gladiateurs en savent long sur les blessures et les douleurs qui les accompagnent.

Il n'est pas rare aujourd'hui que je tombe mes vêtements en sa présence, et qu'utilisant des oints parfumés il masse mon corps, après l'avoir lavé avec une éponge et de l'eau tiède. Cet homme si puissant et dangereux pour les autres, est pour moi le plus fidèle entre tous, à lui je confie mon corps de jeune femme pour qu'il le soigne et le protège. Les dieux m'en sont témoins, il a par leur volonté acquit toute ma confiance.

— Æmilia, mes affaires me demandent d'aller à Rome, dit soudain Quintus que je n'ai pas entendu venir, veux-tu profiter de ce voyage pour m'accompagner, tu pourrais retrouver des endroits que tu connais bien.

Un instant, je reste suspendue aux mots que je viens d'entendre, aller à Rome. Depuis mon affranchissement, je n'ai jamais vraiment réussi à réunir une somme suffisante pour me payer le voyage, ou bien je n'ai pas su économiser comme il fallait, et là, Quintus Arulenus me l'offre.

— Oui Quintus, je serais très heureuse de revoir Rome et le quartier qui m'a vue grandir, mais à une condition, qu'Urbicus m'accompagne.

— Hum… es-tu amoureuse de lui ?

— Ce n'est pas cela, je l'aime bien, c'est vrai, mais aller à Rome me fait peur et sa présence près de moi me rassure.

— Si tu veux, tu as raison, de toute façon cela ne change rien.

— Alors je viens.

— Parfait, prépare tes affaires, nous partons demain.

— Urbicus ! Tu as entendu, nous partons demain, tu es content ?

— Avec toi, petite Æmilia, je suis toujours content. Je t'accompagne où tu veux.

*

Le voyage s'est bien passé, nous avons embarqué sur un grand bateau appartenant à Quintus et qui nous a menés sans encombre jusqu'à Ostie, puis avec une voiture nous avons rejoint la ville en quelques heures. Nous avons ensuite laissé notre équipage dans un endroit proche du Cirque de Maximus, puis continué notre route en remontant la Vicus Tuscus jusqu'au forum de César. C'est là, que Quintus nous abandonne pour se rendre à une réunion de sénateurs.

Moi je prends machinalement la main d'Urbicus, comme si j'étais une petite fille, n'arrivant pas à tenir tous ses doigts dans ma main, ils sont bien trop gros pour cela.

— Viens Urbicus, allons voir s'ils vivent encore ici.

— Qui çà ils ?

— Des gens que je connais bien.

— Je te suis.

240

Puisque nous sommes devant la curie Julia, il est très simple de passer derrière le Capitole pour nous rendre chez Flavius le potier. Je ne dis rien de mes espoirs à Urbicus, il verra bien par lui-même quand nous serons arrivés et que je me jetterai dans les bras de Flavius.

Après quelques ruelles toujours encombrées par des gens bien trop nombreux, nous voici devant la petite porte en bois, à droite il y a toujours la boutique de Caius Helcarius, et à côté, la boulangerie de Sextus Terentius. Mon cœur bat très vite et mon souffle est court comme si je venais de courir une heure entière, alors je pousse le battant de la vieille porte qui grince comme autrefois, puis, suivie par Urbicus, je pénètre dans la petite cour. Rien a changé en cet endroit, mais elle me paraît beaucoup plus petite que dans mes souvenirs.

Ayant entendu le bruit du gravier sous nos pieds, Flavia Helcaria sort de sa cuisine et se dirige vers nous, elle a un peu vieilli, mais elle est toujours élégante. Assurément qu'elle ne peut me reconnaître, car moi j'ai beaucoup changé, je suis maintenant une femme, et je suis bien habillée. Urbicus est juste derrière moi, si près, que je sens sa chaleur dans mon dos et son souffle sur ma tête, il est bien plus grand que moi.

— Madame, tu ne dois pas être ici, notre boutique est juste à côté, dit Flavia sans me reconnaître.

— Bonjour Flavia, je ne cherche pas une boutique.

— Comment connais-tu mon nom ?

— Je le connais depuis fort longtemps, c'est toi qui as oublié le mien.

J'ignore ce qui se passe à cet instant, mais le visage

de Flavia se transforme en quelques secondes. Ses traits semblent se tirer, alors que ses yeux deviennent rouges et que des larmes les emplissent jusqu'à déborder. Puis elle se jette à mes pieds, me tenant par les mollets et appuyant son front contre mes cuisses.

— Æmilia, ma petite chérie, tu es là Æmilia.

— Relève-toi Flavia.

J'aide Flavia à se relever, Urbicus, une main sous son bras n'a aucune peine à la soutenir. Je suis très touchée par ce qu'elle vient de me dire, j'ai soudain le sentiment d'entendre parler ma mère. Je suis très surprise par cet accueil familial après toutes ces années d'absence, je m'attendais juste à ne pas être reconnue. Visiblement Flavia ne m'a jamais oubliée, cela me va droit au cœur et m'incite à poser la délicate question qui me démange les lèvres depuis mon arrivée. Depuis l'instant où je suis entrée dans cette cour, je louche sur l'atelier, mais je ne vois aucune trace de mon beau Flavius. Dans ma mémoire, les images sont aussi précises que lorsque j'avais onze ans, et chaque détail me montre que Flavius le potier n'est pas ici. Je ne peux dire vraiment quels sont ces détails, mais là, sur cette étagère, il manque le vieux chiffon avec lequel il essuyait ses mains, et là encore, il manque son gobelet qui, portant les marques de ses doigts, me servait à lui donner à boire. Tous ces souvenirs semblent si lointains, mais je ne dois pas perdre la raison de ma venue ici.

— Dis-moi Flavia, je ne vois pas ton fils Flavius, a-t-il quitté ta maison ?

— Oh ! Ma petite fille, si tu savais comme il t'a souvent pleurée, mais ne sachant comment te retrouver, il a fini par s'engager chez les gladiateurs du grand ludus de Domitius.

— Alors il est mort ?

— Non, je ne crois pas, du moins pas encore.

— Parle-moi Flavia, je ne comprends rien à ce que tu me dis. Tu dois bien savoir s'il est mort ou pas ?

— Mon fils Flavius n'est pas mort dans l'amphithéâtre, mais il est maintenant dans l'armée. Il appartient à la quatrième légion Flauia Felix, depuis plusieurs années déjà, il est même centurion ; mais je ne sais pas aujourd'hui s'il vit encore.

— Mon Flavius ? Devenu légionnaire ?

Je lui pose cette question comme si je n'avais pas bien compris, mais la quatrième légion Flauia Felix est celle de Valens, alors son ami Flavius est-il mon Flavius à moi, mon Flavius le potier ?

— Comme je te le dis, ton Flavius est devenu légionnaire, et je crois bien que c'est à cause de toi qu'il s'est engagé dans l'armée.

— Pourquoi à cause de moi, je n'y suis pour rien.

— Non, bien sûr que non… mais il nous a juré de ne jamais t'oublier, de tout faire pour te retrouver un jour, n'importe quand, n'importe où.

— Nous avions ensemble fait le même serment au temple de Vénus Genitrix, jamais mon esprit n'a failli à mon engagement de l'aimer toute ma vie, et si mon corps a dû subir les outrages, moi, je suis restée Æmilia la porteuse d'eau fraîche.

Caius Helcarius, le père de Flavius, suivie de son voisin Sextus Terentius le boulanger, mon ancien maître, font leur entrée dans la cour. Un instant interloqué par la présence d'une bourgeoise et de son garde du corps, Caius me reconnaît rapidement.

— Æmilia ! Tu es donc de retour parmi nous ?

— Non Caius, je ne suis ici que pour un court passage, je voulais rencontrer Flavius.

— Il n'habite plus cette maison depuis bien longtemps, mais je suis tout de même très heureux de te voir en bonne santé.

— Allons Caius, dit Sextus, elle n'est qu'une esclave, que nous importe donc sa bonne santé ou pas.

Avant même que le dernier mot de Sextus n'arrive aux oreilles de Caius, Urbicus l'empoigne par sa toge et le menace d'une lame pointue et fortement tranchante.

— Non ! Urbicus, ne le tue pas !

— Il t'insulte Maîtresse, il doit mourir.

— Non Urbicus, il ne m'insulte pas, ses mots ont dépassé sa pensée, laisse-lui encore du temps pour vivre sa misérable vie.

— Comme tu veux Maîtresse.

— Oui, comme je veux, l'occire maintenant serait lui rendre un grand service, laissons le moisir dans sa piètre condition d'homme ignorant.

Caius et Sextus n'en reviennent pas, Æmilia est une maîtresse, en moins de dix ans elle est devenue une femme respectable, accompagnée d'un garde du corps prêt à tuer tout contrevenant. Son visage n'a pas vraiment changé, il est encore facile de la reconnaître, mais maintenant elle n'est plus la petite fille qui frottait le sol toujours couvert de farine. Elle est de la même taille que Flavia, ni grande ni petite, mais sa poitrine est fortement mise en valeur par sa stola parfaitement ajustée, ainsi que sa taille serrée, laissant s'épanouir ses hanches de femme. Son regard est froid, sûre d'elle, elle est presque arrogante devant son ancien maître. De la qualité de son vêtement en passant par son garde du corps, chacun admet qu'elle a fait un long chemin depuis qu'elle a quitté cette maison.

— Bien sûr Æmilia, tu sais toi, que je te respecte depuis toujours, dis-le lui.

— Sur ce sujet Sextus, je ne peux rien dire de plus que, ayant quitté cette maison à l'âge de onze ans, tu ne m'avais pas encore violée. Par respect pour moi, ou plus simplement par respect pour tes affaires, qui le sait ?

— Oh ! Mais moi je le sais très bien, comment en douter ?

— En douter ? Mais qui en doute ici ?

Flavia, très surprise de voir Æmilia sûre d'elle et qui parle sans crainte, sent que le moment d'intervenir n'a jamais été si pressant, le gladiateur près d'Æmilia meurt d'envie de trancher la gorge de Sextus qui, il est vrai, ne fait pas preuve d'une grande finesse.

— Ma petite Æmilia, viens donc avec moi parler de Flavius dans un endroit plus tranquille.

Au nom de Flavius, mon cœur accélère encore une fois, je ne peux maîtriser mes nerfs et je sens que tout mon corps tremble, assailli par une fièvre qui me mouille le front d'une sueur froide. Je dois me contenir pour ne pas m'évanouir, les esclaves n'ont-ils pas la réputation de tout endurer sans rien laisser paraître ?

— Oui Flavia, tu as raison, allons parler de Flavius dans un lieu plus sain.

Flavia me tend une main qui se veut amicale, je la saisis, car je la crois honnête, et d'un signe discret j'invite Urbicus à nous suivre. Je préfère l'avoir près de moi, il me rassure et puis, il est trop violent pour rester avec Terentius au risque de l'occire comme s'il était dans l'arène, poussé dans son geste par les cris de la foule en délire. Ces quelques années passées loin d'ici m'ont appris que ma confiance doit avoir ses limites. Urbicus peut seul s'enorgueillir d'être considéré par moi, comme un homme à part. Depuis ce jour où, honteuse encore aujourd'hui, je lui montrais mes seins naissants et exposais mes fesses sous son nez, en me ridiculisant plus encore, il n'avait pas ri de moi, ne s'était pas moqué non plus, il n'avait profité en rien de ma piètre posture, faisant tout pour calmer ma douleur comme un vrai père aurait su le faire avec sa fille. Urbicus est seul à savoir que parfois, je me blottis dans ses gros bras pour pleurer en silence, instants privilégiés pour lui, qu'il n'a jamais souillés par la moindre question.

Deux clepsydres plus tard[36], nous quittons la maison de mon enfance. Je ne suis pas mécontente d'avoir longuement parlé avec Flavia, elle est vraiment une charmante femme. Elle et Caius ont voulu m'offrir la grosse bourse de pièces d'or laissée là par Flavius pour acheter ma liberté, mais je l'ai refusée, puisque je ne suis plus une esclave dans le besoin, ils peuvent utiliser cet argent pour vivre mieux. Je note juste leur grande honnêteté à l'avoir gardée jusqu'à ce jour, et la valeur énorme que Flavius est prêt à dépenser pour moi. Je suis convaincue qu'il m'aime encore comme avant, qu'il prie chaque soir en pensant à moi et au jour où nous allons nous retrouver.

Certes, je n'ai pas vu celui pour qui je viens de faire un long voyage, mais je sais maintenant dans quelle légion il se trouve. La IV Flauia Felix, la légion de Valens ; et si son ami Flavius était le même que le mien, Flavius le potier devenu légionnaire ? J'ai peine à le croire et cette pensée me trouble. Si je venais à me trouver face à eux deux, en même temps, comment choisirais-je entre le père de mon fils et l'élu de mon cœur ? Comme à chaque fois, je ne peux répondre à mes propres questions, alors je me contente d'en poser une à Urbicus, une de ces questions auxquelles personne ne sait répondre.

— Qu'en penses-tu Urbicus ?

— Ce que j'en pense… mais de quoi ?

— Eh bien ! de cette visite.

— Je pense que tu n'as pas rencontré l'homme que

36 Environ quarante minutes en été.

tu aimes, et que cela désoriente ton esprit au point de me demander ce que j'en pense.

— Urbicus, tu lis dans mes pensées, mais ne parle de rien à propos de cette journée.

— Bien sûr que non.

Toujours aussi bref dans ses réponses, mais au moins, il ne prend pas de détours pour dire ce qu'il veut. Cet homme est bien étrange, alors que beaucoup de femmes comme moi quand j'étais encore très jeune, ont peur de lui, moi, je me sens bien en sa compagnie. Ses cheveux grisonnants lui vont bien, mais ses joues creusées par de profondes rides et ses yeux clairs, lui confèrent un regard froid. Son corps couvert par une peau séchée et basanée par le soleil, est doté d'une impressionnante musculature, toujours tendue, toujours prête à l'action. C'est là, que depuis cinq ans j'aime me blottir, entre ses bras, contre ses pectoraux épais qui me laissent écouter son cœur battre comme celui qui, dans ma poitrine, bat pour Flavius. Sous son apparence simple et violente, Urbicus a tout compris des raisons qui m'ont amenée dans mon ancienne demeure, il sait bien que je venais ici pour rencontrer un homme, celui pour qui je pleure souvent et depuis toutes ces années.

Finalement je suis heureuse, puisque Flavius est vivant et qu'il a juré de me rester fidèle toute sa vie. Bien sûr, il peut avoir quelques aventures avec des femmes beaucoup plus jolies que moi, certainement faciles à trouver, et surtout plus présentes, mais le principal n'est-il pas qu'il les aime en pensant toujours à moi.

— Urbicus !

— Oui Maîtresse ?

— Tu crois que je suis laide ?

— Mais non, pourquoi penses-tu une chose pareille, tu es très belle.

— Tu me trouves belle parce que j'ai dix-neuf ans, parce que mes seins sont droits et fiers, parce que mon ventre est plat et ma taille bien dessinée, mais en vrai, je suis quand même assez moche.

— Pas du tout, tu ne dois pas dire des choses aussi fausses.

— Hum… sous ma tunique, je suis peut-être belle, en effet, mais mon visage, n'est-il pas ordinaire ?

— Ordinaire ? Crois-tu qu'un homme ferait le serment devant Vénus de te rester fidèle à vie, et de réitérer son vœu devant ses parents avant de partir rencontrer la mort, si tu avais un visage ordinaire ?

— Je ne comprends rien Urbicus, vraiment, je ne comprends rien.

— Que veux-tu comprendre Maîtresse ?

— Eh bien, regarde autour de nous, toutes ces femmes que nous croisons et qui portent de bien plus belles robes que la mienne, qui ont des bijoux de grande valeur sur elles, et qui sont suivies par plein de gens attentionnés ; ne sont-elles pas plus belles et plus désirables que moi ?

— Si tu portais une plus belle robe, tu montrerais que tu es plus élégante ; si tu portais de plus beaux bijoux, tu montrerais que tu es plus riche, et si tu étais suivie par de nombreuses personnes, tu montrerais que tu es une femme très courtisée ; mais tu ne montrerais pas que tu es plus belle qu'en ce moment.

— En ce moment je suis belle ? Tu parles, j'ai envie de pleurer.

— Quand tu viens te réfugier contre moi et que tu pleures comme une enfant, je te trouve la plus belle du monde.

— Alors… Tu m'aimes un peu toi aussi ?

— Depuis toujours, mais tu me fais dire des choses incorrectes, un esclave comme moi ne devrait pas parler de cette manière à sa maîtresse.

— Urbicus, tu n'es pas mon esclave, tu es mon ami. M'as-tu déjà vue pleurer dans les bras d'un autre, comprends-tu la différence ?

— Oui, j'ai remarqué que tu venais depuis des années chercher une consolation près de moi et jamais avec un autre, mais là, j'avoue ne pas comprendre. Je suis maintenant un vieil homme, mon corps martyrisé offre une vue pitoyable sur mes trop nombreuses blessures, j'inquiète et fais peur à tout le monde, tu es bien la seule à ne rien voir.

— Au contraire, je vois tout, je vois un homme honnête et gentil, je vois un homme beau. Urbicus, prends-moi dans tes bras et emmène-moi loin de ces gens trop nombreux qui me font peur.

Urbicus n'est pas du tout un vieil homme comme il le prétend, son corps a beaucoup souffert, mais il est en très bonne santé. Bien sûr, au début il me faisait peur, mais j'étais encore petite, jusqu'au jour où, pour soigner une blessure il m'a laissé découvrir toute sa douceur. Maintenant que je suis une femme, sa présence me plaît et me rassure. Il passe son bras autour de mes épaules et me serre contre lui, je me laisse prendre, alors qu'un frisson traverse tout mon être. Je passe moi aussi un bras autour de sa taille et me colle contre son flanc, rassurée, je ne vois plus la foule. Je ne saurais dire pourquoi Urbicus agit sur mes sens de si forte manière, sans que je puisse m'y opposer, sans même que je tente de le faire. Quand il pose une main sur moi pour me caresser avec tendresse, je sens ma peau frémir, entre lui et moi existe un puissant lien invisible qui nous unit. Comme avec Flavius, un lien qui traverse le temps et l'espace, un lien divin tissé par Vénus pour que l'on ne se sépare jamais. Pourquoi alors, Vénus a-t-elle tissé un lien d'amour entre Urbicus et moi ? Courageusement, je décide de ne pas répondre à cette question, nous arrivons sur le forum et il nous faut retrouver Quintus Arulenus.

— Nous l'attendons ici, tu crois qu'il va bientôt sortir ?

— Je ne pense pas Maîtresse, il est encore trop tôt.

— Ne m'appelle pas maîtresse, fais comme si j'étais ta fille, appelle-moi Æmilia.

Il ne me répond pas, mais j'ai bien senti sa main se serrer sur mon épaule. Ce que je viens de lui dire doit lui faire plaisir et le troubler, un homme comme lui, troublé par les quelques mots d'une gamine.

— Tu ne me réponds pas Urbicus, cela te gêne d'agir comme si tu étais mon père, je suis donc si laide que tu me repousses ?

Je sens de nouveau sa main serrer mon épaule, mais plus franchement que la première fois.

— Ne parle pas ainsi de toi… Æmilia, je serais honoré d'être ton père, mais cela n'est pas convenable et peut te nuire.

— Je ne suis qu'une pauvre esclave, sortie de la boue par la volonté de la queue de son maître, rien de plus. Mais tu aimerais que cela soit vrai ?

Urbicus retire sa main de mon épaule et, à ma grande surprise, la passe sous mon bras. Il ne veut pas me lâcher, bien au contraire, je sens ses doigts s'appuyer sur mon sein quand il me tire contre lui. J'adore ce moment où ses doigts s'enfoncent dans ma chaire tendre, comme pour s'y incruster, ce moment où il me serre contre lui comme son enfant.

— Oui ! Mais n'en parlons plus, me dit-il d'une voix douce.

Il vient de me répondre oui, je tremble pour ce simple mot. Je suis folle d'avoir de tels sentiments pour un ancien esclave des jeux, un homme qui pour la gloire en a tué d'autres. Oui, je suis folle d'aimer cette brute, mais j'aime ma folie.

— Tu n'as jamais eu d'enfant à toi ?

— J'avais une femme, et une petite fille aussi.

— Ils sont morts maintenant ?

— Je ne sais pas, quand par obligation je suis devenu gladiateur, je les ai perdues toutes les deux. Je n'ai jamais pu les retrouver par la suite.

Je comprends pourquoi il est toujours triste et silencieux, il a perdu toute sa famille et regrette encore sa femme et son enfant. J'ai bien du mal à imaginer Urbicus aimant tendrement une épouse fidèle, embrassant son cou lorsqu'elle prépare le repas, ou jouant avec sa petite fille, la faisant rire aux éclats avec quelques chatouilles. Toutes ces cicatrices sur son corps ont dû laisser échapper la vie de cet homme, seuls restent en lui ses souvenirs. Il faut lui parler d'autre chose.

— Si nous allions jusqu'au temple de Venus Genitrix, tu sais qu'elle est la protectrice de la famille, elle peut nous aider.

— Je veux bien t'accompagner jusqu'au temple, mais je ne crois pas que la déesse puisse m'aider maintenant à retrouver ma femme et mon enfant, elles ont dû périrent depuis longtemps.

Quelle gourde je suis, je voulais parler d'un autre sujet, et je le ramène immédiatement sur celui de la famille. Je ne sais comment agir, mais il semble indifférent à ma proposition.

Nous traversons le forum en suivant le Via Sacra, en direction de l'amphithéâtre de Vespasianus, il ne nous faut que quelques minutes pour parvenir au temple. Arrivée devant l'escalier, je lève la tête pour admirer sa façade et les souvenirs me reviennent comme si j'avais reculé dans le temps.

Je gravis avec émotion les marches qui me conduisent sur le podium du temple, là où Flavius avait embrassé ma bouche pour la première fois. Il y a devant la porte entrouverte, celle qui pour moi est une prêtresse. Elle nous regarde approcher, sachant bien que l'entrée dans la cella ne nous est pas permise. Avec Urbicus nous n'allons pas plus loin.

La femme est vêtue d'une stola blanche immaculée, comme celle que portent les vestales, ses cheveux nattés et roulés sur sa tête sont couverts par un voile lui aussi d'une grande blancheur. Alors que je feins de ne pas la regarder, je vois qu'elle dirige ses pas vers nous, va-t-elle nous chasser ?

— Ave jeune fille, je me nomme Flavia et je sers ce temple, puis-je t'aider ?

— Ave Flavia, moi je suis Æmilia, mais je crois hélas, que même une prêtresse de Vénus ne peut rien pour moi.

— Je ne suis qu'une servante du temple, mais la grande prêtresse est ici. Si tu peux attendre un instant je vais la chercher et elle saura parler à ton cœur.

— Je te remercie Flavia, que les dieux veillent sur toi, je peux attendre autant que tu le demandes.

— Alors ne bouge pas, attends-moi ici.

La jolie femme nommée Flavia est bien sympathique, je ne vais pas refuser son aide puisque nous avons du temps devant nous. De toute façon je n'ai pas à m'impatienter, car elle est de retour, suivie par une autre femme tout de blanc vêtue.

— Ave mon enfant, me dit-elle, que désirez-vous ici ?

Là… je suis d'accord, cette femme est vraiment très belle, rien à voir avec moi qui pleurniche chaque jour sur mon sort. Son magnifique visage montre une douceur et une compassion auxquelles je suis sensible dès le premier instant. Pour sa poitrine, la honte me couvre rien que de la voir, cette femme est vraiment digne d'être la servante de la déesse Vénus, je bégaie une vague réponse.

— Eh bien… heu… je viens voir la déesse pour lui

demander... si c'est possible... enfin si elle veut... pour m'aider à retrouver celui que j'aime.

Ouf, j'ai réussi à dire une phrase, je suis tétanisée par sa beauté et son regard qui je le sens, fouille dans mon cœur pour connaître mes pensées.

— Pour cela tu viens en compagnie de ton père ?

Mince, que dois-je dire, si je mens elle va le savoir, j'en suis sûre, vite, il me faut une réponse.

— Urbicus veille sur moi, mais il n'est pas mon père.

— Le crois-tu vraiment jeune enfant ?

— Je n'ai jamais connu mon vrai père, j'ignore qui il est.

— Toi ! Celui qu'elle nomme Urbicus, reste ici à attendre notre retour. Donne-moi ta main belle enfant, suis-moi à l'intérieur.

Je tends timidement ma main à la belle femme, comment pourrais-je lui refuser, puis je la suis dans le temple. Pourquoi ai-je ce privilège immense de pénétrer dans ce sanctuaire interdit aux profanes. La déesse accepte peut-être ma présence parce que je suis une femme jeune, certainement un peu bête aussi de ne jamais rien comprendre. L'intérieur est extrêmement sobre, au fond se trouve un autel pour les offrandes, derrière lui, une grande statue de la déesse qui me regarde avec un sourire apaisant. Nous sommes devant l'autel, que va-t-il m'arriver ?

— N'aie aucune crainte ma fille, abandonne-toi à l'amour de la déesse.

— Mais... que faut-il faire ?

Je n'en mène pas large, que veut dire s'abandonner à l'amour de la déesse, une fois de plus je ne sais rien, mais la présence de cette femme seule me rassure tout de même, au moins, elle ne me violera pas. L'autre jolie Flavia est restée vers l'entrée, sûrement pour surveiller que personne ne puisse entrer. Pour occuper son temps, elle discute avec Urbicus, je le vois sourire, au moins elle fait un heureux.

— Rassure-toi, je ne vais pas toucher ton corps pour te faire le moindre mal, ouvre ton esprit à notre déesse pour qu'elle lise en toi et me dise son divin message.

Bon, elle a compris que j'ai la trouille d'être ici, décidément, je ne peux même plus penser en silence, tout se sait dans cet endroit curieux où les dieux parlent directement avec des humains. La très belle Prêtresse se place devant moi, colle sa poitrine contre la mienne et prend mon visage entre ses mains. Je n'ose bouger et reste les bras pendants, ses mains sont chaudes, douces et agréables, son regard aux yeux marron fixé dans le mien. Je pose mes mains sur ses hanches et doucement, me serre contre elle. Sa taille est fine, son ventre plat est dur et chaud, lui aussi, alors je monte mes mains dans son dos et serre un peu plus encore, écrasant mes seins ridicules contre les siens, gonflés par l'amour, me laissant pénétrer par une divine sensation inexplicable. Vénus, déesse de l'amour est en moi.

Nous restons un temps incertain dans cette position, j'ai senti mon esprit quitter mon corps comme une fumée, puis j'ai vu Flavius avec sa tenue de soldat, toujours aussi beau, comme dans mes souvenirs. La déesse me montre celui que j'aime, alors je sais qu'il est vivant, je suis heureuse. Il est avec Valens en train de jouer aux dés, tous les deux semblent heureux, cela veut-il dire qu'ils se connaissent ? Je vois près d'eux Urbicus, habillé d'une façon différente d'aujourd'hui, je le trouve encore plus beau. Son corps ne porte pas de cicatrice, près de lui se tient une jolie femme avec de longs cheveux bruns, elle me regarde en souriant et ressemble étonnamment à la jolie Flavia, mais que fait-elle ici ? Tout ce qui est autour de moi semble très grand, le plafond de la pièce est très haut, une table et une chaise près de moi sont trop hautes également, même Urbicus et la femme souriante sont très grands. J'ai la sensation d'être ratatinée, enfoncée dans le sol et que seule ma tête dépasse, j'entends des rires d'enfants, qui sûrement se moquent de ma situation. Je ressens tout comme ça, d'une manière naturelle, mais sans aucune explication je vis un rêve.

Doucement ma conscience revient, j'ai la sensation d'être ivre d'avoir bu trop de mulsum, la tête me tourne et j'ai peine à tenir mon équilibre. La prêtresse s'écarte de moi et je retire mes mains de son corps, presque avec regret, j'étais si bien. Ses doigts glissent sur mes épaules et mes bras, prennent mes mains qu'elle porte à ses lèvres, les baisant doucement.

— La déesse Vénus, dans sa grande bonté vient de te dire ce que tu devais savoir, retourne vers celui qui t'attend au dehors.

Je me sépare de la douce femme et dirige lentement mes pas vers la sortie. Urbicus est là, il m'attend à l'ombre et la jolie Flavia me sourit. Venant derrière lui sans qu'il me voie, comme une petite fille, je prends sa main rassurante, en ce moment mon esprit ne sait toujours pas où il est.

— Viens Urbicus, allons chercher Quintus.

— Vale Æmilia ! Salue pour moi Flavius quand tu le rencontreras et assure-lui toute mon amitié.

— Flavius ? Connais-tu mon Flavius ?

— Je crois oui, j'ai autrefois connu un potier nommé Flavius.

— Qu'est-ce qui te fait penser qu'il s'agit de mon Flavius à moi, ils sont nombreux dans l'empire à porter ce nom.

— Tous ne sont pas potiers à Rome, tous ne sont pas amoureux d'une Æmilia. Il a vécu peu de temps dans ma domus, ne faisant que parler de son amour pour cette esclave Æmilia. J'avoue aujourd'hui ne pas m'être bien comportée en ce temps-là, mais j'étais jeune et emportée par des désirs fougueux que je ne savais retenir. Sur ces conseils je suis venu ici pour, comme il le disait, trouver l'amour. Il m'a quitté pour te retrouver, vivez-vous ensemble ?

— Non, jamais je ne l'ai revu, il n'habite plus à Rome depuis bien des années et ses parents m'ont juste assuré qu'il vivait encore.

— Ils sont encore en vie ? Où sont-ils ?

— Après le Capitole, dans la rue des potiers, c'est la poterie des Helcarii.

— J'ignorais leur existence si près d'ici, chaque jour je vais prier la déesse afin qu'elle favorise votre rencontre.

— Merci, Flavia, je n'oublierai jamais tes douces paroles.

Descendant les premières marches, je marque un temps d'arrêt et me tourne vers l'entrée du temple, mon regard croise celui de la belle prêtresse et de sa charmante servante, je sens une vibration qui me traverse tout le corps, comme une sensation de froid qui me hérisse les poils ; jamais je ne pourrais l'oublier elle non plus. Cette femme qui appartient obligatoirement à une riche famille, quels rapports entretenait-elle avec Flavius ? Pourquoi l'a-t-il quitté pour fuir et s'engager dans une légion à la vie dangereuse et l'avenir incertain, je n'aurai sans doute jamais de réponse. Je suis inquiète, pour bien connaître les familles patriciennes, ma confiance en ses membres est toute relative, quelle part de sincérité exprime-t-elle quand elle me parle ?

— Dis-moi Urbicus, de quoi parlais-tu avec la servante du temple, la jolie Flavia.

— Oh ! De choses et d'autres, juste pour passer le temps.

— Je te trouvais bien heureux pour avoir juste passé le temps avec elle.

— Je ne pouvais pas lui faire la grimace, d'autant qu'elle s'est montrée fort aimable, comment repousser une telle personne ?

— Oui, je comprends bien, mais que te disait-elle ?

— Oh rien, des banalités.

— Hum… des banalités.

Je n'insiste pas, car je sens que je ne saurai rien de plus aujourd'hui, et puis à quoi bon, elle disait peut-être juste des banalités. Après avoir de nouveau traversé le forum, nous ne tardons pas à voir Quintus, sortant de la curie au moment où nous arrivons vers le Comitium, mais son regard sombre me donne l'impression que tout ne s'est pas passé pour lui comme il le voulait. Je n'ose lui demander une explication, mais Urbicus n'hésite pas à le faire, les deux hommes se connaissent depuis si longtemps.

— Maître, tu parais soucieux, as-tu des ennuis.

— Disons que les affaires marchent moyennement, toutes ces guerres nuisent à notre empire. Nous rentrons chez nous.

Pour les explications, je reste sur ma faim, mais j'ai bien entendu que nous rentrons, c'est une bonne nouvelle. Moi qui étais si heureuse de venir à Rome, je ne pense plus qu'à fuir cette ville, mon chez-moi est maintenant la domus de Quintus Arulenus, il ne manque que Flavius pour que mon petit monde soit parfait.

Pour mon expérience dans le temple, je ne dis rien à Urbicus, surtout de ma vision de lui et de celle que je tiens pour être son épouse et qui ressemble à la jolie Flavia, c'est un sujet bien trop délicat pour être abordé ici, en pleine rue. À bien y réfléchir, je crois que dans mon rêve je me suis trouvée à la place de sa petite fille, sachant bien que cela est impossible, mais j'aime le croire. Pourtant, après ce passage par le temple mon regard sur lui est soudainement différent, je prends conscience qu'en plus d'être laide, selon moi, je ne suis rien d'autre qu'une petite gourde. Quand je n'avais que treize ou quatorze ans, je me mettais nue devant lui, puis il me lavait et me parfumait, ensuite il m'aidait pour m'habiller et je trouvais cela très normal. Dans un sens, je n'avais pas tort, mais je fais toujours la même chose maintenant que je suis devenue une femme, alors que j'ai déjà un fils. C'est encore cette jolie Flavia qui est la cause de mon trouble, quand j'ai vu Urbicus lui sourire et la dévorer des yeux. J'ose à peine imaginer si elle n'avait pas eu sa stola blanche sur elle, si elle avait été nue devant Urbicus comme je le suis parfois. Certes elle est très belle, mais pas beaucoup plus âgée que moi, alors Urbicus me regarde-t-il avec des yeux gourmands ?

Tout en marchant, je sens mes joues devenir chaudes, je suis sûre qu'elles rosissent également. Je réfléchis et me demande comment Urbicus me perçoit quand il caresse mon corps, a-t-il pour moi le respect qu'un esclave doit à sa maîtresse, ou bien celui d'un père pour sa fille ? Peut-être les deux, ou bien rien de tout cela, à ces yeux je ne suis rien d'autre qu'une misérable fille qui se croit supérieure aux autres. Pourtant c'est totalement faux, je sais très bien d'où je viens et qui je suis réellement, je sais bien aussi que si Valens n'avait pas pris son plaisir avec moi, je serais encore chaque jour à genoux pour frotter la mosaïque. Je suis très gênée de ne pouvoir répondre à cette question qui n'a sûrement pas fini de me hanter, et de ne pouvoir lui dire combien je le respecte, lui.

La ville, les gens trop nombreux, tout cela me fait peur et je m'accroche à son bras pour ne pas être perdue dans cette foule grouillante.

*

* *

Les guerres Daciques

Flavius

Je ne suis pas encore un vétéran, pas non plus un débutant, mais un soldat expérimenté, c'est pourquoi je me trouve en première ligne. La première ligne de la première cohorte, place éminemment honorifique et très convoitée. Contre mon flanc gauche, je tiens serré mon scutum, afin de bien me protéger et, de ma main droite je serre la hampe de mon pilum, prêt à le lancer sur la première vague ennemie.

Je les vois venir vers moi, d'abord en marchant, puis maintenant en courant de plus en plus vite. J'occupe la meilleure place pour trembler de tous mes os, quel spectacle cette ligne humaine qui avance en hurlant des mots que je ne sais comprendre, tous faits pour augmenter ma peur. Sur mon côté droit, j'observe le primipile Valens, prêt à lancer son arme et à siffler son ordre de tirer la première volée de pila.

Lui, il ne semble pas trembler, concentré sur son devoir il attend l'exact moment pour nous faire agir avec le plus d'efficacité. Malgré mon entraînement de gladiateur et mon expérience des combats, je sens tout mon squelette vibrer au rythme des pas de la course ennemie. Je n'éprouve pourtant aucune peur de mourir glorieusement sous le divin regard de Domitien, mais en moi, une étrange excitation secoue mes membres, j'ai envie de combattre pour l'honneur de Rome.

Je vois le pilum de Valens le primipile, décrivant une longue trajectoire courbe, finir dans la poitrine d'un ennemi qu'il transperce de part en part avec son long fer. En même temps, mes oreilles perçoivent le sifflet de Valens et, lui obéissant grâce à un entraînement des plus disciplinés, mon bras droit jette son pilum, le joignant aux autres pour frapper le premier rang des adversaires qui s'écroulent juste devant moi pour entraver la course de ceux qui les suivent. Alors que mon regard se fixe sur cette foule hurlante, ma main droite saisit et sort mon glaive de son fourreau, par pur automatisme, lui aussi acquit par un long entraînement.

*

L'engagement fait rage depuis des heures, ma centurie, comme toutes les autres, est formée par huit rangées de légionnaires. Les soldats de la première ligne, après quelques minutes de combat, quittent leur place et reculent en huitième position. Avant que par ce jeu de rotation des lignes je me retrouve de nouveau sur la première, je dispose de précieuses minutes pour reprendre mon souffle. L'ennemi n'utilise pas cette technique pourtant aussi ancienne que les légions de Rome, mais qui demande un entraînement et une discipline que seuls les

Romains connaissent. Pour cette raison, leur fatigue est bien plus grande que la nôtre, entraînant de très lourdes pertes parmi leurs gens et sonnant le glas de leur défaite.

Enfin, alors que le soleil commence à courber sa trajectoire, affaiblissant sa lumière pour se poser derrière le lointain horizon, sans doute lassé par la guerre, le cliquetis des armes faiblit lui aussi. Notre victoire est complète, écrasante, je suis toujours en vie et je cherche le centurion Marcus Arulenus Valens. Il est là, couvert du sang ennemi, se frottant le front d'un revers de main, mais vivant. Sans savoir m'en expliquer la vraie raison, mon cœur a soudainement accéléré quand je l'ai aperçu, visiblement heureux qu'il n'ait pas succombé au champ d'honneur.

— Alors Valens, toujours en vie ?

— Comme tu le vois Flavius, ne t'en déplaise, les dieux n'ont pas voulu de moi aujourd'hui.

— Ne m'en déplaise ? Mais bien au contraire mon ami Valens, je suis très heureux de te voir encore sur pieds.

— Toi aussi tu m'appelles Valens, c'est une habitude, ou quoi ?

— N'est-ce pas le nom choisi par tes parents, afin de ne pas te confondre avec un autre ?

— Certainement Flavius, mais je n'aime pas vraiment être appelé de cette manière, cela me rappelle de lointains souvenirs.

— Tu m'en veux alors ?

— Bien sûr que non, je t'en voudrais surtout si tu

avais eu l'audace de partir sans moi gravir les pentes de l'Ida pour marcher seul sur les champs Élysée.

— Tu penses que je suis capable d'une telle chose ?

— De la part d'un ancien gladiateur, je m'attends à tout.

— Oui, certainement. Mais qui, autre que moi t'appelle donc Valens, pour que tu dises, une déplaisante habitude… tes parents ?

— Bof non… les esclaves de ma maison.

— Tes esclaves ? Ces gens dont la condition est si basse qu'elle peut passer sous la mosaïque de ton triclinium sans la décoller ; ils t'appellent Valens ?

— Je ne dirais pas cela pour tous, j'en connais qui méritent toute mon attention. Et toi Flavius, connais-tu un esclave qui mérite ton attention ?

— Oui !

— Qui est-il ? J'aimerais bien le savoir.

— Cela remonte à si longtemps, je n'ai guère envie d'en parler.

— Toi ! Flavius ! tu as été épris d'un esclave ? Je n'en crois pas mes oreilles, mais c'était peut-être… une esclave.

— C'est loin Valens, bien loin.

— Alors tu ne l'aimes plus ?

— Il ne passe pas un jour sans que je ne pense à elle, pas un jour sans que mon cœur ne soit torturé par son souvenir, mais c'est loin Valens, bien loin.

— Tu as dit… elle… donc c'est une esclave.

— C'est loin Valens, bien loin.

— Eh bien… si elle vit encore à ton retour en Italie, tu vas la retrouver et l'aimer de nouveau.

— En Italie ? Mon brave Valens, mais j'ignore où elle peut être en ce moment, et comme tu le dis justement… si elle vit encore.

— Évidemment ça complique les choses, si je peux, je t'aiderai à la retrouver. Garde espoir, elle est forcément quelque part.

— Plutôt que de croire à l'impossible, n'est-il pas plus sage de nous reposer de cette journée ?

— Tu as raison Flavius, allons ensemble nous laver de ce sang impur qui souille notre peau de Romains ; suis-moi !

— Je te suis.

En effet, je le suis jusqu'au bord de ce petit ruisseau, où tout le monde se lave. Regardant cette eau formée de milliers de petites gouttes qui se suivent, elles aussi, je me demande si elles savent où elles vont, ou bien si, comme nous autres légionnaires, elles se suivent par habitude et discipline. Je crois que chaque goutte reste sagement derrière celle qui est devant, mais peut-être aussi poussée par d'autres ; connaît-elle son destin ? Moi, comme un dieu pour elle je le connais, puisqu'elles vont arriver dans une rivière, que celle-ci va rejoindre un fleuve, et que ce dernier va bravement se jeter dans une grande mer aux eaux salées, où elles devront apprendre à affronter les tempêtes.

J'ignore bien où est ma rivière, mon fleuve et ma mer salée, et ce ne sont pas tous ces soldats, riant et parlant trop fort qui me donneront la réponse. Je me suis engagé pour me défiler de Flavia, comme un lâche j'ai fui devant cette femme alors que je m'étais juré de retrouver Æmilia. Une forte claque dans mon dos me sort soudain de mes pensées.

— Alors Flavius… tu rêves à ta belle esclave ?

— Oui, mais pas seulement.

— Oh la ! Qu'est-ce qu'il nous fait le beau Flavius ? Un si grand jour de gloire devrait au moins te rendre heureux, ne fais plus cette tête si triste et viens avec moi, sous la tente des officiers. Domitien nous offre des fûts de mulsum directement importés de Gaule, allons boire pour oublier tout ce sang versé.

Une fois encore je me laisse convaincre de suivre mon ami Valens, sous cette tente où déjà, les esprits échauffés par le vin commencent à faire la fête. Je n'ai pas pour habitude de boire du vin, mais aujourd'hui, je vais noyer mes souvenirs afin d'oublier Æmilia.

*

Avec Valens, nous avons bu chacun un pichet de cet excellent vin, la tête me tourne, mais loin de l'oublier, Æmilia est encore plus présente, elle vient jusqu'ici pour raviver ma cervelle ramollie. Parlant de tout et de rien, écoutant aussi les autres, notre conversation dévie immanquablement sur le sujet des femmes, si absentes dans cet enfer de feu et de sang. C'est moi qui commence à en parler le premier.

— Tu sais Valens, si tu connaissais celle que tu ap-

pelles ma petite esclave, je crois bien que toi non plus, tu
ne pourrais pas lui résister.

— À ce point-là ? Est-elle si belle que tu penses toujours à elle ? A-t-elle une belle poitrine qui emplie tes
deux mains, un corps de déesse qui te fait rougir quand tu
poses ton regard sur ses formes désirables ? Alors
Flavius, me diras-tu à quoi elle ressemble ?

— Æmilia n'est pas comme tu le dis, dans ma mémoire elle n'est pas une déesse, puisqu'elle n'avait que
onze ans quand je l'ai perdue.

— Il y a longtemps ?

— Il y a sept ans, déjà sept longues années à penser
à elle sans jamais pouvoir l'oublier.

Valens fait immédiatement un rapide retour arrière
dans sa mémoire, il calcule vite que son Æmilia à lui, a
été achetée à Rome par son père, il y a justement sept
ans. Pourrait-il se faire qu'elle soit la même pour les
deux ?

— Elle est comment ton Æmilia ? Est-elle une
blonde gauloise aux yeux clairs et à la peau blanche ?

— Non, rien de tout cela. Æmilia est une Romaine
ordinaire, sa peau est mate, mais assez claire ; ses yeux
sont marron et ses cheveux sont bruns. Tu vois, une fille
bien ordinaire.

— Et tu aimes cette fille bien ordinaire qui n'a rien
de plus qu'une autre ?

— J'aime ses sourires, le son de sa voix, ses yeux
pleins de vie qui se plissent quand elle rit de joie…
j'aime sa douceur, sa simplicité, et… j'aime tout en elle.

— Évidemment, avec un tel portrait, je peux moi aussi tomber amoureux d'elle.

— Si tu la rencontres un jour, je suis sûre que tu ne pourras pas rester indifférent.

— Oui, et comment je ferai pour la reconnaître, si elle ressemble tellement à une femme ordinaire.

— Tu ne la rencontreras jamais, mais si par tous les dieux, cela devait arriver, alors tu dois savoir. Elle a deux nævi, l'un sur son épaule droite, l'autre plus discret, sur le bas de son dos.

— Un nævus sur le bas de son dos dis-tu ? Et il est gros ?

— Pourquoi me demandes-tu s'il est gros ?

— Oh… pour ne pas me tromper.

— Pas forcément gros, mais on le voit très bien, en plein milieu, juste entre ses deux lombaires.

— Tu la connais dans le détail, je crois que tu ne me dis pas tout.

— Il n'y a rien de plus à savoir, c'est juste qu'elle faisait souvent sa toilette dans la cour et que de mon atelier je la regardais, alors qu'elle n'était vraiment qu'une enfant.

— Bien, si un jour je la vois, je te la ramène, mais en attendant il serait prudent de manger avant que les autres aient fini tous les restes.

Valens a tout compris, pour avoir savamment travaillé Æmilia avant qu'elle ne soit enceinte, il connaît parfaitement ses deux nævi décrits par Flavius. Mais comment maintenant annoncer à son meilleur ami, celui à qui il doit d'être encore en vie, que son amour de jeunesse n'est personne d'autre que la mère de son fils ?

Marcus Arulenus Valens décide à cet instant qu'il est préférable de ne rien avouer à son ami, la campagne de guerre n'est pas terminée, il ne doit pas se fâcher avec Flavius dans ces difficiles moments, mais pour autant, il ne peut non plus rester indifférent.

— Flavius, j'ai un service à te demander, veux-tu m'écouter ?

— Bien sûr, demande ce que tu veux et je ferais mon possible pour y parvenir.

— C'est très simple, tu vois ce médaillon autour de mon cou ?

— Oui, je le vois bien, je le connais depuis longtemps.

— Alors Flavius, si je meurs dans cette fichue guerre, je te demande de le rapporter chez mes parents. Tu demandes mon fils et tu passes le collier autour de son cou, puis tu veilles sur lui et sa mère.

— Ne dis pas de bêtises, tu ne vas pas mourir. Mais je ne savais pas que tu avais un fils et une épouse, tu ne m'as pas tout dit sur toi.

— Seuls les dieux savent notre avenir, es-tu prêt à exaucer mon vœu ?

— Tu peux compter sur moi, mais comment trouver ta famille ?

— Sicilia est une très grande île, située au sud de l'Italie, très facile à trouver. Une fois là-bas tu te rends dans la ville de Montalbano Elicona. Arrivé sur place, tu

demandes la famille des Arulenii à n'importe quel passant, il te dira comment les trouver.

— Je m'en souviendrai, mais ce n'est pas utile.

— Comment savoir ? Je te le répète Flavius, seuls
les dieux savent les choses avant nous, et comme nous allons rester cantonnés ici, la paix n'est pas encore acquise.

*

* *

Junius DCCCXXXIX[37]

Cette fois, nous y sommes. Cherchant de nouveau la guerre, le Roi Diurpaneus est paraît-il, parvenu à conclure une alliance entre les Parthes, les Sarmates et les Cattes, afin d'attaquer en force notre empire. Pour le contrer, Domitien a décidé d'envoyer le préfet des gardes prétoriens, Cornelius Fuscus, pour punir et conquérir les Daces, avec quatre légions. Dès ses premiers engagements, Cornelius Fuscus a connu quelques succès contre l'ennemi et Domitien a immédiatement célébré un triomphe à Rome, sûrement pour convier les dieux à continuer de soutenir notre armée, mais cela est peut-être un peu prématuré, voir présomptueux sur leur désir de vraiment nous aider.

Nous avons beaucoup marché, avec tout notre barda habituel, suivis par le long train des matériels qui accompagne chaque légion. Nous avons également subi quelques escarmouches sans gravité, mais qui chaque fois entament notre confiance. Heureusement, notre camp est rapidement monté et protégé par sa palissade ; ici nous ne craignons plus aucune attaque. Aussi étonnant que cela puisse paraître à un civil, une légion monte son campement en seulement deux heures, guère plus, selon la distance à parcourir pour apporter le bois.

Après que des spécialistes envoyés en éclaireurs ont repéré un endroit favorable, disposant de suffisamment de bois et proche d'un cours d'eau, le général ou le consul qui commande l'armée fait appel aux augures afin d'obtenir une divine confirmation, sur le choix de l'endroit. Si les avis sont favorables, la légion se divise en quatre groupes où les hommes sont tous à égale distance

37 Juin 86, année 839 de Rome.

les un des autres, ne laissant entre les groupes que deux espaces, l'un orienté du nord au sud, l'autre d'est en ouest et qui seront les deux voies principales du camp. Autour de la surface ainsi délimitée, un espace plus large est lui aussi compté afin de définir le contour de la palissade.

Ensuite divisés comme nous en avons l'habitude en groupes de huit hommes, nous commençons la construction de la manière suivante. Quatre hommes restent sur place, deux pour creuser le fossé autour du camp, deux pour récupérer la terre et former un monticule aplati qui recevra la palissade et servira comme chemin intérieur pour se placer derrière elle. Les autres hommes vont couper des arbres et rapporter leurs troncs, coupés à la bonne longueur et taillés en pointe. Chacun des groupes construit une courte longueur de palissade, mais tous ensemble, elle est vite montée. Pendant ce temps, les gens chargés du transport des matériels montent les tentes et installent les lits ; les cuisiniers s'affairent à confectionner le repas du soir ; les muletiers, après le montage des tentes, soignent leurs bêtes ; les forgerons réparent les voitures ; tout doit être de nouveau prêt pour le lendemain, si nous devions repartir. Au centre, à la croisée des voies principales est réservée une surface sacrée. Comme à Rome elle porte le nom de prætorium, c'est l'endroit où est établi le commandant de la légion, c'est aussi à cet endroit que la justice peut être rendue et que les condamnations sont exécutées. En territoire ennemi, les légions montent un camp nouveau chaque jour, rien n'est laissé au hasard, tout est prévu et bien rodé.

Appartenant toujours à la première cohorte, je suis en cas de conflit au plus près de la ligne de front. Avec Marcus Arulenus Valens, nous formons un bon duo, toujours à blaguer pour une raison ou une autre, mais toujours avec la crainte que l'un de nous deux manque à l'appel après un engagement. Pour ces jours-ci le temps est au repos et nous nous occupons à améliorer les techniques de combat, nous formons les plus jeunes, ceux qui n'ont pas encore beaucoup d'expérience afin qu'ils soient vaillants et forts.

J'apprends aux plus craintifs comment mourir avec dignité, comme sait le faire un gladiateur. Sans chercher cette issue fatale, il convient de s'y préparer chaque fois que nous sommes amenés à combattre un adversaire souvent très dur. Bien que ne faisant pas état de cette ancienne activité, tout finit par se savoir un jour, et de fait, ma qualité de champion est maintenant sue de tous. Sans en avoir parlé, j'ai été trahi par les cicatrices qui ornent épaule et omoplate gauche de bien des gladiateurs. Contrairement à ce que je pouvais redouter, les jeunes sont plutôt impressionnés d'affronter un champion de l'arène, sans toutefois encourir la mort, et même que cela les motive pour être meilleurs.

Lors de notre dernier combat contre des Parthes, les jeunes qui avaient suivi mon entraînement se sont bien fait remarquer par la qualité de leur prestation. Tous âgés d'environ seize ou dix-sept ans, ils ont été poussés au front quand l'engagement définitivement tourné en notre faveur, commençait à faiblir. Cela leur permet un contact réel avec un ennemi qu'ils peuvent anéantir, le tuant sans pitié ils apprennent à vaincre au nom de Rome et sans déplorer de perte dans leurs rangs. Cette technique est extrêmement efficace pour la légion, car avant qu'ils n'arrivent dans les premières cohortes ils seront des soldats aguerris difficiles à battre, et en tout cas, impossibles à faire reculer en abandonnant le terrain à l'ennemi.

Tout cela, parce que nous attendons le retour du préfet avec deux légions en renfort, afin d'attaquer et détruire notre ennemi, mais les jours passent sans nouvelles. Venant de Rome, Fuscus met plus longtemps que nous pour parvenir ici, alors nous avons ordre d'attendre son arrivée.

*

Attendre c'est bien, mais il s'est écoulé un mois depuis que notre camp est monté sans que rien ne vienne troubler notre entraînement, mais ce matin un courrier entre en trombe et se dirige droit vers le pomerium. Avec Valens nous le regardons passer au galop, il doit s'agir d'une importante nouvelle, peut-être l'arrivée imminente de Cornelius Fuscus. L'homme saute de son cheval et se présente sans perdre de temps à l'officier des gardes. Cette fois nous allons savoir ce qu'il en est, l'entraînement va porter ses fruits.

Rapidement il y a de l'agitation, puis les centurions sont convoqués sous la tente de notre général. J'écoute attentivement et en silence, ce qui nous est dit, de toute façon personne d'autre ne dit mot, abasourdi par la nouvelle. Cornelius Fuscus ne viendra pas avec ses renforts, il est tombé dans une embuscade et ses deux légions ont été détruites, lui-même a été tué par le nommé Diurpaneus. Cette guerre a eu lieu dans un endroit nommé Tapae[38], un nom à retenir pour une future vengeance.

Je suis triste d'apprendre que parmi ces hommes, il y avait la Legio V Alaudae, celle-là même qui avait été

---

38 Village de Valachie près de l'actuelle Bucova en Roumanie.

créée par le divin Jules César lors de sa conquête des Gaules. Cette légion était presque entièrement formée par des troupes gauloises, mes ancêtres étant eux-mêmes originaires de ces provinces, j'ai un pincement au cœur à songer qu'ils sont tous morts.

Quoi qu'il en soit, notre ennemi doit se sentir le plus fort, capable de battre les légions de Rome. Maintenant nous savons qu'il ne nous est plus possible de lui opposer une résistance suffisante, alors nous devons quitter cet endroit avant qu'il n'arrive en force et nous anéantisse à notre tour.

Mes pensées ne devant pas être uniques, nous ne tardons pas en effet à lever le camp pour rejoindre la région de Mésie. Notre chemin du retour est bien aussi difficile que celui de l'aller, exception faite, que nous ne subissons aucune attaque menée par les Daces. Nous intégrons notre camp d'hiver, sûrement là pour un bon moment encore. Nous étions partis pour la victoire et nous rentrons avec le goût amer de la défaite, sans même avoir combattu aux côtés de nos frères d'armes, mais leurs morts seront toutes, un jour vengées.

*

* *

Æmilia

Depuis notre retour de Rome, Quintus a changé, arborant volontiers un air triste qu'il ne quitte que pour me sourire, faisant semblant que tout va pour le mieux, mais je ne suis pas dupe, quelque chose s'est passé lors de notre séjour. Pour moi c'est un peu pareil, mes rapports avec Urbicus se sont resserrés, j'aime sentir ses mains sur moi, son contact autant que sa présence me rassurent, suis-je amoureuse de lui ? Je n'ai pas envie de répondre à cette question, Valens n'est jamais revenu et Flavius occupe toujours mon cœur, aimer Urbicus serait sûrement les trahir tous les deux, et je n'y tiens pas.

Puis il y a Ananie, qui maintenant mène une vie de princesse dans sa belle maison achetée en bordure de la ville. Elle possède toujours sa boutique acquise pour elle par Urbicus, mais elle a bien su faire profiter ses affaires. Elle dispose de plusieurs scribes à son service, travaillant comme elle le faisait autrefois, mais c'est surtout son commerce de produits exotiques qui l'a enrichie en quelques années. Le continent africain n'est pas très loin, son commerce est florissant et je suis heureuse pour elle.

Tiens, je parle d'elle et la voilà qui arrive avec son éternel sourire aux lèvres. Cette fille est radieuse, très belle, bien plus belle que moi et portant si bien ses belles stolae aux multiples couleurs, que même les statues de l'allée baissent leur regard sur son passage. Pourquoi ne suis-je pas comme elle ? Évidemment, je ne suis pas

Grecque, et ce n'est pas moi que l'on prend comme mo-
dèle pour les statues.

— Ave Æmilia ! sais-tu où est Urbicus ?

— Ave Ananie ! Oui, il est ici dans sa petite maison, je viens juste de le quitter.

Au son de notre conver-sation, Urbicus sort de sa ca-bane, visiblement très heureux de la voir parmi nous. À son regard éclairé et son si rare sourire je comprends qu'il est amoureux de la belle princesse, et Ananie de se pendre à son cou pour l'embrasser sans retenue. J'ai vu juste, ces deux-là, loin d'être indifférents sont épris l'un de l'autre. Dans les premiers instants, je suis simplement aussi sur-prise qu'heureuse de les voir, mais comment tenir ma langue qui me démange, chatouillée par mille questions que je ne pourrais toutes poser.

— Alors Urbicus, dois-je comprendre que tu vas m'abandonner pour aller avec Ananie ?

— Bien sûr que non, que vas-tu chercher ? Viens ma fille, viens dans mes bras te serrer contre mon cœur.

Viens dans mes bras qu'il me dit ? C'est ce que je fais sans tarder, je blottis ma tête entre eux et je les serre par leur taille. Dans mon bras droit Urbicus a un corps dur et des muscles fermes, mais dans mon bras gauche, la taille d'Ananie est bien plus fine, bien plus tendre égale-ment. Ostensiblement j'appuie ma joue contre la belle poitrine qu'elle présente sous mon nez, je suis plus petite qu'elle, et j'enfouis mon visage comme entre mes deux parents que je ne connais pas. Ananie me caresse doucement, alors je lève mon visage vers elle et lui montre mes yeux sûrement rougis, je sens des larmes couler sur mes joues. Le temps d'un instant, j'ai eu le sentiment d'avoir vécu le plaisir jamais connu d'être aimée par mes parents. Poussée par un sentiment trop fort, je pose mes lèvres sur le sein bombé qui m'est offert, l'embrasse avec une infinie douceur et me dégage soudain.

— J'ai à faire, je vous laisse à vos amours.

— Reste Æmilia ! dit Ananie qui ne m'en veut pas pour le baiser volé, mais je me sens de trop, je ne peux rester entre eux et faire ainsi barrage à leur amour, moi je suis triste et je veux rester seule.

Urbicus vient pour la première fois de m'appeler « sa fille », et j'ai bien entendu ces mots qui ont réchauffé mon cœur. Pour autant mes deux hommes, Valens et Flavius sont ensemble, je le sais maintenant avec certitude, mais toujours en guerre et je risque bien de ne jamais en revoir aucun des deux. Mon fils perdra son père et mon cœur perdra celui pour qui il bat chaque jour, comment être heureuse ?

Décidée à rejoindre Quintus Arulenus, qui sans aucun doute est avec mon fils Marcus pour lui enseigner l'art de l'écriture, ainsi que celui plus difficile encore qu'est l'art de la rhétorique, selon les meilleurs travaux des philosophes grecs. Rompant mes pensées, un courrier aux armes du sénat vient avec précipitation dans ma direction. En d'autres circonstances, son comportement pourrait me faire peur, mais je me suis habituée à les voir venir ici.

— Ave noble Maîtresse ! Peux-tu me dire où trouver le sénateur Quintus Arulenus ?

— Ave messager ! Suis-moi, je vais te conduire.

Il tombe bien celui-là, c'est justement chez Quintus que je me rendais. Je marche d'un pas rapide, car curieuse d'en savoir plus, mais l'homme paraît encore plus pressé que moi de délivrer son message.

— Ave Quintus ! Cet homme prétend avoir un message important pour toi, désires-tu le recevoir ?

— Oui, bien sûr. Ave Æmilia, fais-le entrer je te prie.

Je convie le messager à entrer dans le tablinum de Quintus, ce qu'il fait avec une certaine appréhension, car son client est un homme important.

— Veux-tu que je me retire ?

— Non, reste ma fille.

Encore « ma fille », décidément c'est le jour, pour une orpheline, bientôt j'aurai un père pour chaque situation. Mais je ne devrais par en rire, Quintus me fait un grand honneur de me demander de rester alors qu'il ignore ce que le messager vient lui dire.

— Eh bien ! Parle, nous t'écoutons !

— Je dois te dire que le centurion primipile Marcus Arulenus Valens est à Rome et qu'il va bientôt être ici. J'ajoute qu'il sera en compagnie de son frère d'armes Flavius Helcarius et qu'il souhaite qu'un accueil digne d'un héros lui soit réservé.

— Un accueil digne d'un héros ? Mais pour qui donc ? demande Quintus intrigué.

— Pour le centurion Flavius Helcarius sénateur.

— Ah oui, bien sûr. Mais qui est cet homme, le sais-tu ?

— Non ! Sénateur, mais le bruit court qu'il a sauvé le primipile Marcus Arulenus lors d'un terrible combat et que suite à cela, ils sont devenus frères.

— C'est parfait, je vais tout préparer pour leur venue ici. Tu peux te retirer.

— Ave sénateur !

— Æmilia !

— Oui ?

— Tu as entendu ce que cet homme vient de dire ?

— Oui, j'ai entendu.

— Pourquoi cette tête, n'es-tu pas heureuse ?

— Si, bien sûr, mais cette nouvelle me surprend tellement que je ne sais plus quoi penser. Il y a si longtemps que je ne l'ai pas revu.

— Je comprends, repose-toi un moment et raisonne tes sens, cela ira mieux après.

Repose-toi, il en a de bonnes lui, ce n'est pas de repos dont j'ai besoin, mais j'aimerais savoir comment je vais faire quand Valens voudra me présenter son ami Flavius. Au pire je deviens folle, au mieux je m'évanouis, dans les deux cas je ne suis pas bien dans mon rôle d'hôtesse. Je vais aller voir Urbicus, une fois encore il va m'aider par sa sagesse, j'en suis sûre.

J'entre dans sa cabane, mais elle semble vide. Il doit comme à son habitude faire une petite sieste, les courriers même urgents ne l'intéressent pas, fussent-ils du prince lui-même, mais l'affaire est assez importante pour le déranger, alors je pousse la porte de son cubiculum. Je n'ai pas le temps de dire que je suis ici, que je découvre mon ami Urbicus avec Ananie. Tous les deux nus comme des vers et amoureusement enlacés. J'avoue que cela me fait grand plaisir, au moins autant que ma présence soudaine les surprend.

— Ne vous inquiétez pas pour moi, cela ne me dérange pas de vous voir heureux ensemble.

— Que veux-tu Æmilia ? me demande Urbicus en se couvrant avec son drap. Tu me trouves dans une situation gênante pour moi.

— Non, reste Ananie, ne pars pas, lui dis-je en tendant une main vers elle. Cette situation n'a rien de gênant Urbicus, tu aimes Ananie et je le sais depuis longtemps, je suis heureuse de vous trouver ensemble.

— Alors que veux-tu ?

— J'ai besoin d'un conseil, vous seuls pouvez m'aider.

— T'aider ? dis toujours.

— Urbicus, tu te souviens de la maison que nous avons visitée à Rome ?

— Oui, je m'en souviens, la maison d'un potier, pourquoi ?

— Il va venir ici.

— Qui ça, il va venir ici ?

— Eh bien ! Valens et son ami Flavius.

— Valens vient ici, c'est chez lui, je ne vois pas de problème à ça. Et son ami Flavius, en quoi cela est-il un problème ?

— Tu ne te rappelles pas ? La poterie à Rome, celui que je voulais voir ?

— Bon sang, tu veux dire que… je te comprends maintenant.

— Et moi ? demande Ananie, je peux savoir de quoi vous parlez ?

— Allez, Æmilia, raconte-lui.

Il faut que je dise tout, oui, sans rien cacher, mais je ne suis pas fière de moi.

— Lorsque j'étais encore tout à la fois une esclave et une enfant, j'appartenais à un boulanger et j'étais promise en mariage avec le fils de notre voisin. Tout allait pour le mieux jusqu'au jour où Quintus Arulenus m'a acheté et conduite ici. Ensuite c'est Marcus Arulenus qui a fait le reste en me donnant un enfant de lui, ce qui a conduit le sénateur à m'affranchir et à me compter parmi les membres de sa famille.

— C'est très bien Æmilia, dit Ananie, où est donc le problème qui semble te troubler ?

— Eh bien voilà, justement je devrais dire, le voilà qui arrive en compagnie de mon époux. Celui qui devait être mon mari va entrer dans cette maison et me découvrir telle que je suis devenue, je ne sais où me mettre.

— Écoute-moi Æmilia, fais comme une princesse, reste fière devant celui qui se présente à toi, efface tes sentiments et accomplit la volonté des dieux.

— Facile à dire, mais je ne suis pas une princesse, moi.

— Comment s'appelle-t-il cet homme ?

— Flavius !

— Flavius t'a peut-être oublié, sans doute ne pense-t-il plus à toi depuis bien longtemps.

— C'est impossible !

— Tu en es certaine ? Tu jurerais devant les dieux qu'il pense encore à toi après bien des années de guerres ?

— Oui, je suis certaine qu'il ne m'a jamais oublié.

— Et toi ? L'as-tu oublié ?

— Jamais, cela non plus n'est pas possible.

— Alors je comprends, fais comme ton cœur te le dira, mais avant toute décision laisse passer un peu de temps pour réfléchir, ne commets pas d'erreur par précipitation sans être parfaitement sûre des sentiments de Flavius pour toi, s'il en a encore.

— Mais que dois-je faire quand ils vont se présenter à moi ? Alors que je ne rêve que de me jeter dans ses bras et lui offrir mon corps, tu crois que je pourrais ignorer Flavius comme s'il n'était qu'un inconnu ?

— Certes non, puisque tu le connais, salue-le comme un ami, un ami de longue date et personne ne trouvera rien à dire.

— Je vais faire comme tu me le dis.

— Nous serons près de toi pour te soutenir, n'aie aucune peur Æmilia.

*

Ce matin, je suis étrangement prête de bonne heure, mon fils Marcus également, car il va voir son père pour la première fois de sa vie. Je suis très anxieuse de savoir ce qui m'attend dans peu de temps, mais Ananie m'a bien conseillé de ne rien laisser paraître.

Lorsqu'un esclave avertit le sénateur Quintus, nous sortons dans la cour pour recevoir nos hôtes, je sens la pression qui monte dans mes veines et la panique qui fait trembler mes membres, mais je ne dois rien laisser paraître, c'est impératif.

— Maman, ta main est toute mouillée, tu as trop chaud ? me demande Marcus.

— Oui mon fils, j'ai chaud dès le matin et je suis impatiente de voir ton père.

— Ah ! c'est pour ça.

— Oui, c'est sûrement pour ça.

Quatre cavaliers paraissent enfin, pourquoi quatre alors que nous en attendions deux ? J'espère qu'il n'est rien arrivé de fâcheux à Valens et Flavius. À peine sont-ils entrés dans la cour, que des esclaves se précipitent pour tenir les montures, puis les cavaliers mettent pied-à-terre. Les chevaux sont menés à l'écurie et chacun ajuste sa tenue, secoue la poussière et enfin nous fait face. Quand ils marchent dans notre direction, je remarque celui le plus à droite, à sa stature et sa démarche je reconnais Valens, un peu plus petit que les autres et se dandinant d'un pied sur l'autre comme un ourson. En arrière il y a deux hommes qui semblent simplement suivre, mais à la droite de Valens, le grand, celui qui a le torse bombé et les larges épaules… c'est Flavius… c'est mon Flavius. En un instant je sens les larmes qui emplissent mes yeux et troublent ma vue, je serre les dents et ma gorge se noue douloureusement, Vénus n'a rien lâché des liens qui nous unissent pour la vie. J'ai envie de courir et de lui sauter au cou, mais ce serait signer notre arrêt de mort à tous les deux, alors je me retiens et pense à la princesse Ananie, que ferait-elle à ma place ? Elle ne laisserait rien paraître.

Marcus Minor a couru quelques pas en avant, mais ne reconnaissant personne il s'est arrêté et attend de savoir qui est son père. Évidemment Valens n'hésite pas un instant, il le prend dans ses bras et l'embrasse très amoureusement. Le soulevant avec ses puissants bras de soldat il le montre aux autres comme un trophée, le secouant comme un prunier tellement il est heureux de voir son fils.

À côté de lui, Flavius me dévisage, incertain de savoir qui est celle qu'il voit ici et dans cette riche maison, vêtue comme une maîtresse avec une esclave à mon côté, prête à obéir au moindre de mes désirs. Il n'avance pas plus, sachant lui, comment se tenir bien dans une pareille circonstance, ainsi il fait la moitié du travail que je craignais tant.

Valens repose Marcus Minor sur le sol et s'approche de moi, me prend par les épaules, me serre contre lui et m'embrasse tendrement. Puis il s'écarte et, me désignant Flavius il fait les présentations.

— Je te présente mon très fidèle ami Flavius Helcarius, sans qui je ne serais pas ici aujourd'hui. Approche Flavius ! lui dit-il en tirant son bras pour le mener vers moi.

Flavius esquisse un sourire à mon encontre sans baisser son regard, il fait un pas en avant, prend ma main droite qu'il porte délicatement à ses lèvres. Je suis si émue que je sens mon esprit vaciller, je serre ses doigts épais, plantant mes ongles dans sa chair sans le faire gémir. Une sueur froide coule dans mon dos, je sens une grosse goutte descendre jusqu'à ma ceinture, provoquant sur moi un frisson dont je ne saurais dire s'il est de peur ou de joie.

— Ave Æmilia ! Je suis heureux de te voir en si bonne forme.

— Ave Flavius ! Mon cœur est comblé par ta présence, lui dis-je en retour, au grand étonnement de Valens qui nous voit soudain comme des inconnus.

— Vous… vous vous connaissez déjà ?

— Oui Marcus Arulenus Valens, je connais Flavius depuis toujours, lui dis-je d'un ton si neutre qu'il ne semble pas venir de moi.

— Et toi Flavius ? Tu ne dis rien ? demande Valens à son ami.

— Que puis-je dire Valens, ma surprise est si grande que les mots me manquent, mais il est vrai que nous nous connaissons depuis toujours.

— Pour une surprise, c'est une surprise. Fut un temps j'avais cru la chose possible, mais depuis, nous n'avons jamais approfondi le sujet, alors je n'y pensais plus. Quelle chose extraordinaire, ta petite Æmilia que tu croyais perdue à jamais est ici, elle est chez moi et elle est mon épouse. Tu as raison Flavius, les dieux s'amusent bien avec nous, ils se rient de nos aventures voulues par eux. Et toi Æmilia, qu'en dis-tu ? N'est-il pas surprenant de voir ici celui qui avant chaque combat remettait son âme aux dieux, en les priant de te protéger du malheur.

Mon bon Valens, que veut-il que je lui dise alors qu'il me présente l'amour de ma vie, celui pour qui je suis encore prête à tout donner, à tout céder. Je ne peux et ne dois lui dire mes pensées, il en serait vexé et cela ne serait pas juste pour lui, car il est aussi un brave homme. Heureusement j'ai un secours prévu tout près de moi. Je me tourne vers Ananie et lui prends la main.

— Flavius, je te présente la Princesse Ananie, elle est ici mon amie et je lui dois beaucoup.

— Par tous les dieux ! Une princesse, quel honneur d'être présenté à Sa Majesté.

— Ne ris pas Flavius, j'ai dit la vérité. Je te présente aussi un autre ami très cher, un terrible gladiateur qui n'a peur de personne.

— Te voilà donc bien entourée, j'espère que tu auras le temps de me raconter comment tu es parvenue à devenir une si belle Romaine, avec une vraie princesse comme dame de compagnie et un gladiateur comme garde du corps.

— Je te dirai tout, à toi je dirai tout ce que je sais.

— Mes amis, ne restons pas ici, entrons dans ma maison, dit le Sénateur Quintus, à seule fin que je puisse devant les dieux prouver que je suis un hôte digne de votre présence.

Quintus Arulenus rompt les présentations, ce qui est fort heureux pour moi, car je sentais l'envie irrésistible de sauter au cou de Flavius, de mon Flavius. Enfin les dieux dans leur grande bonté l'ont placé devant moi, il a touché ma main, j'ai senti ses lèvres toujours aussi douces caresser ma peau, et une tiède chaleur envahit mon corps.

*

Trois jours entiers sont passés, chacun a fait connaissance avec les autres et j'ai retrouvé mon époux. Lui, Valens, il a fait connaissance avec son fils qui ne le quitte pas une minute, il est tellement fier de son père avec sa belle tenue d'officier au cuir ciré et au métal brillant avec le soleil. Mais moi, je me sens mal dans ma peau, je sais Flavius tout près de moi et je ne peux l'atteindre. Si le risque n'était pas aussi grand pour lui, je crois que je serais prête à offrir ma vie à Vénus afin qu'elle nous unisse pour l'éternité.

— Æmilia !

— Oui Valens, je suis ici.

— J'ai à te parler, veux-tu m'écouter sans dire un mot pour m'interrompre ?

— Parle, tu es mon Maître, tu n'as pas à me demander de t'écouter.

Que me veut donc Valens, je suis soudainement inquiète, mais il ne lit tout de même pas dans mes pensées ?

— Assieds-toi Æmilia, ne dis plus un mot… Je t'ai voulue comme épouse pour que tu me donnes un fils, un héritier, et tu l'as fait, mais je n'ai pas pour toi l'amour que tu portes à Flavius.

Je tente de me lever pour protester, mais Valens me tient fermement par le bras et m'arrête net dans mon élan.

— Non Æmilia, ne conteste pas. Depuis que je suis arrivé je vois, je lis dans ton regard tes sentiments pour Flavius, toujours aussi vifs qu'ils devaient l'être autrefois. Je n'en suis pas attristé, car je sais que tu étais sa promise avant que mon père ne t'arrache à lui. Comprends aussi que pour un autre homme ma colère serait justifiée, ma jalousie aussi, mais j'aime Flavius autant que je puisse aimer un autre homme. Il a sauvé ma vie, c'est vrai, mais là n'est pas la seule raison, de lui j'ai tout appris. Sache si tu l'ignores encore, que Flavius a été gladiateur, il a été un grand champion adulé par toutes les femmes de la bonne société romaine, il aurait pu, il aurait dû, t'oublier comme n'importe quel autre homme l'aurait sûrement fait à sa place. Mais au lieu de cela, chaque jour il priait pour ton bonheur, chaque jour il demandait aux dieux de te venir en aide, et chaque jour il implorait Vénus de te protéger, jamais je n'ai vu un homme si épris d'une femme au point d'en oublier sa propre vie. Demain nous partons de nouveau pour la guerre et j'ai un mauvais pressentiment, je crois que l'un de nous ne reviendra pas cette fois, alors va le voir.

— Valens, que me demandes-tu là ?

— Va voir Flavius, fais ce que tu dois faire, mais obtiens de lui que mon fils ne soit pas abandonné.

— Je vais aller le voir Valens, je vais aussi obtenir sa protection pour notre enfant s'il devait t'arriver malheur, mais tu dois savoir que cela n'est pas un sacrifice pour moi, tu comprends ?

— Ma chère Æmilia, je sais fort bien où je te demande d'aller, demain nous partirons de bonne heure, alors sois près de ton époux et de ton fils avant notre départ.

— Merci ! Marcus Arulenus Valens.

Penaude, je quitte la pièce en laissant derrière moi celui que je découvre pour la première fois comme un homme véritable. Un jour il me demandait de retirer ma tunique et me culbutait sur le bord d'une table, il n'était qu'un gamin. Aujourd'hui la guerre a fait de lui un guerrier, un serviteur des dieux et de Rome, un homme capable par amour pour son frère d'armes de lui offrir son épouse.

*

* *

Errare humanum est, perseverare diaboli-
cum.[39]

Été DCCCXLI[40].

Flavius

Depuis notre retour de Sicile, Valens et moi n'avons jamais abordé ou fait la moindre allusion à cette nuit où il m'avait offert Æmilia, pour que selon lui, nous fassions nos adieux dans la plus stricte intimité. Jamais il ne m'a posé une seule question, pourtant il ne peut ignorer que si je lui ai raconté ma vie passée loin d'elle, je l'ai aussi aimée comme un fou. Nos corps unis par la volonté de Vénus et sous sa divine protection se sont confondus pour l'éternité.

Nous sommes depuis plus d'un an dans cet endroit coupé du monde, de notre monde, mais aujourd'hui notre légion a repris la route vers la victoire et la gloire qui l'accompagne. Un nouveau général a été nommé par Domitien, un certain Lucius Tettius Iulianus. À la tête d'une nouvelle armée, il nous a rejoints ici, pour porter la guerre chez les Daces.

Cette fois la stratégie est différente, c'est une armée bien constituée qui a fait route vers Viminacium[41], la ca-

39 L'erreur est humaine, persévérer est diabolique.
40 Été 841 de Rome, année 88 de notre ère.

pitale de Mésie, avant que ne commence une nouvelle campagne.

Nous, si je puis dire, nous habitons depuis longtemps à Viminacium, et l'armée venue en renfort est un gage de succès. Peu de temps après l'arrivée de Lucius Tettius, le camp s'est vidé de sa substance, tous les hommes sont prêts pour la vengeance, les tentes et le matériel chargés, le train des bagages est prêt lui aussi pour prendre la route.

Après une longue marche aux multiples difficultés, impossibles à décrire, il y avait sur notre chemin un grand fleuve, large et aux eaux profondes, que nous avons traversé pour parvenir dans la plaine de Caransebes[42]. Proche de cet endroit, le fleuve est bordé de hautes falaises sur une longueur que notre regard ne peut cerner, et que nous nommons, les portes de fer[43]. Nous avons traversé ce grand fleuve sans trop de difficulté, comme les Romains savent si bien le faire. Deux grosses cordes ont été tirées entre les deux rives du fleuve, ensuite, de nombreux bateaux ont été attachés avec ces cordages et liés entre eux. Sur les bateaux, un ponton a été construit, permettant ainsi le passage facile et rapide pour l'armée, y compris sa cavalerie.

Malgré les attaques incessantes des Daces, notre armée est parvenue à cet endroit dans le cours de l'automne, alors nous avons monté un camp d'hiver. Cette région bien plus froide que nos campagnes d'Italie ne

---

41 Sous l'Empire romain, Viminacium était une des villes les plus importantes de la province de Mésie (aujourd'hui la Serbie) et la capitale de la *Mésie supérieure.*
42 Ville de Roumanie, elle se situe au pied des Monts du Banat
43 Gorges du Danube formant une frontière entre la Serbie et la Roumanie. Environ 135 km de long.

permet pas de guerroyer durant les mois où les jours sont les plus courts, seuls quelques groupes Daces tentent de temps à autre un harcèlement sans succès, plus fait pour nous déranger que pour nous chasser.

*

En cette fin de journée, près de la ville de Tapae, c'est une victoire écrasante qui met fin aux combats, Rome a vengé ses fils et détruit l'ennemi. Cette journée de gloire se termine bien pour nous, mais ce soir pourtant je ne fêterai pas la victoire avec mon ami Valens, il nous a quittés pour gravir seul les pentes de l'Ida, seul en héros il parviendra sur l'Olympe. Je suis affreusement triste de savoir que jamais je ne lui parlerais plus, jamais nous ne rirons encore ensemble. Autour de mon cou, le lacet de cuir est toujours présent, avec le médaillon d'argent que je serre dans ma main et que je devrai un jour donner à Marcus Arulenus, le fils de Valens.

J'ai placé dans un beau coffre les dépouilles de Valens : sa cuirasse en cuir ornée de motifs en bronze rappelant ses faits d'armes, son magnifique casque, sa ceinture à Ptéruges dont aucun légionnaire ne saurait se séparer de son vivant, son pugio finement travaillé et orné d'or et d'argent, son glaive avec lequel il a si souvent défendu la gloire de Rome, et ses deux ocreae et sa manica. Demain, après l'incinération de son cadavre j'ajouterai l'urne contenant ses cendres et je cèlerai le coffre pour l'offrir à sa famille.

Des groupes de cavalerie ont poursuivi l'ennemi afin d'anéantir les fuyards, mais rapidement ils ont abandonné toute chasse. Pourtant il serait bon de suivre ce qui reste de l'armée de Décébale pour lui asséner le coup de grâce, celui qui achève pour longtemps tout ennemi de l'Empire. Le général Lucius Tettius Iulianus pourtant met une fin prématurée au conflit, craignant sans doute son prolongement jusqu'aux mois d'hiver qui rendraient difficile, voire impossible une nouvelle traversée des portes de fer. Dans cette éventualité nous serions obligés de tenir jusqu'au printemps de l'année suivante, dans des conditions de survie dangereuses nous mettant à la portée d'une vengeance Daces. Décébale a été vaincu et son armée décimée, mais il n'est pas mort, alors il peut revenir sur nous sans prévenir.

Nous sommes donc repartis sans précipitation, nous avons de nouveau traversé le grand fleuve et nous avons repris nos places dans le camp d'hiver. Cela fait onze longues années que je suis dans la légion, j'envisage donc un retour au pays en passant par Sicilia afin de remettre mon encombrant coffre à la famille Arulenus.

Il me reste normalement cinq ans avant de prétendre à une retraite, un départ anticipé me faisant perdre mes droits, mais j'ai de l'argent de côté et mon père a toujours son atelier de poterie. Pourtant, après avoir fait une demande exceptionnelle à l'empereur, je reçois un courrier des plus heureux. Grâce à la grande affinité connue de tous et qui me liait à Valens, fils héroïque de la Gens Arulena, et aussi à ma carrière d'officier, j'obtiens l'autorisation de partir prématurément sans perdre mes droits. Je mets donc à profit cette opportunité pour plier mes bagages, faire mes adieux à mes compagnons de combats et quitter cette région au triste souvenir. Dans deux mois je serai à Montalbano, j'accomplirai ma dernière mission et commencerai une nouvelle vie, mais laquelle, avec ou sans Æmilia ?

*

* *

Flavius en Sicile

Deux mois auront suffi à Flavius pour arriver en Sicile, accompagné d'un âne pour porter ses bagages. Il parcourt le pays Thraces et la Macédoine, embarque pour franchir l'Adriatique et débarque à Brundisium. De là il traverse le bas de l'Italie et joint par mer l'île où vit Æmilia. De ce parcours, il en connaît déjà les grandes lignes pour l'avoir fait avec son ami Valens, mais il est seul devant la porte de la domus Arulena.

Comment va-t-il être reçu cette fois-ci, sans la présence du fils de la maison. Bien sûr le sénateur Quintus Arulenus sait déjà pour la mort de Valens, mais la venue de Flavius n'est-elle pas une injustice, voire une injure pour la famille endeuillée ? De toute manière il détient les dépouilles de son ami ainsi que ses cendres, il ne peut donc agir autrement qu'en frappant sur la porte, et c'est ce qu'il fait.

Un instant d'attente suffit avant qu'un esclave ne lui

ouvre le passage, reconnaissant Flavius comme un ami de la famille il l'invite simplement à le suivre, et l'âne suit son maître. Dans la cour il n'y a pas âme qui vive, en ce début d'après-midi, la chaleur est trop élevée et tous ceux qui le peuvent restent à l'ombre.

— Attends ici ! Je vais chercher mon maître, dit l'esclave.

— Va, je ne bouge pas, répond Flavius.

À peine deux minutes suffisent et Flavius voit le sénateur qui arrive à pas pressés, suivit par Æmilia qui le talonne. Quintus fait une triste mine, vêtu d'une simple tunique blanche ornée d'une bande pourpre il fait crisser le gravier sous ses sandales aux semelles de cuir. Æmilia porte sur elle une stola légère de couleur blanche également, sur sa tête un foulard bleu foncé, à ses pieds des sandales en cuir bleu comme son foulard.

— Ave centurion Flavius Helcarius ! Sois le bienvenu dans cette maison, lui dit d'une voix assurée le sénateur Quintus Arulenus.

— Ave sénateur ! C'est le cœur plein de chagrin que je te salue, crois en ma sincère tristesse.

— Je te crois Flavius, mon fils m'a beaucoup parlé de votre grande amitié et aussi… approche-toi, salue ma fille Æmilia pour qui tu as tant d'amour.

La voix du sénateur se veut tranquille et rassurante, mais pourquoi traiter Flavius avec autant de sympathie, il ne peut que lui en vouloir de n'avoir pas su mourir à la place de son fils. Flavius imagine bien que cette pensée a dû traverser l'esprit du sénateur.

— Je te remercie pour ton accueil sénateur, permets-moi de regretter de ne pas être ton fils Valens, et de regretter aussi de n'avoir pas su prendre sa place en mourant pour lui.

— Allons, ne dis pas de sottises, les dieux seuls ont le pouvoir de décider qui doit venir à leur côté, et quand il doit le faire. Je pleure mon enfant, c'est vrai, mais je ne peux te tenir responsable de sa mort glorieuse, car elle le fut, n'est-ce pas ?

— Oui sénateur, ton fils Marcus est mort dans mes bras après un violent engagement contre un groupe d'hommes que nous avions pourtant déjà vaincus, mais comme tu le dis, les dieux décident seuls.

Æmilia s'approche de Flavius et, voyant ses yeux rougis par la tristesse, place ses doigts sur ses lèvres pour le faire taire.

— Ne dis plus rien Flavius, ne remue pas trop de souvenirs pour toi si pénibles, lui dit-elle doucement.

Après un instant sans paroles, c'est le sénateur qui rompt le silence. Visiblement il tient à conserver sa réputation d'homme accoutumé aux épreuves, ou bien l'est-il vraiment.

— Qu'apportes-tu dans ces coffres qui paraissent bien lourds pour cette pauvre bête ? demande Quintus.

— En plus de mes effets personnels, je te rapporte ce qui appartenait à Valens, c'est la raison de ma présence ici.

— Entrons dans la maison, il y fait plus frais qu'ici et je crois que tu dois avoir soif, nos mauvaises routes sont bien poussiéreuses.

— Merci sénateur, merci de ton accueil.

Quintus fait demi-tour et se dirige vers la maison,

tandis qu'Æmilia prend Flavius par le bras et qu'un esclave commence à soulager l'âne de son fardeau. Tous les trois pénètrent dans l'atrium, immédiatement rafraîchis par l'ombre, mais aussi par l'eau qui coule d'une petite fontaine artificielle, au milieu de l'impluvium. Flavius se sent gêné d'avoir Æmilia accrochée à son bras, bien qu'il en apprécie à sa juste valeur son contact tellement rêvé, il n'en est pas moins étonné d'un tel comportement. Parlant très doucement, il décide donc d'y mettre fin.

— Æmilia, ne me tiens pas ainsi, ce n'est pas correct dans cet endroit.

— Pourquoi, quel mal y a-t-il à tenir ton bras vigoureux ? dit Æmilia sans même baisser le ton de sa voix.

— Elle a raison, enchérit Quintus, je connais tout sur vous deux. Tu n'as pas à avoir peur d'aimer ma fille Æmilia, mon fils te l'a bien donné lors de votre dernière visite, n'ai-je pas raison ?

— J'avoue ne pas savoir où je suis, et n'y rien comprendre non plus, dit Flavius d'une voix presque timide.

— Oh ! Rassure-toi bien, tu n'es pas dans une maison de fous, dit Quintus. Mon fils n'était pas vraiment amoureux d'Æmilia. Dans sa jeunesse, il avait simplement voulu qu'elle lui donne un fils. Il m'a plus tard avoué qu'il la trouvait très jolie et digne de porter son enfant. Par la suite, lors de vos conversations de soldats, il a compris que celle dont tu étais si amoureux ne pouvait être une autre personne que sa femme Æmilia. C'est pour cela qu'il a favorisé votre rencontre lors de votre visite, et il m'a fait jurer devant tous les dieux que son épouse n'appartiendrait à personne d'autre qu'à toi, son ami Flavius le gladiateur.

— De cela aussi il t'a parlé ?

— Oh ! Dans des termes fort élogieux, il appréciait ton sens de l'équipe, la fraternité avec laquelle tu côtoyais ceux qui autour de toi étaient moins forts, et sans jamais les dominer comme tu aurais si bien pu le faire. Au contraire disait-il, tu t'efforçais toujours de leur apprendre ce que tu savais.

— Je croyais le connaître, mais il m'a caché bien des secrets, dit Flavius d'un air triste, oui, je croyais bien le connaître.

— Tu sais mon garçon, Æmilia aussi m'a tout raconté sur vous deux, je connais ta vie aussi bien que tu la connais toi-même.

— Je suis très confus.

— Il ne faut pas Flavius. Tiens, voici justement le jeune Marcus, tu pourras lui parler de son père.

— Ave Flavius Helcarius ! Ami de mon père, sois le bienvenu dans notre maison, dit le jeune Marcus d'une voix déjà sûre d'elle et sans trembler.

— Ave jeune Marcus ! Merci de m'accueillir dans ta maison, mais justement, j'ai pour toi un souvenir de ton père à te remettre personnellement. Viens, approche-toi de moi.

Le jeune Marcus, loin d'être intimidé par le puissant Flavius s'approche sans crainte et le toise fièrement, par en dessous, car il est bien plus petit.

— Alors ? De quoi s'agit-il ?

Flavius passe ses mains sous le col de sa tunique et en retire le collier avec le médaillon, autrefois remis par Valens. Il passe la chaînette autour de la tête de Marcus et la dépose sur ses épaules, plaçant correctement le médaillon sur la poitrine de l'enfant.

— Tiens Marcus, ton père m'a demandé de te remettre ce bijou, à toi et à toi seul. Garde-le précieusement en souvenir de lui.

— Merci Flavius, je ne le quitterai que pour mourir, comme mon père.

— Alors je te souhaite de le garder longtemps autour du cou, ton père serait très fier de voir ton courage.

— Æmilia, conduis Flavius à son cubiculum et aide-le à s'installer dans notre maison, je crois qu'il va être ici un certain temps, dit le sénateur Quintus.

— Je m'en occupe immédiatement.

— Hé Æmilia ! dit Flavius étonné, je ne peux rester ici, si près de toi qui es l'épouse de mon ami.

— Suis-moi donc Flavius, et ne t'oppose pas au sénateur Arulenus.

Flavius, contraint et résigné, suit Æmilia jusque dans un cubiculum plutôt bien aménagé. Le décor est sobre, mais assez richement exécuté par des artistes itinérants, qui vouent leur art aux riches familles.

— Tu ignores encore beaucoup de choses mon Flavius, assieds-toi sur ce lit et écoute un peu ce que je te dis. Quand nous étions encore très jeunes, Valens et moi, et peu avant qu'il ne parte pour la légion, il m'a simplement violée pour que je lui donne un fils. Il en avait parfaitement le droit, car je n'étais alors qu'une esclave, mais je ne sais toujours pas comment il pouvait être aussi sûr de lui. En tout cas, j'ai eu un enfant et c'était un garçon. Pour que son fils ne soit pas un esclave il m'a fait affranchir, puis pour donner à son fils un statut digne de son rang, il m'a épousée, mais vraiment sans grande conviction. Par la suite, le sénateur Quintus m'a adopté comme sa fille, un bien grand honneur pour moi, la petite esclave de la boulangerie. Tout cela sans amour, mais faisant bien mes affaires.

— Je comprends Æmilia, dit Flavius, mais moi je…

— Ne dis rien mon Flavius, reprend Æmilia en lui fermant la bouche avec sa main, ne dis rien et écoute-moi encore un peu. Tu te souviens, à Rome, quand nous sommes allés au temple de Vénus, nous nous sommes juré de ne jamais nous oublier l'un et l'autre, nous avions juré devant la déesse, alors je crois qu'aujourd'hui elle nous réunit enfin. Oh ! Bien sûr, tu peux croire que cela est dû à un caprice du hasard, mais moi je suis convaincue que non, nous sommes ici sous l'égide de Vénus.

*

* *

307

DCCCXLV annis[44]

Flavius

La particularité de ma situation actuelle, c'est que je vis avec Æmilia, l'épouse de mon ami Valens, que j'élève son fils, et que je suis entretenu par ses parents. Parfois j'ai la nette impression de l'avoir tout simplement remplacé. Cela dure depuis trois années pleines, et semble vouloir continuer. Il me faudra pourtant bien retourner à Rome où résident toujours mes parents, je me dois de leur donner des nouvelles autres que ces quelques missives écrites par Æmilia.

Le sénateur Quintus Arulenus est consul suffect[45] pour le restant de cette année, cela va donc l'amener à de nombreux déplacements à Rome, nul doute qu'Æmilia et moi l'accompagnerons dans son prochain déplacement, il nous en a déjà fait part. Mon ami Urbicus sera sûrement lui aussi du voyage, à moins que sa charmante épouse ne l'en dissuade. Oui, Urbicus a finalement épousé la jolie princesse grecque Ananie, ensemble ils vivent dans une belle domus et élèvent leur fils âgé de deux ans comme un vrai Romain qu'il sera plus tard.

Urbicus est rapidement devenu un ami lui aussi, car tous les deux anciens gladiateurs, le thème de nos conversations est vite trouvé. Nous pouvons aborder

44 Année 845 de Rome, an 92 de notre ère.
45 Consul remplaçant un consul en place suite au décès ou à la démission de ce dernier. Contrairement au consul, il n'est pas éponyme et ne donne pas son nom à l'année de son mandat.

n'importe quel sujet, et peu après nous parlons de nos furieux combats dans l'arène. Ce qui, dit au passage, agace chaque fois nos charmantes compagnes qui préfèrent parler d'enfants ou de lingerie.

En parlant d'enfant, le fils de Valens, Marcus Minor, est âgé de quinze ans et manie le glaive comme un homme. Il est vrai aussi qu'avec Urbicus et moi comme professeurs, il ne pouvait manquer de rien.

Je vois venir le sénateur Quintus, ou plutôt devrais-je dire, le consul Quintus. Il est accompagné par Marcus Minor qui me paraît heureux, la nouvelle doit être bonne. Je dis heureux, car Marcus a hérité de son père Valens, cette mimique bien particulière consistant à plisser ses yeux et à creuser une petite ride sur sa joue, la gauche uniquement. Je me souviens comme si c'était hier de son visage heureux, après m'avoir gagné aux dés, ou bien après une de ses plaisanteries qui souvent n'amusaient que lui. J'ai beaucoup aimé Valens, et son fils me le rappelle chaque jour, même sa voix encore railleuse commence à lui ressembler.

— Ave Flavius ! me lance d'un ton ferme le consul Arulenus.

— Ave consul Quintus Arulenus ! À quoi dois-je l'honneur de ta visite ?

— L'honneur de ma visite, c'est de te demander si tu es disposé à m'accompagner à Rome ?

— Accompagner un consul de l'Empire est un honneur que je ne saurais refuser, mais qui sera aussi du voyage ?

— Oh ! Je n'en sais rien pour l'instant, mais j'ai une idée sur la question, ou plutôt sur la réponse. Tout d'abord il y aura toi et Marcus Minor qui tient absolument à voir la capitale. Tout naturellement sa mère ne voudra pas le quitter, elle sera donc avec nous. Quant à Urbicus, je ne sais pas s'il sera une fois encore mon garde du corps, mais je crois savoir qu'il projetait de faire visiter Rome à sa charmante épouse, car Ananie elle non plus n'a jamais vu la ville éternelle.

— Ton départ est prévu pour quand ?

— Demain !

— Voilà une bonne réponse, je suis donc sûr qu'Æmilia est déjà en train de préparer ses bagages et qu'un messager est chez Urbicus pour lui faire part de l'urgence à se préparer.

— On ne peut rien te cacher Flavius, me dit Quintus avec un léger sourire.

— Demain je serai prêt, je profiterai de cette visite pour voir mes parents, il y a bien longtemps que ne les ai vus.

— Alors à demain Flavius.

Enfin un peu de mouvement. Je commençais sérieusement à m'ennuyer dans cet endroit bien trop calme, ici il y a trop d'esclaves pour tout faire. À Rome, je retrouverai peut-être quelques amis, ils ne doivent pas être tous morts. Et Domitius, est-il encore parmi les hommes, ou a-t-il un ludus chez les dieux ? Domitius me fait repenser à Servilia, la pauvre petite, elle n'avait vraiment pas mérité le sort qui s'est acharné sur elle. Et Flavia Fulmina tiens, qu'est-elle donc devenue elle aussi, je me demande bien à quoi elle ressemble maintenant. Quoique depuis tout ce temps, je n'ai plus aucune rancœur contre elle, je suis partagé entre le désir et la crainte de la rencontrer de nouveau, les dieux une fois encore devront veiller à cela.

— Alors Flavius ! Tu rêves ? me demande la douce voix d'Æmilia.

— Non ! Ou plutôt si… tu as raison. Je pensais à notre prochain séjour à Rome, nous y rencontrerons sûrement des connaissances.

— Cela t'inquiète Flavius ?

— Pas plus que ça, mais il y a si longtemps, je ne suis pas sûr de reconnaître la ville.

— Tu exagères, me dit Æmilia en passant ses doigts dans mes cheveux, une habitude qu'elle n'a jamais perdue, Rome n'a pas changé à ce point. C'est plutôt nous qui avons beaucoup changé.

— Sans doute, tu as raison une fois encore.

— Allons, tout ira bien, mais fais-moi une promesse Flavius.

— Quelle promesse veux-tu de moi ?

— Je veux que nous retournions au temple de Vénus, mais cette fois je n'aurai pas un collier en fer autour du cou, et pas non plus des semelles de bois sous mes pieds.

— Le temple de Vénus ? Tu te souviens de ce jour si bon pour nous le matin, et si tragique pour toi l'après-midi ?

— Naturellement que je m'en souviens, et j'aimerais que devant la déesse tu puisses te rappeler ton serment.

— De quel serment me parles-tu, celui de t'épouser ?

— Cela te gêne Flavius ?

— Je te rappelle que tu es toujours l'épouse de Valens !

— Sa veuve devrais-tu dire, mais cela ne devrait pas te fâcher, il n'appartient qu'à toi de changer cette situation.

— Je ne me fâche pas, nous pourrons en reparler plus tard, dès notre retour je verrai cela avec le consul Arulenus.

— Alors à ce soir, mon Flavius, demain un long voyage nous attend, il nous faut manger tôt et nous coucher de bonne heure.

Æmilia a tout à fait raison, c'est pourquoi l'heure de la cena a été avancée ainsi que celle du repos. Demain nous allons nous lever à la première heure et voyager tout le jour.

*

Quelques jours ont suffi pour couvrir le voyage jusqu'à Rome, et pour la première journée, Quintus Arulenus a rendez-vous au sénat, Æmilia et Flavius au temple de Vénus, Ananie avec Urbicus partout où il y a des choses à voir. Tous se séparent sur le forum Romain, chacun dans sa direction. Ananie découvre pour la première fois la capitale de l'empire, avec ses beautés et ses horreurs, les parfums des uns et la crasse des autres. Somme toute, semblable à toute ville romaine, juste plus grande, beaucoup plus grande. Mais l'émerveillement est lui aussi au rendez-vous, au bras de son protecteur, Ananie n'en revient pas de tout ce monde autour d'elle, du nombre impressionnant de constructions religieuses ou d'habitations, ici tout est dans la démesure.

Quant à Æmilia et Flavius, c'est très intimidés qu'ils gravissent l'escalier du temple de Vénus. Æmilia, elle aussi s'accroche au bras de Flavius, mais pour d'autres raisons, ses souvenirs la font trembler comme si elle avait froid.

— Pourquoi trembles-tu ? Il ne peut rien t'arriver, lui dit Flavius d'un air étonné.

— Je n'ai pas peur, mais je me rappelle bien des souvenirs, c'est ce qui m'inquiète un peu.

— Oh ! Ce n'est rien, c'est parce que tu n'es jamais revenue ici.

— Si ! Je suis déjà revenue dans ce temple, répond vivement Æmilia.

— Ah oui ? Et quand cela ?

— Il y a déjà quelques années, c'est ici que j'ai appris que tu étais encore en vie et que tu le serais jusqu'à ce que l'on se retrouve un jour. Je suis aussi retournée chez tes parents, je les ai vus, mais toi tu étais soldat.

— Tu ne m'as jamais parlé de cela, pourquoi ?

— À quoi bon, puisque tu es avec moi, dit Æmilia en serrant le bras de Flavius.

— Tu aurais pu m'en parler quand même, mais après, qu'as-tu fait puisque je n'étais pas à Rome ?

— J'étais avec Urbicus, alors nous sommes retournés sur le forum pour attendre Quintus, c'est tout.

— En somme, tu es venue pour rien, tu as dû être déçue ?

— Disons contrariée, mais en fait, je n'ai pas perdu mon temps malgré tout, et Æmilia marque un temps d'arrêt.

— Bon, alors ? Continue, demande Flavius piqué au vif, que s'est-il passé ?

— J'ai fait la connaissance d'une très jolie femme, elle servait justement ici, au temple.

— Au temple ? Et puis, tu es tombée amoureuse de cette femme ?

— Bien sûr que non, je n'ai pas eu le temps. Mais…

— Mais quoi ? dit Flavius d'un air impatient, comme s'il attendait un terrible aveu.

— Il ne s'est rien passé entre nous, sois rassuré, mais… elle m'a parlé de toi.

— De moi ? Qu'est-ce qu'une servante de Vénus peut te raconter comme sottise, il ne faut rien croire de tout ce que tu peux entendre à Rome, les bonimenteurs n'y manquent pas.

— Tu n'y es pas du tout Flavius, elle te connaît très bien. D'ailleurs elle ne m'a dit que du bien de toi et regrettait seulement de t'avoir perdu. Je crois qu'elle voulait dire, perdu de vue, depuis bien des années.

— Tu sais qui elle est ? interroge Flavius en fronçant les sourcils, car cette fois il est vraiment curieux d'en savoir plus.

— Elle s'appelle Flavia… Flavia Fulmina, si je ne me trompe pas.

— Flavia ? Ça alors, quelle histoire. Et elle a su qui tu étais ?

— Bien sûr, je lui ai dit. Mais j'ai eu le sentiment qu'elle me connaissait déjà, mon nom ne l'a pas surprise. Que se passe-t-il mon bon Flavius, je te sens troublé, c'est cette Flavia qui agit sur toi de cette façon ?

— Flavia… si je m'attendais… et que ce soit toi qui me parles d'elle, ça alors.

— Il faut t'en remettre, ce n'est pas si grave. Elle m'avait invitée chez elle si jamais j'avais l'occasion de revenir à Rome, eh bien voilà qui est fait, demain nous pourrons aller la voir.

— Il n'en est pas question, dit Flavius troublé.

— Comment, pas question ? résonne une voix derrière leur dos. Le grand champion, Flavius le dieu de l'arène ne veut plus me saluer, suis-je donc un si redoutable souvenir pour toi ?

Flavius reste un instant interloqué, malgré les années passées il reconnaît immédiatement la voix qui s'adresse à lui. Se retournant en même temps qu'Æmilia il découvre Flavia, toujours aussi élégante et charmante. Le visage de Flavia est souriant, elle semble vraiment heureuse de les voir ici.

— Eh bien Flavius, dit Flavia, ne fais pas cette tête, je ne suis pas un fantôme. Toi par contre, tu es toujours aussi beau, et Æmilia t'a enfin retrouvé, vous êtes charmants et formez un beau couple, c'est bien.

— Oui, c'est bien. Pardonne-moi Flavia, mais je

suis confus, je ne m'attendais vraiment pas à te rencontrer ici. Nous devons rejoindre des amis et le sénateur Arulenus également, nous ne pouvons pas rester plus longtemps.

— Je comprends Flavius, mais mon invitation tient toujours. Ce soir, venez avec qui vous voulez, mais venez. Je serais fort déçue de votre absence.

— Nous serons chez toi après la douzième heure, après que le sénateur ait quitté la Curie, dit Æmilia avant que Flavius ne puisse ouvrir la bouche.

— C'est parfait, vous serez mes hôtes et je serai votre obligée, nous parlerons de nos vies, certainement bien différentes.

Tous se séparent avec la promesse de se retrouver le soir même, mais Flavius fait une mine étrange qui n'échappe pas à Æmilia. Il marche sans dire un mot, alors qu'il devrait être enjoué de revoir une si charmante personne après bien des années.

— Ça ne va pas Flavius ? interroge Æmilia.

— Si, tout va bien, lui répond-il brièvement.

— Je n'ai pas l'impression que cela te fait vraiment plaisir de la revoir, vous étiez fâchés, c'est pour ça ?

— Hum… tu as raison, nous nous sommes quittés fâchés, on peut le dire de cette manière, mais plus maintenant, j'ai oublié notre discorde.

— Tu peux me raconter, ou préfères-tu ne rien avouer sur elle ? demande Æmilia qui aimerait bien en savoir davantage.

— Oh ! Que veux-tu, c'est la vie. J'ai envers elle des souvenirs mélangés, à la fois bons et mauvais.

— Tu sais Flavius, je l'ai déjà rencontrée ici, au même endroit, et je la trouve très sympathique, pourquoi étais-tu fâché contre elle ? Tu peux bien me le dire.

— Ce serait trop long à raconter… j'ai connu une Flavia très charmante, douce et aimante, une Flavia de bons services également. Mais j'ai aussi connu une Flavia perverse, agissant mal jusqu'à la méchanceté. Pourtant rassure-toi, après toutes mes années passées à la guerre, Flavia me paraît n'être aujourd'hui qu'une douceur de la vie. Je mets ses erreurs sous le coup de sa jeunesse et de la trop grosse fortune qui est la sienne, ce qui rend toujours les gens imbus de leur personne, croyant que tout s'achète. Ma rancœur contre elle est finie, mais malgré tout je reste sur mes gardes.

— Bon, dit Æmilia perplexe, on verra bien qui va nous recevoir, si c'est la Flavia aimante… ou bien la Flavia perverse… qui peut le savoir ?

— Je vois Ananie et Urbicus, allons les rejoindre, dit Flavius pour parler d'un autre sujet.

En effet, Ananie et Urbicus sont devant le Comitium, écoutant ceux qui demandent que justice leur soit rendue. Il y a moins de monde que le matin, mais ils sont encore bien nombreux à déballer leurs histoires sur la place publique, n'hésitant pas à demander leur appui aux badauds qui les regardent et les écoutent attentivement. Ananie connaît ce genre de spectacle, car c'est bien souvent comme cela que les affaires se présentent, mais ici, au cœur de l'Urbs c'est différent. Les magistrats sont nombreux à exercer tout le jour, et les avocats des deux partis ont une éloquence à rendre fier Cicéron en personne — paix à son âme. Comme des poètes grecs récitant les pages de la Mythologie, la défense, comme l'accusation, évoquent les argumentations les plus tordues ou les plus sordides pour défendre les intérêts de leur client respectif. Parfois ils sont très convaincants, mais parfois hilarants aussi, et c'est ce qui amuse le plus de monde.

*

Alors que chacun, Urbicus avec Flavius, Ananie avec Æmilia, raconte son emploi du temps de cet après-midi, ils aperçoivent Quintus Arulenus sortant de la Curie, bien avant l'heure de fin de session habituelle. Le Consul marche d'un pas rapide, l'air frustré, ou pour le moins en colère contre ses confrères.

— Que se passe-t-il Maître Quintus ? demande en premier Urbicus. Tu as des ennuis ?

— Des ennuis ? Le mot est faible, je vais être poursuivi pour lèse-majesté à cause de mon livre sur Thraseas.

— Thraseas est mort depuis bien longtemps, dit Ananie qui semble connaître cette affaire, que peut-on te reprocher encore ?

— Lorsque j'étais tribun sous le règne de Néron, j'ai pris la défense de Thraseas et je lui ai offert mon veto, afin qu'il ne soit pas condamné. Il a refusé mon aide pour ne pas me nuire, et dans mon livre je dis l'homme courageux qu'il était. C'est pour cette raison que je suis aujourd'hui poursuivi, et que demain je serai condamné.

— Mais tu es consul, ils ne peuvent t'accuser si simplement, dit Flavius surpris.

— Plus pour longtemps, et quand je ne serai plus sous la protection due à mon statut de consul, ils pourront me poursuivre comme ils veulent.

— Que devons-nous faire Maître ?

— Et que veux-tu que l'on fasse Urbicus ?

— Nous l'ignorons, dit Flavius, mais il faudra bien trouver une solution. Tu es un homme important Quintus, personne ne peut t'accuser sans preuve.

— Et mon livre ? N'est-il pas une preuve ?

— Je ne l'ai pas lu, mais tu ne fais que parler d'un homme courageux, tu ne trahis pas l'empire pour cela, répond Flavius, agacé par une si grave accusation basée sur rien.

— Thraseas a été condamné par le sénat, alors rendre hommage à sa personne, même plus de trente années plus tard, est perçu par ce même sénat comme une trahison. Bien sûr, on ne peut parler de trahison contre le sénat, mais en critiquant une décision approuvée par l'empereur Néron, je mets en cause la divine justice impériale, et voilà, tout est dit.

— On va te trouver les meilleurs avocats de tout l'empire, propose Æmilia très peinée, ils vont te défendre, tu as le droit d'être défendu contre ces calomnies.

— L'accusation de lèse-majesté est la plus grave de toute, contre elle il n'existe aucun recours et aucun avocat pour plaider contre elle.

— Ce soir nous allons dîner chez une femme très influente, elle pourra sans doute t'aider, dit Æmilia d'une voix convaincue.

— Ma pauvre petite, tu rêves encore. L'empereur

Domitien en personne sera mon accusateur, qui peut prétendre le contredire ? Non mes amis, cette fois les jeux sont faits, mes jours sont comptés et il ne me reste plus qu'à attendre la décision finale que tout le monde connaît déjà.

— C'est impossible ! dit Æmilia consternée.

— Mais si, c'est tout à fait possible ma fille. Bon, j'ai entendu parler d'un dîner chez une femme influente ? Alors, ne la laissons pas attendre.

*

Connaissant parfaitement l'endroit, Flavius se charge de guider le groupe pour se rendre chez Flavia. Vu de l'extérieur, rien ne semble avoir changé depuis sa dernière sortie de ce lieu aux nombreux souvenirs, qui lui reviennent tous à l'esprit. Flavius frappe la porte à l'aide du heurtoir en bronze à la forme d'une patte de lion, réservée à cet usage. Un esclave leur ouvre la porte.

— Entrez ! dit l'esclave.

À l'intérieur, deux gardes du corps sont en attente, des anciens gladiateurs eux aussi, facilement reconnaissables à leur allure et à la large ceinture qu'ils portent autour de leur taille, supportant un glaive volontairement placé du côté gauche comme les officiers de la légion, le côté droit étant réservé à la troupe. Flavius les remarque de suite, Flavia aurait-elle l'intention de le faire combattre une fois encore ?

Tiens, Flavia, la voici justement qui arrive dans une belle robe blanche et or, très près du corps, mais non transparente, pas cette fois. Elle arbore un sourire des plus engageants, peut-être est-elle vraiment contente de les recevoir. Ici, dans cette très cossue demeure, personne n'est complètement indifférent à ce qui l'entoure. Quintus Arulenus est le plus serein et ne paraît pas intimidé par ce lieu. Flavius est intrigué, car il connaît cet endroit et de tristes souvenirs l'invitent à la prudence. Æmilia ouvre des yeux plus grands que d'ordinaire, complètement ébahie par la richesse de Flavia qu'elle tenait pour être une simple servante du temple, bien loin de la femme riche qu'elle découvre en ce moment. Urbicus observe les serviteurs alentour comme de possibles ennemis, dont il doit se méfier. Ananie quant à elle et comme à son habitude, n'est nullement surprise par ce qu'elle voit. Élevée dans un palais royal, tout lui paraît normal et sans grandeur susceptible de l'étonner.

Après les présentations d'usage et la moitié d'un copieux repas bien arrosé, les langues se délient peu à peu, tout naturellement le sujet du jour est abordé par Flavia, aucun convive n'ayant vraiment l'envie d'en parler.

— Dis-moi consul Quintus Arulenus, demande Flavia, la rumeur concernant une accusation portée à ton encontre est-elle réellement fondée ?

— Oui, je viens de l'apprendre aujourd'hui même, au sénat, lui répond Quintus l'air surpris par la question de Flavia, comment est-elle déjà au courant ? Mais je constate que tu es bien informée, alors pourquoi ta question ?

— J'ai de bons informateurs en effet, mais je désirais l'entendre de ta bouche, ainsi ce que je sais est vérifié.

— Voilà qui est fait, mais dans ce cas, ne crains-tu pas ma présence chez toi ?

— Que je sache, tu es encore consul, et moi je suis supposée ne rien savoir. N'est-il pas normal dans ces conditions d'avoir pour hôte un homme de ta qualité ?

— Merci de me le rappeler, mais cela ne va plus durer bien longtemps, il te faudra trouver un autre invité de qualité si tu ne veux pas dîner seule, dit Quintus avec un léger sourire aux lèvres. Comme si tout cela était un jeu.

— Je ne trouve pas très drôle de plaisanter sur une affaire si grave, nous devons trouver une solution pour aider le consul Arulenus, dit Æmilia d'un ton sévère qui surprend tout le monde.

— Ne t'inquiète pas Æmilia, mon sort est réglé par avance, ni toi ni personne n'y changera rien, il est donc inutile de gâcher ce délicieux repas pour des futilités.

— Je refuse de baisser les bras sans chercher une solution, il doit bien exister un moyen !

— Malheureusement ! lance Flavia d'un ton affirmatif, je crois que le consul Arulenus a raison d'être pessimiste, dans une pareille affaire on ne peut compter sur personne.

— Mais toi Flavia, tu as des relations et beaucoup d'argent, tu peux faire quelque chose.

— Ma pauvre Æmilia, mes relations, comme tu le dis, sont avant tout au service de l'empereur, et ma fortune ne peut rien contre une accusation comme celle qui frappe le consul. Jamais aucun Romain, quel que soit son rang n'en a jamais réchappé, excepté un seul cas, quand l'empereur Néron avait lui-même ordonné au sénat l'abandon de la plainte de lèse-majesté qui frappait un sénateur. Mais Domitien n'est pas Néron, et je crois qu'il serait judicieux pour vous tous, de rentrer au plus vite chez vous et de vous préparer à un dur avenir.

Levée du triclinium, Flavia commande aux esclaves d'apporter la suite du repas, ses invités en ayant terminé avec les plats précédents, puis elle se dirige vers Flavius et s'assied entre lui et Æmilia.

— Mon très cher Flavius, dit-elle avec un charmant sourire qui accompagne son bras autour du cou de Flavius, je te trouve bien silencieux, serais-tu intimidé par mon irrésistible beauté.

— Non, répond Flavius sur un ton neutre, je t'accorde volontiers que tu as su rester très belle, mais je suis surtout surpris par ton changement d'attitude, que t'est-il arrivé durant toutes ces années ?

— J'étais très frustrée par ton départ, très triste aussi, je peux sincèrement te l'avouer maintenant, alors j'ai suivi ton conseil.

— Mon conseil ? Quel conseil as-tu suivi ?

— Je me suis rendue au temple de Vénus, sans grandes convictions je l'avoue également, juste le secret espoir de te retrouver avec l'aide de la déesse. Mais cela ne s'est pas produit.

— J'ai tout fait pour me faire oublier de toi, car je

craignais une vengeance de ta part, mais en quoi ta visite au temple a-t-elle changé ta vie ?

— J'ai rencontré une femme extraordinaire, la grande prêtresse du temple en personne. Simplement d'avoir croisé une fois son regard, j'y ai trouvé l'amour comme tu me l'avais dit. Depuis, je sers au temple, je participe à quelques cérémonies et j'accueille des âmes en peines. Des âmes comme celle d'Æmilia qui te cherchait elle aussi, c'est là que nous nous sommes connues la première fois.

— Alors notre dispute a donc été profitable pour toi, Vénus l'a sûrement provoquée parce qu'elle te voulait auprès d'elle.

— Tu as raison Flavius, c'est certainement la volonté de la déesse qui a guidé ma vie, et cela pour mon bien, je t'en remercie.

Tenant la main de Flavia dans la sienne, Æmilia comprend qu'une relation intime a dû exister entre elle et Flavius, alors elle porte à ses lèvres la douce main amicale et dit.

— Permettez-moi de m'écarter de vous quelques instants, je vais me faire plaisir avec une de ces délicieuses pâtisseries qui n'attendent que moi pour disparaître.

Sous les regards étonnés de Flavia et Flavius, Æmilia quitte sa place, laissant là ceux qu'elle perçoit comme ex-amants, et qui sûrement ont bien des choses à se dire. Afin de ne pas tromper ses propres paroles, elle prend plusieurs petites pâtisseries sur une assiette en bronze et vient s'asseoir près du consul Arulenus. Æmilia a bien compris que rien ni personne ne pourra fléchir le destin de celui qu'elle considère aujourd'hui comme un père, lui-même étant convaincu de sa fin tragique.

— Quintus, que puis-je faire pour toi ?

— Ma petite fille, que peux-tu contre mes ennemis ? J'ai eu une vie bien remplie, je peux partir sans regret et tu ne peux rien y changer.

— Mais, tout de même, cela n'est pas possible ! Tu ne peux nous quitter de cette manière, sans rien tenter pour te sauver ?

— Pour me sauver, il n'existe aucune méthode, soit rassurée sur ce point. Regarde notre hôte, la jolie Flavia Fulmina, elle sait que malgré sa fortune elle ne peut rien pour s'opposer à mon destin. Je suis persuadé qu'à cet instant, si elle pouvait intervenir sans se perdre elle-même, elle n'aurait aucune hésitation à le faire. Comme elle, reste calme et prie les dieux pour moi, qu'ils m'accueillent et me permettent de siéger auprès d'eux.

— Elle… peut être qu'elle ne peut rien, mais moi ? Je ne peux rester là à manger des gâteaux alors que tu te prépares à perdre ta vie ?

— Ma petite Æmilia, épouse de mon défunt fils et mère de mon descendant, comprends que je ne fais rien d'autre que passer devant vous autres, nous suivons tous le même chemin qui sans aucun doute, nous mène vers nos dieux. Regarde Flavius, depuis des années il ne vit que pour toi, aujourd'hui le temps est venu de lui tendre ta main, ensemble vous donnerez naissance aux descendants de nos races afin que l'oubli ne tombe pas sur nous. Æmilia, élève ton fils Marcus comme un Arulenus et donne-lui des frères et des sœurs, qu'ensemble ils nous fassent traverser les siècles. Ma disparition est sans importance, ce qui importe, c'est que dans mille ans, dans deux mille ans et plus, il y aura toujours des Romains.

— Selon la volonté des dieux il en sera fait comme tu me le demandes, Quintus Arulenus, ta race vivra et criera ton nom jusqu'au bout des siècles.

— Je te remercie Æmilia, maintenant reprenons part à notre repas si généreusement offert par notre illustre hôtesse.

*

La cena se poursuit longuement. Tard dans la nuit les derniers plats sont présentés à des convives plus que rassasiés, chacun le ventre trop rempli n'en peut plus et les paupières deviennent bien lourdes.

Après avoir pris congé de ses invités, Flavia s'est retirée seule dans ses appartements, mais tous sont restés dormir dans la domus qui compte suffisamment de cubicula pour les recevoir. Cette nuit est calme, juste perturbée par les digestions parfois bruyantes qui pourtant ne réveillent personne.

Dès le lendemain, Quintus décidera de leur retour en Sicile, comme tout bon romain il se doit de rapidement mettre de l'ordre dans ses affaires avant de quitter sa famille et ses amis.

*

* *

DCCCXLVI[46] annis.

N'ignorant rien de son destin, écrit dans le ciel et voulu par les dieux, le consul Quintus Iunius Arulenus Rusticus a bien préparé son départ du monde des hommes. Tous ses biens ont été soigneusement partagés avec la plus grande équité pour tous les membres de sa famille, ainsi que pour ses amis les plus fidèles. En cette année huit cent quarante-six de Rome, sous le règne de l'Empereur Domitien, sa mort est restée silencieuse aux oreilles de tous, comme un juste châtiment infligé à un homme déchu. Son frère, Junius Mauricus est banni en cette même année et doit s'exiler avant de perdre sa vie dans un combat inégal, contre la puissance impériale qui a tous les droits.

Malheureusement, cela semble ne pas suffire à ses détracteurs qui portent plainte contre ses proches, à commencer par Æmilia, considérée comme sa fille et héritière d'une fortune séduisante pour beaucoup de mauvaises âmes. Afin que son héritier, le fils de Valens et d'Æmilia n'ait pas à souffrir de la pauvreté, Quintus a doté Æmilia de plusieurs millions et de belles terres cultivables, mais l'appétit féroce de ses ennemis ne compte pas en rester là.

Ce matin, lors qu'un chaud soleil inonde les allées du jardin, quatre hommes en armes font une intrusion musclée sans aucune permission et bousculent les esclaves sur leur passage. Ananie est présente et assiste à la scène qui se déroule sous son regard médusé. Les dieux eux-mêmes auraient pu être surpris s'ils n'étaient pas divins, mais fort heureusement, ils ont distraitement laissé

46 Année quatre-vingt-treize de notre ère.

là, une belle javeline à la fine pointe de bronze. Ananie s'en saisit immédiatement et fait barrage aux intrus.

— N'allez pas plus avant, ici vous n'êtes pas les bienvenus, leur tance Ananie aux yeux rougis par la colère.

— Pousse-toi femme ! crie d'une voix forte celui qui semble être le chef du groupe. Nous n'avons rien contre toi, dis-nous seulement où trouver Æmilia Arulena Prima et tu seras tranquille.

— Je n'ai aucune envie d'être tranquille, répond-elle, bien déterminée à leur tenir tête, un pas de plus et je te perce les tripes.

La réponse est suffisante, les hommes dégainent leur glaive et font face à une amazone des plus entêtées. Un farouche combat s'engage, mais la petite Grecque n'a rien oublié de ses leçons lorsqu'elle n'était encore qu'une enfant. Seule contre quatre, elle doit se battre comme une furie pour ne pas succomber trop vite à son arrogance, mais pour elle, la partie est loin d'être gagnée. Heureusement, le bruit des armes attire l'attention d'Urbicus qui, découvrant ce qui se passe et sans en connaître la raison, saisit lui aussi une arme et sort de sa cabane plus vite qu'un voleur. Lui non plus n'a rien oublié, et rapidement il prend la défense de sa bien-aimée.

Bien que provocatrice, Ananie possède surtout l'art de se protéger des coups sans savoir vraiment les porter en retour. Quand elle était une jeune princesse, son précepteur veillait à ce que lui soit enseigné l'art d'éviter d'être atteinte par une lame portée contre elle, mais jamais il n'a eu l'idée d'en faire une guerrière.

Pour Urbicus, l'histoire est fort différente. Lui, il sait se battre pour le spectacle, il sait vaincre et tuer rapidement, alors les policiers s'inclinent devant le grand champion, leurs sangs mêlés trempent la terre de la gens Arulena.

— Ananie ! demande d'une voix forte Urbicus, tu n'es pas blessée ?

— Non, je vais bien, répond-elle presque sereinement, tu es intervenu juste à temps.

— Mais que voulaient ces hommes d'armes, et pourquoi cette bagarre ?

— Ils demandaient après Æmilia, lui répond Ananie sur un ton neutre, comme si cela était naturel, je crois que son avenir est bien sombre maintenant.

— Certainement, mais nous devons tout d'abord nous débarrasser des corps, ensuite il faudra trouver un moyen pour la mettre à l'abri.

— Quelques esclaves bien choisis feront cela mieux que nous, mais pourquoi tant d'inquiétude pour Æmilia, demande Ananie intriguée par Urbicus, as-tu un motif particulier pour agir ainsi ? J'ai soudainement l'impression que tu trembles pour elle.

— Tu as raison Nanie, je tremble pour elle, mais je ne le devrais sans doute pas.

— Il y a quelque chose entre vous et que j'ignore encore ? Es-tu parfois son amant ? questionne cette fois Ananie d'une voix anxieuse.

— Son amant, tu n'y penses pas sérieusement Nanie, elle est bien trop jeune.

— Moi aussi je suis jeune, ton excuse ne tient pas. Dis-moi plutôt quel est ton secret, cela pourrait m'aider à être de ton côté pour la protéger.

— Par définition, un secret est fait pour être gardé, alors comment te le révéler sans me trahir ?

— C'est ce que tu viens de faire, dit Ananie avec le sourire de celle qui vient de marquer un point, maintenant je sais que tu as un secret. Je te rappelle aussi que je suis une princesse grecque, mon éducation me permet de discerner ce qui est important et de ne le révéler à personne.

— Je sais bien qui tu es ma belle Nanie, ta tenue et ton éloquence ne sont pas ceux d'une plébéienne, mais que puis-je te dire ?

— Dis-moi ton secret, je te jure de mourir avec.

— Alors, assieds-toi ici, dit d'un ton grave Urbicus en lui désignant un petit banc de pierre, je vais…

— Ça y est ! Je suis assise ! s'exclame Ananie impatiente.

— Oui, je le vois bien. Alors voilà… Æmilia, ma jeune Maîtresse est… elle est…

— Alors ? Vas-y, parle !

— Ne me coupe pas la parole chaque fois, laisse-moi donc finir. Æmilia est ma fille, voilà, Æmilia est ma douce petite fille, tu entends mes mots ?

— Oui, j'entends bien Urbicus, mais j'avoue être très surprise. Comment le sais-tu ? Et elle, elle est au courant ? Pourquoi es-tu son esclave si tu es son père ?

— Doucement Nanie, je vais te le dire maintenant. Il y a déjà bien des années, Æmilia avait fait une mauvaise chute et s'était brisé le dos, c'était peu après notre arrivée ici, à une époque où elle avait peur de moi. À la demande de Quintus Arulenus, et afin de constater si elle portait la trace d'une blessure, je lui ai commandé de retirer sa tunique.

— Et puis, que s'est-il passé ?

— Il ne s'est rien passé, mais à cette occasion, j'ai vu sur son dos un nævus bien singulier qui me permettait de l'identifier. Ensuite je l'ai adroitement questionnée pour confirmer ce que j'avais découvert.

— C'est merveilleux, cela s'est passé où ?

— Ici, Æmilia était allongée sur ce banc où tu es assise en ce moment. Toute penaude, elle me montrait ses petites fesses, cachant son visage honteux entre ses mains.

— Æmilia, elle sait qui tu es ? Tu lui as avoué ta paternité ?

— Bien sûr que non, Æmilia a un homme dans sa vie et un enfant à faire grandir. De plus elle est maintenant millionnaire, que veux-tu qu'elle fasse d'un père gladiateur ?

— Si j'étais une orpheline, même millionnaire, je serais très heureuse d'apprendre que tu es mon père, vraiment Urbicus, tu peux me croire.

— Les rapports entre nous sont fort différents, quoi que des plus agréables, ils ne sont pas comparables. Je suis depuis ce jour mémorable son confident, elle me fait toujours confiance et me raconte ses malheurs, les petits comme les grands, et je l'écoute avec tendresse. J'aime quand elle vient se blottir dans mes bras pour y trouver le réconfort d'un endroit protecteur et y verser quelques larmes. J'aime aussi quand parfois elle se dénude pour demander mon appréciation sur sa beauté féminine, car elle craint toujours d'être trop laide. Oui Nanie, ce rôle me va bien et me satisfait, je suis avec mon enfant et cela me suffit.

— Sans le savoir, Æmilia s'est confiée à toi comme à un père, tu devrais lui avouer la vérité.

— Je n'ose le faire, j'ai peur de la perdre.

— Urbicus, sais-tu que ce que tu viens de dire me procure un immense plaisir ? dit Ananie en dévoilant un de ses plus beaux sourires.

— Je ne vois pas pourquoi, rétorque Urbicus l'air étonné, qu'est-ce que cela change pour toi.

— Tu es bien un homme Urbicus, dit-elle d'un air désabusé, tu ne vois jamais rien. Mais moi, comment pouvais-je imaginer les raisons qui te poussaient à préférer ta vieille cabane en pierres à la belle domus dans laquelle je vis ? Grâce à toi j'ai réussi à créer mon entreprise et à devenir sinon riche, au moins assez aisée pour vivre bien. Je t'offre souvent mon corps que tu prends avec force et plaisir, mais jamais tu n'as décidé de quitter cet endroit. Maintenant je suis satisfaite d'en connaître la raison, ce n'est pas moi qui te gêne, mais Æmilia que tu ne peux, ou que tu ne veux pas quitter.

— Tu as sans doute raison Nanie, crois bien que je rêve souvent de vivre à tes côtés, près de toi pour te caresser et t'aimer chaque jour, mais je ne peux m'éloigner de ma fille sans avoir peur pour elle. D'ailleurs, tu peux remarquer que les événements me donnent raison.

— Aujourd'hui oui, mais c'est exceptionnel. Tiens justement, voilà ta fille chérie, tu vois qu'elle va bien.

— Bonjour Nanie, dit Æmilia arrivant d'un pas rapide, de quelle fille parlais-tu avec Urbicus ? Tu vas avoir un enfant de lui ?

— Oh ! Æmilia, au moins tu n'es pas sourde, dit Ananie d'un ton feignant la surprise, mais je te rassure tout de suite, je n'attends pas un enfant pour les mois à venir.

— Alors c'est quoi ? Ha ! Et tous ces morts, qu'est-ce qu'ils font là ? demande Æmilia en découvrant les cadavres, c'est vous qui les avez tués ?

— Oh oui, avec Urbicus nous ne savions pas quoi faire, alors nous les avons occis.

— C'est de la folie, pourquoi avez-vous fait ça ? Nous allons être très embêtés maintenant.

— Embêté, je pense que le mot est faible, dit Ananie, convaincue par les difficultés à venir, mais le mal est fait. De toute façon ils sont venus pour toi, et sûrement pas pour une promenade de santé.

— Je n'ai rien à craindre de la police du prince, pourquoi ces hommes me voulaient-ils du mal, je n'ai rien à me reprocher.

— Æmilia ! dit Ananie sur un ton maintenant agacé, tu es l'héritière d'une grosse fortune et cela fait bien des envieux. Que tu le comprennes ou pas, il est grand temps de compter tes amis.

— Compter mes amis ? C'est bien facile, à part toi et Urbicus il n'y a personne d'autre, sauf Flavius, mais lui, ce n'est pas la même chose.

— Tu te trompes sur un point Æmilia, Urbicus ne peut être compté parmi tes amis, dit Ananie l'air sûr d'elle, il ne reste plus que moi.

— Comment ça Urbicus n'est pas mon ami, je dirais plutôt que si je ne dois en avoir qu'un seul, c'est bien lui.

— C'est impossible, car…

— Arrête Nanie, ne l'embête pas maintenant avec ces histoires, coupe net Urbicus, gêné par la tournure des événements.

— Quoi m'embêter maintenant ? Que voulez-vous dire ?

— Parle Urbicus, dit Ananie, il est grand temps de dire ce que tu as sur le cœur.

— Ah oui ! s'exclame Æmilia, si je dois apprendre que tu n'es pas mon meilleur ami, je sens déjà les larmes monter à mes yeux, dis-moi tout Urbicus, ne laisse pas mon cœur mourir dans l'ignorance, vite, parle !

— Oh ! Ma petite fille, ne pleure surtout pas à cause de moi. Ce que je n'arrive pas à te dire depuis bien long-temps c'est que… tu es… enfin toi tu…

— Moi quoi ? Parle Urbicus, dit maintenant Æmilia piquée par la curiosité, je t'écoute et je meurs de peur, parle vite.

— Eh bien Æmilia… je dois te dire que je suis ton père, tu es ma fille et je t'adore.

— Mais… comment cela ta fille ? Tu veux dire… ta vraie fille ? Tu es vraiment mon vrai père ?

— Oui, répond timidement Urbicus.

— Ah ! Je le savais bien, oui je le savais bien depuis longtemps que tu n'étais pas un inconnu pour mon cœur, car lui, il ne s'est pas trompé. Mais pourquoi n'avoir rien dit avant ?

— Regarde ce que je suis devenu Æmilia, un gladiateur à la retraite, tout juste bon à servir un maître et mourir pour lui.

— Jusqu'à présent c'est moi que tu sers, je ne suis pas ta maîtresse et tu n'es pas mort pour moi. De toute façon je ne veux pas de ta vie, tu me donnes bien plus chaque jour et tu es le seul en qui j'ai totalement confiance, à part Flavius, évidemment.

— Merci pour moi, dit Ananie, cela fait toujours plaisir de savoir que tu ne me comptes pas parmi tes gens de confiance.

— Je parlais des hommes, toi tu es une amie en qui j'ai bien sûr toute confiance. Avec toi je n'ai jamais le moindre doute et il ne m'a jamais effleuré l'esprit qu'il puisse en être autrement. Bien que tu sois beaucoup trop jeune, j'aurais aimé que tu sois ma mère, j'aimerais avoir une mère comme toi, c'est bien plus qu'une amie.

— Ta mère était comme elle, dit soudainement Urbicus, ne laissant pas Ananie répondre à Æmilia. Elle était jeune et belle, très douce avec toi, elle était une merveilleuse épouse.

— Tu la connaissais bien ? demande bêtement Æmilia, avant de se reprendre. Que je suis sotte, évidemment que tu connaissais ma mère, sinon comment serais-je ici ?

*

* *

336

Æmilia

Je me rends compte de ma bêtise, heureusement que mon père connaissait son épouse, c'est certainement l'émotion qui me trouble. Quoi qu'il en soit, je ne sais plus prononcer un mot tellement je suis heureuse. J'ai souvent rêvé qu'il pourrait être mon père, qu'il saurait me protéger contre tout mauvais individu, ce qu'il a toujours fait depuis qu'il est avec moi, mais là, c'est bien vrai, Urbicus est mon père. J'ai souvent rêvé, et je rêve encore, jusqu'au moment où, regardant des esclaves soulever les corps sans vie des prétoriens, je réalise la présence d'un gros problème.

Flavius arrive enfin on ne sait d'où, il regarde les corps des prétoriens s'éloigner vers leur destin sans laisser paraître la moindre émotion, et cela me surprend. Mon Flavius habituellement si doux ne montre aucune compassion pour ces gens, à peine les a-t-il regardés.

— L'heure est grave mes amis, dit Flavius d'un ton sévère que je ne lui connaissais pas encore, nous devons prendre nos dispositions pour quitter cet endroit.

— Où veux-tu que nous allions ? demande Urbicus, je ne connais pas d'autre endroit plus tranquille qu'ici.

— Pour être tranquille, l'endroit l'est en effet, reprend Flavius, du moment que l'un de nous monte la garde et que nous sortions un glaive à la main. Non

Urbicus, je crois que c'est parmi la foule que nous serons anonymes.

— La foule ? Quelle foule Flavius ?

— Celle de Rome !

— Tu n'y penses pas sérieusement ? C'est se jeter dans la gueule du loup.

— Nous sommes quatre, à Rome ils sont plus d'un million, autant dire que nous n'existerons pas. Et puis enfin, qui nous cherchera si près de nos ennemis ? Tous vont croire que nous cherchons une terre lointaine, peut-être sur le continent africain, laissons-les chercher.

— Je pense comme Flavius, dis-je d'un ton assuré, il faut se faire discret. Mais que pense la Princesse Ananie ? Elle ne dit rien ?

— Je suis d'accord pour Rome. Nous serons comme les puces sur un chien, plus il y a de poils, moins on peut les trouver.

Pour une fois qu'Ananie dit quelque chose sur le sujet, elle nous fait rire et détend l'atmosphère. Mais Flavius a raison, l'heure est grave et nous devons agir vite. Je décide donc de convoquer le procurator de la gens Arulenus pour lui confier la lourde tâche de diriger seul la maison. Je sais qu'il fera ce qu'il faut pour gérer les récoltes et en tirer le meilleur prix sur le marché, qu'il saura diriger les nombreux esclaves qui vivent et travaillent ici, mais reviendrons-nous un jour ? La question bien sûr reste en suspens, alors faute de mieux, nos bagages sont rapidement prêts.

*

Dès le lendemain, nous embarquons sur un navire marchand appartenant à un ancien ami de Quintus Arulenus et qui pleure sa mort chaque jour. Nous longeons les côtes d'Italie jusqu'à Ostie, puis là, nous faisons le reste du chemin sur deux césium attelés. Reste la question de savoir où aller, car il n'est pas question de nous rendre chez les parents de Flavius, l'endroit est peut-être déjà surveillé.

Je suis absolument convaincue que tout ce qui m'arrive est la volonté de la déesse Vénus, alors je décide d'aller en premier lieu à son temple sur le forum. Bien que mes compagnons ne soient pas enthousiastes à cette idée, ils acceptent de me suivre.

Après avoir franchi le mur d'enceinte de la ville éternelle, c'est à pied que nous continuons notre chemin. Nous longeons le Circus Maximus, ce qui n'est pas sans me rappeler de biens mauvais souvenirs, mais cela fait déjà longtemps. Ensuite nous montons la Vicus Tuscus et passons le long du Mont Palatin. De cet endroit je perçois les cris et gémissements des pauvres gens au marché des esclaves, dénudés, frappés, fouettés, ils apprennent la vie d'une bête à Rome. Bien que mon cœur se brise, je ne peux rien pour eux, alors nous continuons entre le temple des Dioscures, Castor et Pollux, et la Basilique Julia pour enfin arriver sur le forum. Là, la question est de savoir quel côté emprunter, à gauche où à droite ? Unanimement et sans nous concerter, nous prenons à droite.

Nous passons devant l'escalier du temple des Dioscures et apercevons le temple de Vesta. Cette fois nous tournons à gauche, devant le temple du dieu Iulius Cæsar. Cet endroit me rappelle aussi la dernière fois où je suis passée ici avec Flavius, nous étions si heureux, mais cela s'est bien mal terminé pour moi. Comme lors de cette mémorable journée, nous passons devant la grandiose basilique Æmilia, celle qui porte si bien mon nom, et poursuivons jusqu'au Comitium. Maintenant, une rue à droite, quelques pas encore et c'est le merveilleux temple de Vénus qui se présente à nos regards.

Pour moi, tout est synonyme de déjà-vu, de bons ou de mauvais souvenirs, mais pour Ananie tout est encore nouveau. Jamais de sa vie, sauf une fois, elle n'avait vu une si grande cité, avec autant de temples dédiés à nos dieux. Alors parcourant de son regard les façades des monuments et, sans lâcher la main d'Urbicus mon père, elle découvre la capitale du monde. Toute princesse grecque qu'elle fut, elle n'en revient pas.

Dans l'enceinte du temple, des dizaines de personnes vaquent à leurs occupations, des marchands vantent la première qualité de leurs produits, des bonimenteurs dévoilent leur avenir à celui qui sait leur offrir quelques sesterces, mais moi, je sens le regard de la déesse peser sur mes épaules. C'est la troisième fois que je viens ici pour implorer sa divinité, va-t-elle enfin m'aider, ou simplement m'écraser du pied comme une fourmi ?

À cet instant je ne saurais dire si la déesse va me venir en aide, mais mon regard se pose sur une femme que je connais bien, la très belle Flavia qui parle avec un homme en toge blanche bordée de pourpre. Instinctivement je presse le pas vers elle, et Flavius me retient, comme s'il voulait fuir.

— Allons Flavius, avance, dis-je d'un ton énervé, je vois une amie qui va pouvoir nous aider.

— Il ne faut pas rester ici, dit Flavius en ralentissant sa marche, nous ne sommes pas en sécurité.

— Pourquoi dis-tu cela, nous connaissons Flavia, elle peut nous venir en aide.

— Je n'ai aucune confiance en elle, nous sommes trop fragiles en ce moment pour nous frotter à sa puissance.

— Sa puissance est celle de Vénus… viens Flavius, si nous devons mourir alors allons-y ensemble.

— Tu me surprends Æmilia, je te suis.

Naturellement qu'il vient avec moi, en bon romain, Flavius n'a aucune peur de la mort, pour lui cela n'est qu'un passage d'un monde à l'autre. Entre sa courte carrière chez les gladiateurs et celle plus longue dans la légion, il s'est forgé une idée bien précise de ce que nous sommes, et cela a durci son caractère.

Flavia nous a vus arriver de loin, elle s'approche les bras ouverts et nous serre contre elle avec un plaisir non feint. Moi je suis intimidée par cette grande dame au service d'une déesse, mais je sens Flavius plus réticent, pourquoi ?

— Bonjour mes amis, dit Flavia rayonnante de joie, que me vaut le plaisir de votre visite ?

— Rien de bien plaisant Flavia, nous ne sommes pas ici en villégiature et…

Flavia passe sa main derrière la nuque de Flavius, tire fort et lui impose un baiser des plus ardents, sans qu'il ne puisse s'y opposer. Je regarde sans éprouver de mauvais sentiments envers elle, je crois simplement qu'elle est sincèrement heureuse.

— Flavius, tu n'apprécies pas mes baisers ? demande Flavia.

« Si, si ! » Répond gauchement mon Flavius qui ne sait plus où se mettre à l'abri de la belle servante de Vénus.

— Alors ? Qu'est-ce qui vous amène à Rome, n'avez-vous rien trouvé de plus agréable que les rues de cette grosse ville ?

— Nous ne sommes pas ici pour notre plaisir Flavia !

Cette phrase est sortie de ma bouche avant même que je ne l'aie pensée, qui parle donc à ma place ? En tout cas, Flavia semble figée par mes mots, comme s'ils avaient le pouvoir de statufier ceux qui les entendent. Je sens ses bras qui entourent ma taille et celle de Flavius, puis elle nous serre les uns contre les autres, formant comme un petit temple d'où aucun mot et aucune pensée ne peuvent s'échapper.

— Que se passe-t-il ? Vous avez des ennuis ?

— Si nous avions des ennuis, lui dis-je en gardant un brin le sourire, nous ne serions pas venus ici. Non Flavia, le mot est faible, des gens en veulent à nos vies.

— À vos vies ? Et sous quel prétexte ?

— Mon beau-père, Quintus Arulenus a été condamné par le sénat et exécuté, maintenant ils en veulent à ma vie puisque je suis son héritière.

— Et Flavius, il fait quoi dans tout ça ?

— Flavius ? Il vit avec moi, c'est suffisant.

— Tu as raison Æmilia, vous allez venir chez moi, personne ne viendra vous y chercher.

— Et les prétoriens ? demandais-je anxieuse.

— Leur chef apprécie particulièrement la douceur de mon lit, ils ne viendront jamais dans ma domus pour y trouver des fugitifs recherchés par le sénat.

— C'est fort possible, dit Flavius, mais tu prends de bien grands risques pour nous. Pourquoi ferais-tu cela sans intérêt ?

— Mon beau Flavius, si Æmilia me permet de t'appeler ainsi, j'ai écouté tes conseils en me rendant au temple de Vénus. Bien que n'y croyant pas, j'étais si triste de t'avoir perdu pour une bêtise, j'étais prête à tout pour te retrouver.

— Mais tu n'as pas réussi ! dit Flavius avec un air de gagnant.

— Non, tu as raison, pourtant j'ai rapidement obtenu tous les renseignements me permettant de te retrouver. Tu dois savoir que toutes ses années passées au temple avec la grande Prêtresse ont bien changé ma vie, elle m'a fait découvrir ce qu'était l'amour, et ce qui était simplement son image, alors je ne t'ai pas poursuivi.

— Et pour Æmilia, tu savais tout ?

— Non, pour elle c'était plus difficile, car elle avait disparu sans laisser de traces, mais c'est Vénus elle-même qui l'a mise entre mes mains. Je ne pouvais l'ignorer, c'est pour cela que je lui devais mon aide et mon affection. Pour moi vous êtes tous les deux bénis par la déesse que je sers depuis toutes ces années, alors je ne peux que vous servir également, ou bien disparaître pour avoir manqué à mon devoir.

— Alors ton aide est juste l'accomplissement de ton devoir ?

— Ne me cherche pas Flavius, tu as laissé sur moi une empreinte si brûlante que je la sens encore tordre mes chairs. Par devoir je vous tends la main, mais toi tu brises mon cœur.

— Excuse-moi Flavia, je ne le voulais pas.

Flavius se montre soudainement radouci envers Flavia, il dépose même un baiser sur sa jolie bouche sans que cela ne me mette mal à l'aise. Une autre serait certainement jalouse, mais moi pas, j'ai confiance en Flavius et de toute façon nous n'avons pas vraiment le choix. Je ne peux m'empêcher de penser que, encore jeune esclave, je masturbais mon maître Quintus pour lui préparer une bonne sieste, et que Flavia dans le même temps, calmait les ardeurs de Flavius. Tout cela appartient au passé, mais aujourd'hui, comment allons-nous nous défaire de la charge qui pèse sur nos épaules ?

*

Nous sommes chez Flavia Fulmina depuis huit jours, sans pouvoir sortir et attendant des nouvelles du sénat, mais rien ne semble bouger. Au moins je le crois jusqu'à l'intervention de cet esclave essoufflé qui nous interpelle tous ensemble.

— Maîtres, Maîtres, les prétoriens, ils sont là !

— De quels prétoriens parles-tu ? demande Flavius.

— Ils sont là Maître, ils sont nombreux !

Cette fois nous sommes trahis, Flavia nous a dénoncés pour quelques sesterces et ils viennent nous arrêter. Je suis vraiment déçue par cette trahison de sa part, je pouvais tout attendre, mais pas cela. La servante de la déesse de l'amour me paraissait si crédible que je n'ai pas envie de lutter, à quoi bon, si ceux que nous considérons comme nos amis ne valent pas mieux que nos ennemis ?

Les prétoriens font irruption dans l'atrium et se répandent comme une tache d'huile autour de leur chef.

— Nous cherchons Æmilia Arulena ! Est-elle ici ?

Que puis-je faire d'autre maintenant, sinon me dénoncer à mes bourreaux afin de ne pas mettre en péril la vie de mes amis, de mes vrais amis. Alors je fais courageusement un pas en avant et regarde le prétorien droit dans les yeux.

— Je suis celle que tu cherches ! Que me veux-tu ?

— Tu dois me suivre !

— Alors Flavia a trahi sa parole ? Elle me condamne sans jugement ?

— Ne dis pas de sottises Æmilia Arulena, Flavia Fulmina n'est pour rien dans cette affaire, d'ailleurs tu vas la rejoindre.

— Que veux-tu dire ? demande Urbicus le glaive entre ses doigts crispés.

— Eh bien gladiateur ! Es-tu prêt à mourir pour ta jeune maîtresse ? lui demande sans haine le chef des prétoriens.

— Oui, je suis prêt depuis bien des années, peux-tu en dire autant ?

— Je ne le dirai pas de cette manière, mais rengainez vos armes, vous ne pouvez lutter contre nous.

— Où est Flavia Fulmina ? demandais-je d'un ton impérieux.

— Ne crains rien Æmilia Arulena, Flavia est sous ma protection elle aussi, suis-nous sans faire d'histoire.

— Je vous suis.

Que faire d'autre que de les suivre, sinon condamner Urbicus et Flavius, tous deux prêts à me donner leur vie. Et cela inutilement, car ils ne sauveraient pas la mienne pour autant. Je sors de la domus bien entourée par les gardes qui, sans doute à cause de ma position sociale marquée par ma belle robe et mes bijoux, ne m'ont pas enchaînée et ne me bousculent pas non plus.

Comme je m'y attendais, c'est à la prison d'État du Tullianum que je suis conduite, juste derrière la curie Julia et non loin du temple de Vénus. Cette fois la déesse semble elle aussi m'avoir abandonnée. Nous descendons un escalier aux marches raides et croisons des cellules crasseuses, où se meurent des pauvres gens en attente de jugement.

Enfin, si je puis dire, nous nous arrêtons devant une grille donnant accès à une petite cellule, presque un cubiculum privatif. Assise sur un banc de pierre, il y a une femme qui lève la tête en entendant la grille grincer de tous ses gonds. Quelle n'est pas ma surprise en découvrant son visage marqué par les larmes, son maquillage ayant par goujaterie coulé sur ses joues.

— Flavia ! dis-je d'une voix qui ne cache pas ma surprise. Que fais-tu dans cet endroit ?

— Toi aussi ils t'ont arrêtée ? me demande Flavia d'un air aussi surpris que le mien.

— Oui, ils sont venus me chercher chez toi. Je comprends maintenant pourquoi le prétorien m'a dit que tu étais aussi sous sa protection, en effet. Et moi qui croyais que tu m'avais trahie

— Jamais je n'aurais fait une chose pareille, mais je ne comprends pas comment ils ont pu savoir que tu étais chez moi.

— Quelqu'un nous a vendu.

— Je saurai tôt ou tard qui il est, sa vie est désormais en suspend, tu peux me croire.

— Oui, sûrement, mais que pouvons-nous faire Flavia ? Ici personne ne nous aidera.

— N'en sois pas si sûre, j'ai beaucoup de relations à Rome.

— En attendant, nous sommes emprisonnées et tes relations n'y ont rien changé. Je croyais que le chef des prétoriens aimait la douceur de ton lit, visiblement cela n'a pas suffi.

— La douceur de mon lit dis-tu ? J'ai dit cela par convenance, en réalité c'est la douceur de mes fesses qu'il aime vraiment. Mais s'il est dans le coup, lui non plus ne perd rien pour attendre.

— Tu sais Flavia, ton ami ne peut sans doute pas t'aider, sinon comment accepter de te perdre sans agir ?

— Mon ami, ma chère Æmilia, est non seulement le chef des prétoriens, mais Casperius Ælianus est le préfet du prétoire. Excepté l'empereur, il n'y a personne au-dessus de lui, mais l'empereur ne se soucie pas d'affaire comme la nôtre.

— Alors quoi ?

Cette courte question résume bien ma pensée, si l'empereur ne s'occupe pas de nous et que le numéro deux a tous les pouvoirs, que faisons-nous ici ? Évidemment, courte question, mais sans réponse.

*

Depuis ce matin que je suis ici en compagnie de Flavia, seule une gamelle de mauvaise soupe nous a été donnée, et encore, c'est paraît-il une faveur due à la qualité de la riche patricienne Flavia Fulmina. Cette pauvre nourriture pour esclave ne me rebute pas, tout au plus me rappelle-t-elle le mauvais temps jadis, mais Flavia fait la moue et ne mange rien.

J'entends des pas, des voix d'hommes parviennent à mes oreilles et me disent que notre avenir va changer de direction, mais laquelle allons-nous prendre ? Je n'imagine pas que des bourreaux viennent pour exécuter Flavia sans jugement, mais pour mon cas je suis plus pessimiste, jusqu'à ce que les dieux me laissent entendre la belle voix de Flavius, je la reconnaîtrais toujours entre toutes.

Oui, j'ai raison, Flavius est en compagnie d'Urbicus, mais que comptent-ils faire pour nous, que peuvent-ils faire pour nous sauver ? Je m'approche de la grille et tends mes bras au-dehors, Flavius fait de même et nous nous enlaçons, séparés par le fer qui marque ma chair quand Flavius me serre trop fortement vers lui.

— Ave Flavius, ave Urbicus ! dit Flavia, venue sans bruit juste derrière moi.

— Ave Flavia ! répond Urbicus. Dis-nous comment nous pouvons vous aider à sortir de cet endroit ?

— Allez voir le préfet et dites-lui que je suis ici.

— Il n'est pas à Rome et ne voudra jamais nous recevoir, trouve autre chose.

— Le préfet n'est pas à Rome ? Cela explique tout. Tiens, dit Flavia, retirant une bague de son doigt et la tendant à Urbicus, prends cet anneau et allez le voir, il fera ce qu'il faut.

— Le préfet est en Campanie pour un long voyage, je crains qu'il ne rentre trop tard, dit Flavius.

— Vous devez aller en Campanie pour le retrouver, il le faut absolument. C'est vraiment notre seule vraie chance de sortir de cet enfer.

— Bien ! dit Urbicus d'un ton sévère, je ne vais pas abandonner ma fille dans cet endroit maudit, toi non plus Flavia, nous ne t'abandonnerons pas, nous partons aujourd'hui même pour trouver ton fichu préfet. Viens Flavius, ne perdons pas de temps.

Urbicus empoigne Flavius par un bras et le tire loin de moi, sans ménagement, il sait que notre temps est compté et qu'ils doivent faire vite.

*

* *

Contra factum non datur argumentum[47]

Flavius

Je suis catastrophé en sortant avec Urbicus de la prison du Tullianum, je sais qu'aucun prisonnier n'en sort vivant, excepté pour être conduit au bourreau ou dans l'arène. Le préfet du Prétoire est en Campanie, comment le retrouver et entrer en contact avec lui ? Cette mission me paraît fort compromise et je questionne Urbicus sur ce sujet qui me tourmente depuis notre départ.

— Rassure-toi Flavius, me répond-il calmement, le préfet possède une grande villa aux abords de Capoue, je connais très bien l'endroit, fais-moi confiance.

Lui faire confiance, moi je veux bien, mais comment allons-nous entrer dans la propriété du préfet sans nous faire arrêter par une légion de prétoriens ? Sur cette question, Urbicus ne fournit pas de réponse, je crois qu'il ne le sait pas. En marchant bien il nous faudra cinq jours pour parvenir à destination, une route pas bien longue pour un ancien légionnaire, et quant à Urbicus, je ne sais pas d'où il tient son énergie, mais il marche d'un bon pas, régulier, sans aller plus vite et sans ralentir non plus.

Après deux jours de bonne marche, nous nous arrêtons dans une auberge accueillante, plutôt petite, mais bien tenue. Nos pieds sont en souffrance, le manque d'entraînement et des chaussures mal appropriées pour

47 Contre un fait, il n'existe pas d'argument.

de longs trajets, laissent des traces douloureuses qui nous font grimacer lorsque vient le moment de les retirer. Fort heureusement, nous sommes pris en main par deux jeunes esclaves, toutes dévouées à leur service et sachant bien comment remédier à nos douleurs.

C'est lavés, massés et soignés que nous nous asseyons à une table. Près de nous un marchand de vin a déjà commencé son repas.

— Venez mes amis, dit le marchand avec un grand sourire aux lèvres, venez goûter le meilleur vin d'Italie.

— Avec plaisir mon brave, dit Urbicus, nous acceptons volontiers ton offre.

*

C'est ainsi que nous passons une bonne soirée, c'est ainsi également que je me rends malade avec le trop bon vin du marchand, mais nous n'avons pas tout perdu. En effet, ce matin nous faisons plus de chemin que les matins précédents, et cela sans fatigue. Assis sur la voiture du marchand de vin, nous parcourons la route aux pas des chevaux et gagnons un temps précieux pour nous.

De fait, nous sommes arrivés à destination après seulement quatre jours, et déposés devant la porte de la villa du préfet Casperius Ælianus. Reste maintenant à savoir comment entrer, cette fois la question devient vitale, et surtout la réponse que l'on peut lui apporter. Urbicus passe devant moi et me demande simplement de le suivre, comme si nous allions au marché.

— Halte ! N'allez pas plus loin, nous crie une sentinelle.

— Va porter cela au préfet, dit Urbicus en lui donnant la bague remise par Flavia, et ne traîne pas en route il y va de ta vie.

Le garde observe un instant l'objet mis entre ses mains, puis tourne les talons sans ajouter un mot. À cet instant, je crois encore qu'il peut se passer quelque chose, le bijou a sûrement de la valeur. Mais quelle n'est pas ma surprise quand je vois un homme d'une bonne cinquantaine d'années venir vers nous. Il aurait pu nous faire venir jusqu'à lui, mais non, il se déplace en personne. L'affaire est donc d'importance à ses yeux, c'est sûrement notre chance.

— Ave ! Qui a remis cette bague à mon garde ?

Le ton est donné, l'homme ne plaisante pas et je sens comme une crispation sur le personnage.

— C'est nous ! répond Urbicus.

— D'où tenez-vous cette bague ? Elle ne devrait pas être entre vos mains crasseuses.

— Tu as raison préfet, elle ne devrait pas être entre nos mains, mais elle s'y trouvait bien. C'est une certaine Flavia… disons, Flavia Fulmina pour être précis, qui nous l'a confiée pour toi.

— Flavia ? Pourquoi a-t-elle fait cela.

— Elle est emprisonnée au Tullianum, je pense qu'elle te demande de l'aide.

— Flavia au Tullianum ? C'est impossible.

— Oui, tu as raison préfet, c'est impossible. Cette

bague en notre possession est impossible, que l'on te la donne après une longue marche est impossible égalerment, que l'on sache que tu l'avais offerte à Flavia est impossible aussi, mais pourtant nous sommes ici et la bague est entre tes doigts.

— Bien, suivez-moi et racontez votre affaire.

Alors voilà donc la réponse, comment entrer dans la villa du préfet ? Une simple bague et nous sommes conviés à le suivre. Nous pénétrons dans l'atrium de cette énorme domus, des esclaves en tous sens vont et viennent à leur tâche, mais c'est le maître des lieux qui nous accueille. Malgré ma vie tourmentée, je suis impressionné de voir face à moi, le préfet Casperius Ælianus en personne s'adresser à nous sans manières.

Habituellement, un si haut personnage de l'état ne parle pas avec des gens de notre misérable condition, Flavia a donc un réel ascendant sur cet homme pour l'amener à une telle conduite. J'avoue être bien placé pour dire comme elle est une si charmante femme, les années n'ayant aucune prise sur elle. De plus, et ce n'est pas la moindre de ses qualités, elle est aussi en amour une partenaire peu ordinaire. Je comprends bien tout l'intérêt du préfet à son égard.

Alors que je traîne dans mes pensées, Urbicus raconte dans le détail les raisons de notre présence en ces lieux. N'oubliant pas de citer très adroitement le nom du Consul Quintus Arulenus, afin d'évaluer les sentiments du préfet à son égard.

— Le Consul Arulenus figurait parmi mes amis et son exécution m'a fortement peiné, mais je ne pouvais m'opposer au sénat sans risquer un conflit avec l'empereur. Cela m'aurait nui sans aider Quintus, alors je le regrette en silence. Mais parlons plutôt des vivants, puisque ta fille est la mère du descendant de Quintus Arulenus, l'épouse de son défunt fils Valens, ce sera un honneur pour moi de lui venir en aide. Je fais immédiatement partir un messager afin qu'il n'arrive rien aux deux femmes, et nous retournons à Rome.

Voilà ce que j'appelle une sage décision, loin d'Æmilia le temps m'apparaît épouvantablement long. Décidément, ce préfet gagne à être connu, il a aussi la bonne idée de nous inviter à la cena de ce soir. Ce n'est pas mon estomac mal nourri depuis des jours et gargouillant sans discrétion qui va s'en plaindre.

*

C'est notre deuxième jour sur le chemin du retour, mais qui n'a rien à voir avec celui de l'aller. Oh ! Bien sûr, je reconnais sans peine bon nombre d'endroits où nous sommes passés avec Urbicus, mais être accompagné par une vingtaine de prétoriens en armes, juché sur une voiture de grand luxe en compagnie du puissant préfet, cela change bien des choses. D'une part nous allons beaucoup plus vite, et d'autre part, la plante de mes pieds y trouve toute satisfaction.

Je me réjouis de notre sort quand, au passage devant une auberge, le tenancier du lieu fait arrêter notre voiture. Je ne peux entendre ce qu'il dit discrètement au préfet Casperius Ælianus, mais ce dernier semble fort contrarié. Descendant de la voiture il nous fait signe de le suivre, alors nous le suivons.

Nous entrons tous dans l'auberge, celle-ci, nous ne

la connaissions pas. Elle est très propre et bien agencée, un endroit plaisant pour faire une halte. L'aubergiste parle au préfet avec déférence et courbettes, mais je ne peux toujours rien comprendre de ce qu'il lui dit. Vers le milieu de la pièce, une femme bien vêtue regarde sans dire un mot, scrutant attentivement nos comportements, elle doit être la maîtresse de ce lieu. Les esclaves qui s'affairaient à préparer les tables et à entretenir le sol ont tous cessé leurs gestes, suivant du regard le préfet et ses gardes puissamment armés.

Alors que rien ne devrait m'inquiéter et que la peur n'est pas en moi, mon instinct me dit qu'ici, l'air est malsain. Nous entrons dans un cubiculum fermé par un rideau tissé aux multiples couleurs, et découvrons ensemble le messager du préfet, étendu sur un lit fait de pierres et couvert par un matelas de laine. L'homme est raide, mort depuis de nombreuses heures, sûrement depuis hier.

C'est ce que confirme l'aubergiste, le messager a été trouvé non loin d'ici, sur le bord de la route. Sachant d'où il venait, le brave homme a récupéré le cadavre et envoyé son fils prévenir le préfet. Nos chemins se sont sans doute croisés. Le préfet Casperius Ælianus remercie l'homme pour son comportement loyal et lui offre une bourse en remerciement, puis il fait retirer le cadavre afin qu'il soit inhumé correctement.

— Cette fois mes amis, nous dit cordialement le préfet, l'affaire est grave. Hier, j'ai envoyé ce messager à Rome, personne en dehors de nous ne devait connaître sa mission, il y a donc un traître dans notre entourage. Vous mis à part, cela va de soi.

— Qui pouvait savoir ce que ton messager allait faire à Rome ? demande Urbicus.

— Je n'en ai pas la moindre idée, mais ceux qui en veulent à ta fille sont tenaces et emploient de gros moyens pour parvenir à leur fin.

— C'est complètement fou, qu'est-ce que la mort de ma fille Æmilia peut leur apporter ? s'exclame Urbicus au bord de la colère.

— Sa fortune ! réplique sèchement Casperius.

— Quel fou peut imaginer la dépouiller sans se faire remarquer ? dis-je au préfet comme s'il était de mes amis, celui-là, je le tuerai de mes mains.

— Si Æmilia est condamnée, ou pour le moins dépouillée de ses biens, tout ira légalement à l'état. Il sera alors facile de racheter pour une modique somme, toutes ses terres et propriétés héritées du Consul Arulenus. Tout sera fait légalement, tu ne sauras jamais qui est à l'origine de cette affaire. Tu ne comptes quand même pas t'opposer au sénat ? Le consul Arulenus lui-même y a laissé sa vie.

— Tu peux nous aider ?

— Oui Flavius, je peux, et je vais vous aider. Æmilia Arulena Prima n'a rien à se reprocher, elle est la fille adoptive de mon ami le Consul Quintus, mais rien ne peut être retenu contre elle. Pardonne-moi Urbicus, je sais que tu es son vrai père, mais Quintus l'a adoptée et en a fait son héritière, à ce titre, je me dois de l'aider comme une authentique Arulena.

Une authentique Arulena, ma petite Æmilia, ex-esclave de la boulangerie, cela me fait sourire. Trois hommes connus par le préfet, sont envoyés à Rome avec ordre de protéger Æmilia et la douce Flavia, comme aime l'appeler Casperius. S'il l'avait connue comme moi il y a quelques années, peut-être ne la surnommerait-il pas sa douce Flavia. Je peux me vanter de l'avoir connue sous bien des aspects, douce et amoureuse, dure et violente, tantôt louve ou agneau, jamais indifférente et laissant toujours la marque de sa présence. Excepté sa beauté restée intacte, je dois confesser son radical changement. Est-ce sa vie au temple de Vénus qui en est responsable ? Je ne peux l'affirmer, mais le changement est notable, et plutôt bon pour nous.

Bien que moins rapide que les cavaliers envoyés à Rome, notre convoi avance bon train, dans deux jours nous serons arrivés. J'ai hâte de retrouver Æmilia, son absence me pèse et me fait mourir d'inquiétude pour elle. J'ai le sentiment d'être comme une de ces femmes qui tremble chaque fois qu'un de ses enfants s'éloigne hors de sa vue. Même si ma main posée sur mon glaive reste prête pour combattre, mon cœur n'est plus celui d'un gladiateur, je ne suis plus disposé à mourir pour amuser la galerie. Je les imagine dans cette horrible prison, sont-elles toujours en vie ? Durant notre absence, ont-elles été égorgées comme le messager avant que les prétoriens n'arrivent à leur secours.

Ces questions m'angoissent et empoisonnent ma vie, je sais que de puissants hommes veulent tuer Æmilia pour la dépouiller de ses biens, et ils n'hésiteront pas à tuer Flavia par la même occasion, ça, le préfet Casperius en est tout à fait conscient.

*

* *

Æmilia

Cela fait six jours que nous sommes enfermées ici, le temps me semble trop long lorsque j'entends des pas venir vers notre cellule. J'ai vite fait la différence entre les bruits qui courent les couloirs, et je sais quand ils sont pour nous. J'espère que Flavius est de retour avec Urbicus, mais cela me paraît impossible, Flavia m'a dit qu'il fallait compter au moins dix jours.

Un des gardes tourne la clef dans la serrure et pousse la grille, un autre entre avec un plateau sur les bras, chargé de victuailles. L'homme dépose le plateau sur le sol et se retire en nous regardant d'un air peu sympathique.

— Un supplément pour ces dames, dit l'homme à l'air peu sympathique, peut-être le dernier avant l'enfer, profitez-en bien.

Il n'a pas que l'air qui n'est pas sympathique, même le ton de sa voix est désagréable, est-il jaloux de ce dernier repas ? Personnellement, je m'en passerais bien, mais qui a-t-il de bon ? Ah ! Tout de même, je ne connais pas le généreux donateur, mais il ne se moque pas de nous. Il y a là : du pain frais, du fromage frais également, un bol d'olives, de la viande grillée, du poisson séché et une carafe de vin miellé et de l'eau. Un vrai festin.

— Regarde Flavia, ils nous ont apportés de quoi bien manger, crois-tu que c'est notre dernier repas ?

— Je n'ai pas ouï dire que dans la prison du Tullianum on nourrissait copieusement les condamnés, c'est une autre raison.

Tiens, encore des pas qui viennent par ici, si c'est déjà l'heure de mourir, moi je n'ai encore rien mangé. L'homme de tout à l'heure ouvre de nouveau la grille, mais cette fois c'est un officier prétorien qui entre, suivi par deux autres gardes. J'ai peur que ce ne soit pas bon signe, alors je me blottis contre Flavia, je passe mon bras autour de sa taille et me serre contre elle.

Flavia elle, est une grande dame, elle reste droite et sans montrer la moindre émotion. Posant sa main droite sur mon épaule, elle lève mon menton avec la gauche et m'embrasse sur le front. Là, par contre, j'ai senti une hésitation, son regard posé sur mes lèvres m'a un instant laissé croire qu'elle voulait embrasser ma bouche, mais elle s'est ravisée à temps.

— Ave Flavia Fulmina, ave Æmilia Arulena Prima ! Je suis envoyé par le préfet Casperius Ælianus. Je ne peux vous faire sortir d'ici, mais je suis autorisé à vous porter ce que vous me demanderez. Un garde vous donnera des couvertures et de quoi faire votre toilette.

— Pourquoi ne pouvons-nous pas sortir, demande Flavia agacée par cet emprisonnement qui n'a que trop duré.

— C'est un ordre du préfet, ici vous êtes en sécurité en attendant son retour.

— Quelle sécurité ?

— S'il est vrai que vous ne pouvez sortir, il est tout aussi vrai que personne ne peut entrer. Soyez patientes encore deux jours.

Inutile d'insister, l'homme tourne les talons et sort sans nous regarder. Dans un sens, il n'a pas tort, dans cette fichue cellule, nous ne risquons rien. Je prends conscience que Flavia, avec un léger sourire aux lèvres, caresse doucement mon visage, son regard plein d'amour planté dans le mien me met mal à l'aise. Je sais que dans certains temples de la déesse Vénus, ses servantes s'offrent volontiers à l'amour avec des pèlerins de passage, homme ou femme sûrement, mais cela n'est pas dans mes pratiques et m'indispose un peu.

— Eh bien Æmilia, pourquoi me dévisages-tu ainsi ? Ne m'avais-tu jamais vue au paravent ?

— Heu… si. Mais je suis impressionnée, c'est tout.

— Impressionnée par moi ? Il n'y a pas de quoi.

— Oh si, je te l'assure. Moi je suis morte de trouille quand un officier entre ici, et toi, belle comme une déesse tu ne trembles pas, tu restes fière comme si tu étais maîtresse de ton destin.

— Mais je le suis ma chérie, je te le répète une fois encore, nous n'avons rien à craindre. Mangeons de cette nourriture plus digne de notre qualité que leur affreux bouillon et pain rassi.

Deux jours, avait dit le prétorien, eh bien ils sont passés. Sans dire que nous sommes installées comme des princesses, je dois reconnaître que nous avons ce qu'il nous faut. Même le gardien qui est à notre porte et qui ne s'éloigne jamais sans être remplacé, se montre très discret. Flavia a fait ce qu'il fallait pour cela, alors qu'il nous observait en permanence, elle n'a pas hésité à se mettre nue pour faire sa toilette. Le garde s'est senti gêné de s'inviter dans notre intimité, alors il a déplacé son tabouret et maintenant ne nous regarde plus avec insistance. Il a sans doute pris conscience que nous ne pouvions nous éloigner bien loin, enfermées que nous sommes entre ces quatre murs.

Flavia est tout de même une sacrée femme, son sang-froid et son impudeur m'ont surprise, jamais je n'aurais osé une chose pareille, je comprends que le préfet ne lui résiste pas. Durant notre petit séjour dans cette cellule, j'ai eu maintes occasions de l'observer, de l'admirer devrais-je dire. Flavia me fait penser aux statues qui ornent sans complexe le forum et les temples. À la fois mince et bien en chair, elle possède une poitrine peu développée qui sait se maintenir sans le soutien d'un fascia pectoralis, sa taille est fine, ses bras également, mais elle a des cuisses bien rondes, modelées par les mains d'un dieu sculpteur dont j'ignore le nom, mais à l'adresse incomparable.

Son visage également est fin, lorsqu'elle sourit, des petites fossettes se creusent sur ses joues, mais aussi de chaque côté de sa bouche. Son regard gris et ses cheveux clairs, sûrement dus à des ancêtres cisalpins, pénètrent mon cœur, jusqu'au fond de mon âme. Je suis bien heureuse en ce moment d'être une fille, car un homme à ma place souffrirait le martyre pour lui résister. Ah oui, Flavia la servante de Vénus, jamais la déesse aurait su faire meilleur choix.

Ah ! J'entends des bruits de pas qui marchent dans le couloir menant ici, des pas plus nombreux que ceux de deux hommes. Flavia, occupée comme chaque jour à soigner les ongles de ses mains, s'est aussi interrompue pour tendre l'oreille. Je ne suis pas assez experte pour dire qui ils sont et combien ils sont, mais ce ne sont pas des gardes du Tullianum. Je reconnais au moins deux ou trois paires de chaussures à clous, des caligae de légionnaire ou de prétorien. Mais ils sont accompagnés par plusieurs paires de chaussures aux semelles de cuir, beaucoup plus silencieuses, elles laissent entendre un bruit sourd qui ne trompe pas, quoique fort discret.

Mon cœur s'accélère et mes tempes frappent de chaque côté, je sens ma respiration qui veut s'arrêter pour me laisser écouter ces pas inconnus, que je sens, ou que je désire comme amis. Des voix se font entendre de plus en plus distinctement, et je sens les ongles de Flavia qui se plantent doucement dans mes épaules.

— Cette fois ma petite chérie, me glisse-t-elle dans le creux de l'oreille, c'est la vie ou la mort, mais notre destin est en train de basculer.

Je suis pétrifiée, alors je saisis les poignets de Flavia et passe ses bras autour de mon cou. Flavia me serre contre sa poitrine que je sens chaude dans mon dos, je tourne mon visage pour tenter de la voir, elle pose sa joue contre la mienne et me serre plus fort encore.

Je réussis à me tourner un peu pour voir son visage tout contre le mien, elle semble inquiète elle aussi.

— J'ai peur Flavia, lui dis-je en tremblant.

— Moi aussi chérie, me répond-elle doucement.

Les lèvres de Flavia déposent un doux baiser sur ma joue, puis glissent vers les miennes et embrassent doucement le coin de ma bouche, ce qui provoque chez moi un petit chatouillement. J'ai envie qu'elle prenne ma bouche entre ses lèvres et m'embrasse vraiment, je sens en moi monter un amour fou et un désir encore plus fou pour Flavia. Vénus me tient dans ses bras, je vais mourir dans les bras de l'amour, mon esprit vacille et je sens mon corps devenir plus lourd.

— Æmilia ! Æmilia !

Cette voix qui m'appelle au loin, c'est celle de Flavius, mon beau Flavius. Je crois que je suis morte et cela est bien agréable. Je suis allongée sur un lit un peu dur à mon goût, mais avec de doux coussins. Celui sous ma tête est bien tendre et bien chaud, l'autre contre mon visage doit être vivant, car il bouge seul. Je sens également que l'on tape doucement sur ma joue, des petits coups répétés et sans violence. Puis la voix du dieu crie encore mon nom « *Æmilia ! Æmilia !* », c'est la voix de Flavius que j'entends. J'écoute encore, oui, c'est Flavius qui m'appelle.

Mes yeux s'ouvrent et commencent à voir la lumière, mon esprit découvre doucement la scène qui m'entoure. Je suis allongée sur le sol, ma tête posée sur la cuisse de Flavia, son ventre mouvant au rythme de sa respiration caressant mon visage. Dans mon oreille, la divine voix de Flavius pénètre comme une douce musique, je lève une main incertaine qu'il saisit immédiatement, et la porte contre ses lèvres.

Je sens les douces fragrances émanent du ventre de Flavia qui caressent mes narines, je sens les douces mains de Flavius qui caressent mes joues. J'aimerais que cela ne cesse jamais, ou bien que la mort me saisisse ainsi, afin de rendre éternel ce moment magique.

*

Je ne saurais dire combien de temps je suis restée là à dormir, mais lorsque je m'éveille de nouveau, je suis allongée sur ma paillasse. Flavius est près de moi, mais Flavia n'est plus là et m'a quittée. Voyant mes yeux s'ouvrir de nouveau à la vie, Flavius me prend dans ses bras et me serre fort. J'ai l'impression qu'il sanglote doucement, mais cela ne doit être qu'une impression, un gladiateur ne pleure pas.

Devant moi, je découvre la merveilleuse Flavia en discussion avec un officier de haut rang, un homme avec une cuirasse blanche ornée de décors en or. C'est certainement le préfet Casperius Ælianus. Cet homme aux tempes grisonnantes est plus âgé que Flavia, mais il inspire confiance. Flavia devinant sans doute mon éveil, se tourne vers moi, un franc sourire aux lèvres. Puis elle me tend une main amicale que je ne tarde pas à saisir.

— Casperius, je te présente ma protégée, Æmilia Arulena, dit Flavia heureuse de ce qu'elle vient de dire au préfet.

— Ave Æmilia Arulena ! Je te salue en mémoire du consul Quintus Arulenus, un homme que j'ai admiré, et compté parmi mes amis.

— Ave préfet Casperius Ælianus, je n'ai pas l'honneur de te connaître, mais Flavia m'a beaucoup parlé de toi.

— En bien j'espère ? me demande-t-il avec le sourire.

— Oui, bien sûr, encore que bien est insuffisant, Flavia ne tarit pas d'éloges à ton sujet.

— J'en suis ravi, mais je ne compte pas rester ici pour cette nuit, alors je vous invite chez moi.

Le préfet sort le premier avec Flavia, moi je suis avec Flavius. Je suis étonnée de ne pas voir mon père Urbicus à m'attendre là, Nanie non plus n'est pas présente. Pour ce qui est d'elle, je ne me fais pas de soucis, je suis sûre qu'elle est avec Urbicus. Des prétoriens sont devant nous et ouvrent la marche, deux autres sont derrière, tout à la fois rassurants et inquiétants. J'ai comme un sentiment de malaise, notre sortie semble bien déplaire à certains qui n'osent s'y opposer ouvertement. Des gens nous en veulent et vont tout tenter pour m'abattre et spolier mes biens, même sous bonne garde, leur force reste dangereuse.

Enfin, en haut de l'escalier qui m'a paru interminable, la lumière du jour m'éblouit. Pas suffisamment pour m'empêcher de voir Ananie au bras d'Urbicus, ils attendaient dehors notre sortie.

*

Je ne saurais raconter dans le détail la soirée passée chez le préfet Casperius, sinon qu'elle fut parfaite. Dès notre arrivée, c'est-à-dire, à Flavia et moi, nous avons été dévêtues sans autre forme de politesse que celle qui accompagne des gestes doux et habiles.

Des esclaves des deux sexes nous ont successivement lavées, massées, caressées, parfumées et finalement habillées. C'est rajeunies de dix ans au moins que nous sommes allées au triclinium pour enfin nous délecter d'un vrai repas. J'avoue qu'il était sans conteste, d'une qualité bien supérieure à ceux servis dans notre cellule du Tullianum.

Ce matin pourtant, je ne suis pas au faîte de ma forme, même si je suis vêtue de la plus belle robe jamais portée au cours de ma vie. C'est Flavia en personne qui s'est occupée des dernières mises au point, mettant elle-même la main à l'ouvrage. Il faut dire aussi que l'enjeu est de taille, car, en compagnie du préfet Casperius, je vais être introduite dans le bureau du dieu des hommes. L'Empereur Domitien en personne va nous recevoir pour juger de ma situation, inutile donc de préciser quels sont ces petits bruits qui cliquettent alentour, ce sont mes os qui s'entrechoquent par la peur.

Flavia m'a prêté des beaux bijoux, des bijoux sobres, mais de belle joaillerie. Son esclave la plus experte a réalisé un maquillage parfait, à la fois somptueux, mais sans provocation. Casperius a été très clair à ce sujet, je dois plaire à Domitien, il doit être flatté par ma présence, mais surtout, ne jamais me croire supérieur à lui.

*

Arrivés au palais, les gardes se sont tous écartés devant le préfet qu'ils connaissent, évidemment cela facilite bien les choses. Nous parcourons un couloir qui me semble interminable, et devant nous est la porte du tablinum de Domitien. Les deux gardes à l'entrée croisent leurs lances afin de nous barrer le passage, mais un simple geste de Casperius nous ouvre la voie.

Assis à son bureau, Domitien fait mine de ne pas nous savoir entrés, mais je sais qu'il fait semblant, Casperius m'avait prévenue. Nous sommes à trois pas tout au plus du bureau, Domitien n'a pas levé la tête et je découvre un drôle d'environnement. Tout autour de la pièce, l'empereur a fait dresser des miroirs de bronze afin de percevoir toute personne qui tenterait de s'approcher de lui. Accroupie à ses pieds se trouve une jeune femme qu'un collier de fer désigne comme son esclave. Ses cheveux sont défaits, mais je reconnais sans peine qu'ils étaient correctement coiffés ce matin. Elle porte sur elle une robe dont la qualité n'est pas en rapport avec sa piètre situation, j'en déduis donc qu'elle est son souffre-douleur. J'ai entendu parler d'elle, une esclave qui dans tout l'empire, est la seule personne encore vivante pouvant s'enorgueillir de tenir tête à Domitien, sans peur du danger et créant bien des jalousies, mais elle paie chèrement son courage.

Enfin il daigne lever son regard sur nous, je meurs de peur, mais je fais confiance au préfet.

— Ave César ! Seigneur et dieu, nous te saluons ! lance soudain le préfet Casperius.

— Ave Casperius, je suis heureux de te voir ici. Mais qui est cette fille ? Que fait-elle dans mon bureau ?

— Cette fille est sous ma protection divin César, nous venons implorer ta divine justice afin de mettre un terme aux agressions dont elle est l'objet.

— Des agressions ? De quelles agressions parles-tu Casperius ? demande Domitien en fronçant les sourcils.

— Le consul Quintus Arulenus a été condamné pour des faits dont je ne tiens pas à débattre ici, la loi et ses sanctions ont été appliquées selon nos règles, il ne m'appartient pas d'en juger. Mais pour autant, doit-on encore poursuivre ses descendants ? La femme qui est ici n'est autre que l'épouse du fils du consul Quintus Arulenus, le jeune Marcus Arulenus Valens, mort glorieusement au combat pour défendre ton honneur, ainsi que celui de sa patrie. Des sénateurs mal intentionnés veulent la dépouiller de ses biens, seigneur et dieu, je te demande justice.

— Approche toi ! me dit Domitien d'un ton sec.

Je m'approche donc du dieu vivant, que je perçois en cet instant comme un homme ordinaire. Mais l'homme ordinaire se montre bien curieux de mon anatomie, caressant mes épaules, et tripotant le bout de mes seins. Cette manière incongrue d'agir me répugne, même si cela n'a rien de dangereux. La jeune esclave toujours à ses pieds lève vers moi un regard complice, m'encourageant de la sorte à subir sans rien dire.

— Alors jeune fille ? N'as-tu aucune réaction à m'opposer quand je tripote ta poitrine ?

— Seigneur, tu es mon dieu, dois-je craindre

l'amour que mon dieu pose sur moi ? dis-je d'une voix si douce et si naturelle qu'elle semble ne pas m'appartenir.

— Non, tu as raison, me dit le dieu des hommes, mais tu parles comme cette chienne. Personne ne doit craindre mon amour, je suis le père de la patrie et j'aime tous mes enfants. Pourtant tous ont peur de moi, ils tremblent sur mon passage comme si j'étais un démon venu de l'enfer. Il n'y a que cette esclave qui ne me craint pas, sans plier sous mon regard et sachant que je peux la mettre à mort d'un seul geste, d'un seul mot, elle me défie chaque jour. Même s'il m'arrive de la menacer ou de la frapper quand elle va trop loin, je ne peux me résoudre à la tuer. Bêtise ou courage ? Je ne sais dire comment marche son esprit, mais le tien lui ressemble fort. Je vais ordonner ce qu'il convient pour toi, tu peux partir libre et sans crainte.

— Ave seigneur et dieu, je te remercie pour ta justice sans faille, ça, je peux le penser, puisqu'elle me convient.

Le préfet Casperius s'entretient encore avec l'empereur, échangeant entre eux quelques mots dont je ne comprends pas le sens, faute de bien les entendre. Puis retrouvant l'esclave chargé de m'escorter pour le retour, enfin je sors du tablinum. Là, je suis soulagée d'arpenter le long couloir pour retrouver l'air frais du dehors. Attendant que l'empereur nous libère, je sentais de grosses gouttes de sueur couler le long de mon échine pour finir entre mes fesses, cela était fort désagréable. Désagréable l'étaient également celles qui, libérées sous mes seins, glissaient sur mon ventre en provoquant un chatouillement qui ne me faisait pas rire.

L'homme qui m'accompagne est très courtois et

veille de toutes parts comme s'il craignait pour moi. La domus de Flavia n'est pas bien loin, quelques rues et la traversée du forum romain ne sont pas un parcours très long. En bas du Palatin, nous contournons le temple des Dioscures et passons devant le temple de César, puis avant de tourner à gauche, deux hommes barrent notre route. Je vois mon esclave qui s'arrête net, comme paralysé, puis ses genoux fléchissent et il s'écroule face contre le pavé.

Ne comprenant pas immédiatement, je cherche à me pencher vers lui pour vérifier ce qu'il lui arrive, mais une main d'homme clôt ma bouche alors que de l'autre bras il entoure ma taille. Je sens une étreinte puissante qui me coupe le souffle et je comprends maintenant que je suis enlevée par des brigands, ici, sur le forum, en plein jour et parmi la foule.

Je crois naïvement qu'ils ne pourront pas me porter bien loin, je vais me débattre et obliger l'homme à me lâcher. En effet, je ne suis pas portée bien loin, mais simplement jetée dans une litière, bâillonnée et ligotée avant d'avoir pu réagir.

*

* *

371

Flavius

Je suis fort inquiet de l'absence d'Æmilia, pour venir du palais de Domitien, une clepsydre[48] suffit amplement, même en marchant doucement, alors elle devrait être ici depuis plusieurs heures. L'esclave chargé de l'accompagner est absent lui aussi, que se passe-t-il donc ?

Flavia, le préfet du prétoire Casperius Ælianus et moi, nous nous interrogeons sur cette absence sans trouver d'explications rationnelles, au moins jusqu'à l'arrivée d'un prétorien mandant le préfet.

C'est tous les trois que nous nous rendons dans l'atrium, un policier est là à attendre.

— Ave ! Préfet Casperius Ælianus. Je suis le centurion Titus Sabinus et j'ai une nouvelle pour toi.

— Ave centurion ! Quelle est cette nouvelle ?

— Un homme a été retrouvé mort sur le forum, répond le centurion, comme s'il annonçait une chose extraordinaire.

— En quoi cela peut-il m'intéresser ? lui rétorque le préfet.

— L'homme était un esclave, il portait une tunique avec les marques de la gens Fulmina.

— Comment était-il ? demande Flavia anxieuse.

48 Quinze à vingt minutes, selon la saison.

— C'était un esclave, c'est tout.

— Tu l'as vu ? questionne Flavia.

— Comme je te vois, en plus triste, bien sûr.

— Pourquoi en plus triste ?

— Il avait deux trous dans le ventre, sauf miracle, il les a toujours.

— Tu es sûr qu'il portait la marque de ma maison ?

— Oui Maîtresse, il portait sur lui la même tunique que cet esclave derrière toi.

Machinalement, Flavia se retourne, geste inutile puisqu'elle connaît parfaitement la tenue de ses gens.

— Habillé comme lui ? demande encore Flavia pour confirmer ce qu'elle a déjà compris.

— Oui, comme celui-ci, répond le policier en désignant du doigt l'esclave près de Flavia.

— C'est très mauvais Flavius ! me dit Flavia sur un ton ferme et anxieux.

Je ne peux à cet instant croire qu'elle est pour quelque chose dans la disparition d'Æmilia, non, sa franchise semble honnête. Mais qui peut être derrière tout cela ? Je sais qu'elle s'est rendue chez l'Empereur Domitien et qu'il lui a accordé son soutien, Casperius me l'a affirmé. Alors qui peut défier le prince, qui est assez fort ou assez fou pour le faire ?

— À quoi penses-tu Flavius ? me demande soudain Casperius.

— Oh ! Je me demandais qui pouvait être assez fou pour enlever Æmilia.

— Tu as raison Flavius. Je sais que tu es un ancien champion et que tu as eu une bonne carrière dans l'armée, je sais également qu'Urbicus est lui aussi un ancien champion. À vous deux, vous êtes des hommes très dangereux, prêts à tout, n'ayant peur de rien ni de personne. Seul un dieu peut se permettre une telle folie, mais les dieux n'enlèvent pas les humains en tuant leurs esclaves.

— C'est vrai, mais cela ne nous aide pas vraiment.

— Demain, au sénat, je tenterai de savoir à qui profite ce crime, le coupable nous guidera lui-même là où nous devrons le trouver.

— Tu as raison Casperius, attendons demain pour en savoir plus.

Évidemment, que faire d'autre, sinon attendre, attendre toujours et encore. Quand les dieux cesseront-ils de nous harceler, quand nous laisseront-ils enfin vivre en paix ? Depuis toujours j'aime Æmilia autant qu'elle m'aime aussi, mais chaque fois nos routes se séparent.

*

Encore une journée à attendre, une interminable journée. Je l'ai pourtant passée en compagnie de Flavia, tout aussi charmante qu'il y a bien des années. Elle s'est montrée douce et prévenante, comprenant l'ampleur de mon chagrin, elle n'a jamais tenté de me séduire pour me détourner de mon chemin. Je crois qu'elle est vraiment une personne autre que celle que j'avais autrefois connue, sincèrement éprise du préfet Casperius, elle est maintenant une amie sur qui je puis compter. Je ne peux m'empêcher de croire que les dieux nous en veulent, au

375

point de toujours me séparer d'Æmilia. À peine sommes-nous ensemble, que déjà le destin nous sépare, notre amour n'a donc pas d'existence à leurs yeux ?

Je ne peux croire qu'après les avoir bien divertis dans l'amphithéâtre, puis bien servis dans l'armée, ils n'aient aucune reconnaissance envers moi. Il est vrai que je n'ai fait aucun cas du fils de Valens, mon valeureux ami mort pour sa patrie, alors dès demain, j'irai au temple d'Apollon pour lui dire mon intention de l'adopter comme mon propre fils. Le dieu ne pourra pas rester insensible à ma démarche et consentira certainement à m'aider pour retrouver sa mère Æmilia.

Le préfet nous a résumé la séance du sénat, une séance peu ordinaire. Auparavant, Casperius avait entretenu l'Empereur de la situation présente, ce qui l'avait mis dans une terrible colère. Certes il n'a rien montré de ses sentiments face aux sénateurs, mais de savoir que celle à qui il avait promis sa protection avait été enlevée peu après, ne pouvait en aucun cas rester impuni.

Domitien a bien joué cette partie, en dénonçant devant le sénat la disparition d'Æmilia, il a aussi fait savoir que l'héritage du consul Arulenus revenait de droit dans l'escarcelle de la patrie. La majorité des sénateurs s'est montré consternée par la nouvelle d'un enlèvement, et peu intéressée par un quelconque héritage, mais certains n'ont pas hésité à réclamer un partage immédiat des biens d'Arulenus.

Le ou les coupables, sont parmi ces gens-là, nous a confié le préfet Casperius, reste à savoir lesquels. L'empereur Domitien a promis la mort à toute personne liée de près ou de loin avec cette affaire, à en croire le préfet Casperius, les langues vont se délier.

Moi, je crains pour Æmilia, j'ai peur qu'un beau matin on ne la retrouve égorgée au coin d'une rue. Flavia a dépêché ses meilleurs espions pour parcourir les bas quartiers de l'Urbs, et ceux qui œuvrent chez les prétoriens fouillent parmi les couches plus élevées de la société.

Avec Urbicus et armés d'un glaive, nous parcourons Subure, ce quartier très mal famé dissimule bien des brigands capables d'un mauvais coup, pour en tirer quelques monnaies. Toutefois, cela semble peu probable, les bandes rivales sont en guerre permanente pour dominer le plus de territoires possible, et pour cette raison, se surveillent de près.

Sur l'Esquilin vit une de ces bandes, connue pour avoir commis des enlèvements et par la suite demandé rançon, mais ceux de l'Aventin les surveillent maintenant et traquent la première erreur pour les dénoncer aux prétoriens, il y a peu d'espoir de ce côté. Malgré tout, Subure, au pied de l'Esquilin, est une mine de renseignements. Tous se révèlent faux après vérification, mais non dénués d'intérêts, surtout cette dernière information mettant en cause un sénateur connu pour son aversion envers le consul Quintus Arulenus.

Pour deux sesterces nous envoyons un pauvre diable en mission chez Flavia, afin qu'il l'informe de notre décision de nous rendre sur place pour vérifier les lieux. La domus du sénateur Marcelus Litianus Primus n'est pas très éloignée de celle de Flavia, mais elle est bien protégée par un mur d'enceinte et une double porte tenue close.

Nous approchons de la porte et frappons plusieurs coups avec un heurtoir en bronze. Un moment après, un vantail s'entrouvre et un esclave vêtu d'une tunique aux vives couleurs nous demande l'objet de notre présence.

— Nous désirons parler avec le sénateur Litianus, dit Urbicus d'une voix ferme et sûr de lui.

— Et toi ? me demande l'esclave.

— Je l'accompagne, nous sommes ensemble.

— Attendez ici, je vais voir si mon maître veut vous recevoir, dit laconiquement l'esclave.

Nous restons là un moment, à ne savoir quoi penser et même si nous allons être reçus un jour. Les dieux ont dû entendre nos paroles, car le vantail s'ouvre de nouveau.

— Vous pouvez entrer, mon maître est disposé à écouter vos doléances, dit cette fois l'esclave d'un air un peu fiérot.

Nous entrons, derrière la porte nous découvrons une cour assez vaste, avec un personnel important qui vaque à ses occupations sans nous regarder. En haut d'un escalier, un homme en toge blanche nous attend, il est entouré par deux gardes. Ce doit être celui que nous sommes venus voir, le sénateur Marcelus Litianus.

Il nous toise d'un air fort dédaigneux, comme si nous étions des pouilleux de Subure, mais je remarque non loin d'ici, l'homme qui dans Subure, justement, nous avait guidé jusqu'ici. Sommes nous tombés dans un piège ?

— Approchez mes amis, que puis-je pour vous ? nous demande le sénateur Marcelus.

Mes amis, pour cet homme qui ne nous avait jamais vus, me semble un mot de trop. Jamais un personnage d'un si haut rang ne m'a jamais traité comme son ami, excepté peut être, le préfet Casperius, mais il y a Flavia entre nous.

— Je cherche ma fille, Æmilia Arulena Prima, lui répond sèchement Urbicus.

— Ta fille ? Mais si elle est Æmilia Arulena, elle ne peut être ta fille, dit le sénateur d'un ton presque agressif.

— Oui, ma fille. Le reste ne te regarde pas.

Cette fois Urbicus se montre fort déterminé, peu enclin aux longs discours, il tranche net et entre dans le vif du sujet, sans aucun détour.

— Pourquoi crois-tu qu'elle se cache ici, dans ma domus ? demande le sénateur Marcelus, une fois encore imbu de sa personne.

— Je ne crois pas qu'elle se cache chez toi sénateur, tu as raison, dit Urbicus.

— Alors que voulez-vous ?

— Je veux ma fille, je suis sûr que tu la retiens prisonnière entre tes murs.

Une fois de plus, Urbicus n'y va pas par quatre chemins, l'accusation est directe. Les deux gardes s'avancent vers nous, la main posée sur le pommeau de leur glaive, prête à en saisir la poignée. Tout autour de nous, une vingtaine d'hommes se sont rassemblés pour former un cercle d'où nous ne devons pas sortir vivants, tous armés d'un glaive ou d'une javeline, ils nous présentent une force menaçante. Instinctivement, Urbicus et moi, nous nous tournons le dos afin de protéger nos arrières, mais de chaque côté la menace se précise.

— Cette fois Urbicus, c'est le moment d'implorer

Apollon de nous venir en aide, pour ce combat je ne vois d'autre issue que notre mort.

— As tu été prier le dieu Apollon avant de venir ici ? me demande Urbicus en riant de sa plaisanterie.

— Oui, j'y suis allé pas plus tard que ce matin, dis-je tout en observant les mouvements de nos adversaires, dont aucun ne paraît vouloir prendre l'initiative d'attaquer le premier.

— Alors c'est bien, ces chiens vont savoir ce que c'est que d'affronter deux rudirii en même temps.

— Tu as raison Urbicus, nous allons mourir, mais nous ne serons pas seuls sur le chemin des Champs Élysées.

Le combat est vigoureux, mais je sens mes adversaires un peu trop timides, ils n'ont que leur courage à nous opposer, sans vraie technique. Les plus dangereux pour nous, se sont ceux armés d'une javeline, l'arme est très efficace et nous n'avons pas de bouclier pour nous en prémunir.

Plusieurs d'entre eux sont déjà le nez dans la poussière, quand celui qui s'approche de moi avec sa pointe de bronze en avant avec l'idée de me percer le flanc, commet l'erreur de venir trop près. De ma main gauche je saisis l'arme et tire vers moi, l'homme suit bêtement, emporté par le mouvement et je lui perce le ventre.

Me voilà maintenant nanti d'une javeline et d'un glaive, le jeu va être bien plus amusant. Je suis dès cet instant persuadé que le dieu Apollon est près de moi, la javeline, arme grecque par excellence, ne peut être entre mes mains que par sa volonté. Je constate du coin de l'œil qu'Urbicus lui aussi, a réussi à emprunter une telle arme à l'un de ses adversaires.

Le combat fait rage, Urbicus et moi subissons quelques coups et blessures, pour l'instant sans gravité. Les deux gardes sont occis, reste une dizaine d'esclaves sans assurance, mais alors que je commence à croire à notre succès possible, des gardes bien armés surgissent de tous côtés.

— Cette fois Urbicus, la plaisanterie touche à sa fin, adieu mon ami.

— Adieu Flavius ! Salue tes ancêtres pour moi, notre mort va être glorieuse.

Le combat continue avec plus de vigueur, certains de notre mort prochaine, nous mettons tout en œuvre pour la rendre glorieuse et appréciée des dieux. Soudain, dans un fracas peu discret, les deux vantaux de la lourde porte d'entrée cèdent sous les coups qui leur sont portés.

Des prétoriens sans nombre envahissent l'endroit en quelques secondes, le combat cesse immédiatement. Comment sont-ils ici ? Je l'ignore, mais ils ont eu le nez fin d'intervenir sans plus attendre.

— Emparez-vous de ces deux hommes ! leur crie le sénateur Marcelus Litianus.

Personne ne bouge, le silence tombe comme la mort sur la domus du sénateur quand, faisant son entrée, le préfet Casperius apparaît lui aussi.

— Casperius ! Mon ami ! dit Marcelus, je suis attaqué dans ma demeure, fais arrêter sur-le-champ ces deux brigands.

Casperius sourit amicalement, comme s'il était d'accord avec le sénateur, mais derrière lui, un autre homme fait son apparition. Domitien en personne est ici, l'empereur du monde et des hommes est à quelques pas de nous pour décider de notre sort. Inutile de préciser que plus aucun coup de glaive n'est entendu depuis sa divine présence, les armes, une à une tombent au sol.

Je ne lâche pas les miennes, Urbicus non plus, nous attendons de savoir la suite avant de prendre une décision irrévocable.

— Eh bien ? Sénateur Marcelus Litianus, tu oses t'en prendre à ceux que je considère comme mes amis ?

— Oh ! Seigneur et dieu, ces hommes sont venus menacer mon existence pourtant toute dévouée à ta sainteté, et cela, jusque dans ma demeure.

— Garde tes jérémiades pour tes juges, libère ma protégée Æmilia Arulena, immédiatement ! dit l'empereur d'une voix aussi forte que menaçante.

— Oh ! Mais bien sûr seigneur, tout de suite, il s'agit simplement d'un malentendu. Un de mes esclaves l'a conduite ici, dans ma domus afin de m'être utile, disait-il, mais cet imbécile est mort.

— Balivernes, répond Domitien, certain du mensonge du sénateur Marcelus, fais-la venir ici sur le champ !

— Oui seigneur et dieu, je la fais venir, tout va s'arranger pour le mieux.

Après quelques mots échangés avec ses esclaves qui partent rapidement, Marcelus tente de s'approcher de L'empereur, mais il est stoppé net par les prétoriens qui ne l'autorisent pas à aller plus loin. Je me languis de la voir, Æmilia disparue depuis deux jours me manque comme personne ne peut le comprendre. Est-elle en bonne santé ? Ne lui a-t-on fait subir aucun mauvais traitement ? Toutes ces questions me hantent jusqu'au moment où, paraissant sur le pas de la porte, Æmilia sourit en m'apercevant. Deux secondes suffisent pour que je constate qu'elle ne souffre pas de tortures, et qu'elle porte sur elle une robe nouvelle.

Je laisse choir sur le sol ma javeline et mon glaive, devenus l'une et l'autre inutile. Æmilia tombe dans mes bras et me serre par le cou. Embarrassé, je serre sa taille contre moi. Un moment, mon esprit vacille, je sens Vénus qui nous entoure d'un fin cordon d'amour dont elle serre fortement chaque nœud, puis tirant Æmilia plus encore contre moi, j'ai le sentiment que sa chair pénètre la mienne, que nos corps soudés par l'amour ne font plus qu'un, enfin, Vénus consent à notre union.

*

Le seigneur et dieu, comme il aime se faire appeler, lui, l'Empereur Domitien en personne, pose sa main divine sur mon épaule. Je suis effrayé par ce contact si improbable. Comment moi, Flavius le potier, puis-je avoir la main du prince sur mon épaule.

— Eh bien centurion ! Pourras-tu m'expliquer comment une femme peut être aussi amoureuse d'un comme toi ? Et là même se détourner de moi, dieu vivant et prince des hommes ?

Et quoi répondre ? Je vais lui dire quoi au Prince pour qu'il ne m'envoie pas en enfer ? Je dois réfléchir vite, mais je suis vraiment pris au dépourvu.

— Seigneur et dieu, Flavius n'est pour rien dans tout cela, dit à ma place Æmilia, me sortant d'une impasse où je me sentais pris au piège, il ne fait comme moi qu'obéir aux célestes volontés de notre bonne déesse Vénus. Sans elle, sans sa volonté et sa protection, nous ne serions pas ici. Sans son intervention ta divinité ne serait pas ici non plus pour nous secourir, alors seigneur, je prie la déesse d'avoir guidé tes pas jusqu'à cette maudite domus.

Æmilia me surprend, quelle belle tirade vient-elle de nous réciter. Domitien lui-même ne dit mot, certainement aussi surpris que moi par celle qui n'était encore qu'une esclave il y a bien peu d'années. Près de Domitien se trouve sa favorite, une esclave dont il ne se sépare jamais à ce que l'on dit. Cette fille, son souffre-douleur, est pourtant celle qui peut se vanter de passer le plus de temps près de lui, faisant de la sorte bon nombre de jalouses.

— Æmilia, peux-tu prétendre que cette chienne toujours à mes pieds soit la volonté de la déesse Vénus, demande l'Empereur d'un ton aussi sérieux qu'il peut l'être.

— Assurément, seigneur et dieu, son sort est lié au tien par la volonté des dieux, sa compagnie t'est imposée par cette même volonté, alors protège simplement cette femme sans chercher à en savoir davantage, ton avenir te dira pourquoi sa présence.

— Tu parles fort bien, Æmilia Arulena, le dieu que je suis te salue.

Voilà, le dieu a parlé. Le sénateur Marcelus Litianus, arrêté par les prétoriens, sera emprisonné au Tullianum, d'où il devra rapidement mettre fin à ses jours pour éviter une condamnation publique dégradante. Le préfet Casperius Ælianus quitte également les lieux, sans doute pressé de retrouver les bras de Flavia et, quant à moi, je ne lâche plus Æmilia.

— Viens Æmilia, maintenant tout est dit. Nous allons chez mes parents afin de les rassurer sur notre sort, puis plus tard, nous préparerons notre mariage.

— J'attends ce moment depuis toujours Flavius, maintenant je vais enfin pouvoir être la mère de tes enfants.

Flavius prend Æmilia par la main et l'entraîne hors de la domus de Marcelus Litianus, tous les deux suivis par Ananie et Urbicus. Traversant le quartier de Subure, insalubre, mais permettant une circulation plus rapide que sur le forum, ils arrivent dans une ruelle étroite. Une femme en guenilles faisant l'aumône, se jette aux pieds de Flavius et saisie ses chevilles. Entravant sa marche, elle offre à son regard son dos martyrisé par le fouet.

— Maître, aie pitié, donne-moi un peu pour manger, dit la femme en guenilles.

Urbicus veut la repousser du pied, mais Flavius l'en empêche d'un geste sec qui l'arrête dans son mouvement.

— Non ! Urbicus, ne la frappe pas, dit Flavius.

— Qu'elle se pousse de notre chemin, nous ne pouvons rien pour elle.

Flavius ne répond pas à Urbicus, mais se baisse vers la femme et lève son visage.

— Thylda, que t'est-il arrivé ? demande Flavius.

— Après ma rencontre avec toi, je n'ai plus voulu vendre mon corps aux inconnus. Je n'ai pas compris comment tu avais agi sur moi, mais j'ai pour cela été fouettée à mort et jetée à la rue.

— Lève-toi maintenant, lui dit Flavius en l'aidant à se mettre sur ses pieds, tu n'es plus seule au monde.

— Que fais-tu Flavius ? demande Æmilia surprise.

— Je te présente ta nouvelle dame de compagnie, dit-il sérieusement.

— Tu plaisantes Flavius, comment cette femme en guenilles peut-elle être une compagne pour moi ?

— Cette femme en guenilles, comme tu le dis si bien Æmilia, a su un jour me réconforter quand j'étais le plus démuni et le plus faible des hommes. Aujourd'hui les dieux me demandent de lui offrir mon aide en retour, alors elle nous accompagne.

— Comme tu le veux Flavius, tu es le Maître, elle sera ma dame de compagnie.

— Je saurai te servir Maîtresse, jusqu'à ma mort si les dieux l'exigent. Laisse-moi la vie et je ramperai à tes pieds comme une chienne.

— Inutile que tu rampes comme une chienne, marche près de moi et cela sera suffisant.

— Je suis ton ombre Maîtresse, dit Thylda en se positionnant derrière Æmilia, sous la vigilance d'Ananie et d'Urbicus.

*

* *

Æmilia

Enfin nous, Flavius et moi, étions réunis et prêts à fonder une nouvelle famille. Me souvenir de tout cela et l'écrire jour après jour, avec cette chaleur d'un été trop chaud qui n'en finit pas, m'a épuisée. Mon second fils, Flavius Helcarius Valens, ne va pas tarder à sortir de son sommeil alors, quand un esclave me porte à boire je pose mon calame et roule mon rouleau de papyrus, mon dernier rouleau.

Cet ouvrage a été réédité

par jch-autoedition

en juin 2019.

Dépôt légal novembre 2019